U0558706

对坐

彭程——著

刘江滨 郝建国 主编

DUI ZUO

PENG CHENG

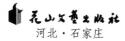

花山文艺出版社

河北·石家庄

图书在版编目（CIP）数据

对坐 / 彭程著. -- 石家庄 ： 花山文艺出版社，
2025.3
　（拇指丛书 / 刘江滨，郝建国主编）
　ISBN 978-7-5511-7140-3

　Ⅰ．①对… Ⅱ．①彭… Ⅲ．①散文集－中国－当代
Ⅳ．①I267

中国国家版本馆CIP数据核字(2024)第028624号

丛 书 名：拇指丛书
主　　编：刘江滨　郝建国
书　　名：**对坐**
　　　　　DUI ZUO
著　　者：彭　程
策　　划：丁　伟
统　　筹：闫韶瑜
责任编辑：郝卫国
责任校对：李　伟
装帧设计：书心瞬意
美术编辑：陈　淼
出版发行：花山文艺出版社（邮政编码：050061）
　　　　　（河北省石家庄市友谊北大街330号）

销售热线：0311-88643299/96/17
印　　刷：河北新华第一印刷有限责任公司
经　　销：新华书店
开　　本：880毫米×1230毫米　1/32
印　　张：11.125
字　　数：230千字
版　　次：2025年3月第1版
　　　　　2025年3月第1次印刷
书　　号：ISBN 978-7-5511-7140-3
定　　价：68.00元

目　录

CONTENTS

第一辑

亲情

招　手

　　这两年间，心中最舒坦的一件事，是和年逾古稀的父母作了邻居。他们就住在同一小区，同一幢楼，相邻的单元里。走过去，走过来，包括上下电梯，也就五分钟。

　　十多年前的冬末，他们从约三百公里外的冀东南小城迁来京城，去年夏初，又从近三十公里外的郊区小镇，迁来我居住的三环边的小区。父母年龄越来越大，能够就近照顾他们，是我们兄妹的共同心愿。

　　转眼一年有半。我并没有照料他们什么，倒是又一次受到他们的呵护。骤雨来袭，再不用担心出门时窗户大敞，他们会及时过来关上。晚上回家后，餐桌上经常摆放着母亲做好送过来的吃食，包子或炒饼，茄盒或馅儿饼，温乎乎的，像童年记忆中，抚摩脸颊的母亲的一双手。

　　父母在身边，我内心的幸福滋长得茂盛。

　　刚搬过来时，他们说，这下好了，你们晚上别起火，就来这边吃吧。但很快就失望了：儿子、媳妇都忙，晚上七八点钟回家也是常有的事。只能在周末，凑在一起吃上一两顿饭。为了这一两顿饭，母亲会提前很久就做准备，煞费苦心。

虽然不是每天都过去，但每天却能和他们相见，用的是当初谁也没有想到的一种方式：招手。

他们和我，父母和儿子，每天清晨，一方在院子里，一方在房间里，隔着几十米的距离，相互招手。这个动作，成了每天的固定的节目。

父母有早起散步的习惯。一年多来，除了冬季，其他三个季节，每天早晨，他们都会定时出门。六点多钟，我走进厨房，张罗简单的早餐。从窗边向下面张望，多半就会看到，父母已经在下面的小花园里散步了。花园是被几幢楼围起来的一个椭圆形空间，不大，尽在我的视野中。通常，母亲走在前面，目光平视，父亲跟在后面十几米，佝偻着腰，看着地面。但走到迎着这幢楼的方向时，他们都会抬起头来，向着我这扇窗户张望。

我知道，他们在等待我，伸出手去，朝他们挥动。

我住的是这幢楼房的 20 层，要仰起脸来，才能看到我所在的房间位置。我在下面张望时脖颈都感到别扭，他们抬头的动作，就要显得更吃力，更迟缓。因为角度关系，我在上面能望得见他们，他们在下面却看不到我。

窗子通常是开着的。此刻我要做的，就是把固定窗纱的销子拨开，让窗纱自动弹卷上去，然后将一只胳膊伸出去，朝他们招手。这时他们马上就会招手回应，没有丝毫的迟疑和缓慢。手臂互相挥动几下后，我就继续准备早餐，他们也继续散步，等走够了半小时，回自己的屋子。

不记得第一次是怎样发生的，但自从有了第一次，以后就每天如此，成了习惯。

这样大约一个来月，有一天早晨，我忽然萌生出一个孩童般的类似捉迷藏的念头。在他们半个小时的散步时间里，每次走到面对这边的位置时，都一如既往地抬头望着，一共五六次，但我没有像以往那样，伸出手去招呼他们。最后两次，他们还停下脚，望着这儿，议论着什么。我知道他们在说怎么没见到儿子。他们向东边走，要回自己住的单元门里去了，在二三十米长的路上，他们还停下脚步，身体扭转过来，仰头朝这边望。

过不几分钟，电话响了，是母亲的声音，应该是回到房间就直接拨打的。问今天怎么没看见我，没有听说要出差啊，是不是生病了，不舒服。

我心里掠过了一丝疼痛。我觉察到，我的游戏中有一种孩童般的顽劣。

那以后，每个早晨，进来厨房，第一件事，就是先走到窗边，卷起纱窗，伸出胳膊，向他们招手。然后才是准备早餐。

这样，招手对我便有了一种仪式般的意味。做完了它，我才会感到心中踏实，这一天的开始也就仿佛被祝福过，有了一种明亮和温暖。对父母而言，这个动作的意义当会更大。当脚步日渐迈向生命的边缘时，亲情也越来越成为他们生活的核心。

我把这当作是一种冥冥中的赐予。招手，父母和儿女之间，血脉和骨肉之间，呼唤和应答，自然而然，但又意味深长。

父亲和母亲，一位78岁，一位75岁。

父母这个年龄，让我欣慰，也让我忐忑。每当看到一些耄耋之年甚至接近期颐之龄的老人，身体康健，精神矍铄，不论他们是我认识的人，还是从报纸电视上看到的，都让我欢欣，潜意识中，总是把父母明天的形象和他们相叠加；但亲友同事家老人的猝然意外也时有所闻，又时时提醒我，命运无从测度，难以掌控，不情愿的事情照样可能发生。

只能叨念，在他们体力衰弱的诸多表现中，在那些动作的迟缓、脚步的蹒跚、目光的浑浊之前，不要再加上一个"更"字。那些一点点剥夺他们的尊严的伎俩，那些让我们心里的疼痛一寸寸累积的东西，虽然终归要来临，虽然无法不来临，但来得迟一些吧，再迟一些。

自认为一向是毋庸置疑的唯物论者，但到了如今的年龄，有时却希望，真的有一个无所不能的神灵，那样我会向他祈祷：

请你，保持这样的一幕，让我和父母，永远能够像今天这样，相互之间，招手。请将这一幕，固定成一幅永远的风景。

这在你算不了什么，却是我无与伦比的幸福。

对　坐

　　两只沙发，一长一短，围着面对着电视机的茶几，摆成一个 L 形。我坐在短沙发上，父母并肩坐在我的对面，准确地说是斜对面的长沙发上，看着茶几前面两米开外处的荧屏。电视机里正播放着一部古装剧。

　　伸手可触的距离，他们的面容清晰地收入我的眼帘之中：密密的皱纹，深色的老人斑，越来越浑浊的眼球。他们缓缓地起身，缓缓地坐下，一连串的慢镜头。母亲这两天肺里又有炎症了，呼吸中间或夹带了几声咳嗽。

　　我心里泛起一阵微微的隐痛。近两年来，这种感觉时常会来叩击。眼前两张苍老松弛的脸庞，当年也曾经是神采奕奕，笑声朗朗。在并不遥远的十多年前，也是思维敏捷，充满活力。而如今，这一切都已然悄悄遁入了记忆的角落。

　　我明白，横亘在今与昔巨大反差之间的，是不知不觉中一点点垒砌起来的时光之墙。

记得多年前，在我四十岁左右的时候，有一天母亲端详着我的鬓角，用一种充满怜惜的口气感叹道：儿啊，你都有白头发了！如今又过了十多年，我也已是人近半百，白发较之当年自然是更呈蔓延之势了，母亲却不再提起。面对时光的劫掠，每个人都无可逃遁，最明智的应对也许就是缄默。但这种劫掠体现在老人身上，显然更为袒露和张扬，更为触目惊心。时光流逝之匆促，想起来，会有一种荒谬之感。不知不觉中，他们都已经年届八旬了。生命是一个缓慢的流程，在成长、旺盛和衰颓之间，他们踏入了最后一个阶段，渐行渐远。举手投足之间的那一丝迟缓，无不源自时光累积所形成的重量。

其实，我有充足的理由感谢上苍：父母没有致命的疾病，买菜做饭，洗涮清扫，都还能够自理。每到周末，母亲都要拿出最好的手艺，尽量做得丰盛些，做我们最喜欢吃的饭菜，等候我们过去。一家人围桌而坐，那一种平静而深邃的满足之感，是随着年龄的增加，体验得越来越深了。

前年如此，去年如此，今年也如此，这就很容易给人一种感觉，似乎这种状态可以长久地持续下去。但身边众多的事例也让我清醒地认识到，在他们这样的年龄，什么样的事情都有可能发生。眼前看似颇为圆满的一切，实际上都是脆弱的，随时可能会遭遇某种不测。再次感谢命运的眷顾，那种戏剧性的猝然之灾，没有发生在父母身上。但并不是说，他们能够摆脱伴随老年而至的、那一阵阵叫作衰老和疾病的寒风的袭扰。前年初夏，从住了十年的远郊小镇上搬过来不久，一向体格不错的母亲得了一次急性肺病，平生第一次住了半个月的医院。如今她嗓子里时常会有一些浊重的喘息声，就是那次的后遗症。

再退一步讲，即使有少数人十分幸运，一生身心康健无病无灾，也总要走向那个最后的归宿。在自然规律的寒冽秋风面前，人只是一枚瑟瑟的树叶。地位，名声，财产，等等，甚至最深的爱，都阻挡不住那个必然会到来的结局，延迟到来而已。生命最深刻的悲剧性，正是体现在这里。

于是，我已经清晰无比地望见了，眼下我所看到的父母的一切言谈举止，随着时光的流淌，都将会加上一个"更"字。更缓慢的动作，更迟缓的反应，更多的睡眠，更少的饮食——而这，在未来的日子里，在可以想象出来的诸多情形中，将是最好的情况。

除此之外，你不能祈求更多。

理性和感情是两回事。内心深处早已是波澜不惊，但脑海里却每每执拗地浮现出一个童话画面：忽然有一日时光倒流，枯黄的草重返青葱，坠落的果子飞回树上，老人变回青年，童年正在前面等待。

那样，我就可以重返那一个场景，那是我童年记忆中最清晰的一幕：母亲骑着自行车，要把我送到姥姥家住几天。我坐在前梁上，母亲低下头来对我说着什么有趣的事情，我笑得险些从车上掉下来。当小学教师的母亲，那时候还不到四十岁。时节是春末夏初，阳光明亮温暖，庄稼地一片葱茏，生机勃勃。自行车车轱辘在乡间土路上颠簸的那种感觉，穿越岁月烟云，一次次传递到此刻，鲜活真切。

几年前的一个夜晚，我曾经做过一个这样的梦：

也是这样地与父母坐在一起，不过是在当时他们居住的房间里。客厅逼仄，只容得下一条沙发，他们坐在沙发上，我坐在一只小方凳上，在聊着什么。忽然间，没有任何预兆，他们坐着的沙发连同后面的墙壁，开始缓缓地向后移动，越来越远。我大声呼叫，他们也手忙脚乱地叫喊和招手。但无济于事，移动的速度越来越快，他们的身影越来越小，终于看不到了。眼前是白茫茫一大片，似乎是我的故乡常见的盐碱地。

这时候我醒来了，惊魂不定。

其中的意味，应该再为明确不过了，不需要特别阐释就能读懂。它是关于丧失，关于永远的分离。对于父母来说，对于子女来说，这都是一个必然会到来的日子，我不过是在梦境中做了一次预演。我明白了，这关乎内心中最深最顽固的恐惧，虽然平时自己未必意识到，更有可能是不愿意去面对。在黑夜，在理性的掌控最为脆弱的时候，它释放了出来。

有好几天，这个梦境仿佛一道阴影，笼罩在我的心中。

不久后读到一篇散文，其中有段话带给我一些释然和慰藉，大意是说，所谓父母子女一场，只不过意味着，你和他们的缘分就是今生今世不断地在目送他们的背影渐行渐远。你站立在小路的这一端，看着他们逐渐消失在小路转弯的地方，而且，他们用背影默默告诉你：不必追。

从这段话中获得的启示是明确的。既然分离必将到来，与其感叹这个铁一样无法改变的结局，不如在将来的"无"将一切淹没之前，努力抓住现在的这个"有"，珍爱它佑护它，把它的意义和滋味，品咂到充分。对于生命的有限性而言，"来日无多"永远是正确的，即便侥幸得享期颐之寿。因此，对于挚爱的亲人，任何时候，每一次相聚的时辰，都弥足珍贵。多少人就因为抱着来日方长的错觉，该珍惜的时候不曾珍惜，过后追悔莫及。

那么，我要好好地想一想，在今后的时日中，哪些是需要认真去做的。应该尽量多过来陪伴他们坐坐，不要以所谓工作紧张事业重要云云，来为自己的疏懒开脱。和挚爱亲情相比，大多数事物未必真的是那么神圣庄严。当他们唠叨那些陈年旧事时，虽然已经听过多少次了，也要再耐心一些，那里面有他们为自己衰老的生命提供热量的火焰。他们大半辈子生活在几百公里外的故乡小城，故乡的人和事是永远的谈资，他们肯定会有回去看看的想法，只是怕影响我的工作，从来没有明确地提起。我应该考虑，趁着某个长假日，开车送他们回去住上几天，感受乡情的滋润和慰藉。

我要好好地想一想。

回到眼下。让我将眼中的这一幕场景，深深烙刻在我灵魂的版图上：

出于一辈子养成的节俭习惯，他们看电视时只开着沙发边小茶几上的台灯。从灯罩上方的圆孔中放射出的灯光，在天花板上扩散开来，晕染成为一个大了好多倍的圆圈。电视机荧屏上变动的光影，把他们的脸映照得忽明忽暗。后腰和沙发之间，塞上了一个棉靠垫，以支撑住他们日渐衰疲的躯体。父亲起身，慢慢地走到厨房里，倒一杯水，慢慢走回来坐下，小口啜饮着，嫌烫，又放回茶几上。母亲摸索着剥开一颗花生，还没有送到嘴里，目光变得迷离了，慢慢合上了，喉咙发出了一声轻微的鼾声，但马上又醒过来了。

多么盼望，这一幕能永远驻留，天长地久。这当然不可能。那么，就默默祈盼，让它注定会变作记忆的那个时间，来得越晚越好。

我已经认识到，而且随着时光流逝，将会越来越强烈地认识到：这，就是幸福。

隐去的背影

一

这里就是他的长眠之地了。

在父亲去世将近半年后，我们来到陵园，将在殡仪馆内存放的他的骨灰取出下葬。一个简朴的仪式，很早就确定下了。走下殡仪馆外面的台阶，八位身着深色制服的工作人员列队肃立，面前放着一具紫红色的棺椁。两个人揭开棺盖，我将骨灰盒小心放入。随着司仪一声"起灵"，几个人举起黑伞和黄幡，其他几人抬起棺椁，迈动脚步。作为长子，我捧着父亲遗像走在仪仗队后，妻子、妹妹和妹夫跟在我后面，各自手捧鲜花，走向几百米外的那一处叫作梅园的墓地。这一座陵园占地面积广阔，墓地被分为多个区域。

陵园位于昌平区，属于燕山山脉余脉的一处山麓中，距城内我的住处有五十多公里，约一个小时车程。岳父就安葬在这里。很大程度上是因为考虑到这一点，我们几年前就为父母在此预购了墓地，为了那个必然会到来的结局。这一做法被证明正确而及时，因为不久后就出台新的规定，墓地不允许预售。那样的话，他的安身之处很可能会在更为遥远和偏僻的地方。死亡无声而浩大，波浪一样永无止歇，墓地也日益成为稀缺资源。

我相信，很久以来，父亲对自己的身后事并没有清晰的考虑。早在十几年前，在一次家人的节日聚会上，因为父亲某个不久前去世的同事送回老家下葬遇到麻烦，引出了这个话题，父亲随口说：将来我没了，你们可别费这大劲，随便找个地方挖个坑，把骨灰埋进去，上面栽棵树就行。父亲不是会开玩笑的人，但我们却只能用玩笑的口气回答：您说得倒是容易，可哪里会允许这样做，给谁打报告申请这样的地方？预购了墓地后，并没有告诉他们，后来父亲读到报纸上我的一篇文章，里面谈到这件事情，他主动问起来。得到确认后，父亲没有说什么，但他的表情中有一些意外和更多的欣慰。

从那以后，他再没有提起过。他和这个处所的关系，仿佛是可疑的、似真似幻的，一直到几个月前他的骨灰盒送来存放时，终于坐实。

仪仗队进入梅园，在一条分开两边墓地的甬道上停住。工作人员放下棺椁，揭开棺盖，我俯身捧出覆盖着黄色缎布的骨灰盒，走到属于父亲的墓穴前。有几位落葬工在等候，覆盖墓穴的石板已经移开，搭在墓碑基座旁边。妹妹点着一沓黄纸，把手伸进墓穴里，上下前后象征性地挥动几下，这叫作暖穴。

我弯下腰，将骨灰盒小心地放进墓穴底部。接下来便是封穴，落葬工将墓穴盖板安置严实，又将周边的缝隙用水泥封好。

从此阴阳暌违。父亲的一抔骨灰，将在无边的黑暗和无限的寂静中，陪伴春去秋来，年年岁岁，直到被无涯的时间渐渐消融殆尽。

落葬工离开了。我们把墓穴盖板擦拭干净，将捧来的几盆鲜花摆上，再放上几个纸托盘，搁进去几样父亲平时爱吃的水果和糕点，然后将几炷檀香插在带来的小香炉里，用打火机点燃。青烟袅袅，盘旋而上，浓郁的香味弥漫在墓穴周边。这是一个初冬的日子，天气晴朗寒冽，天空肃穆高远，那一种清澈而纯粹的蔚蓝色，仿佛一直能够渗透进灵魂深处。

父亲，安息吧！我们会时常来看你的。望着大理石墓碑上父亲微笑着的影雕照片，我在心里说。

二

早就想到，父亲会有一天走进这个地方，永远地躺下。结局是铁定的，只是不清楚会是在什么时间、以什么方式。

谜底是从去年3月底的一天开始揭开的。那天是星期天，傍晚时分，我和妻子正在住处附近的紫竹院公园里走路，手机响了，母亲的声音焦急而纷乱，带着一些哭音：你们在哪里啊？你爸爸半天叫不醒，赶紧回来看看吧！

平常来公园，都是走路二十分钟过来，恰好这天是开车来的，便小跑着赶到停车地点，急匆匆地赶回去。父亲倚在长沙发上那个属于他的位置，脑袋耷拉着，嘴角淌出口水，呼喊拍打都没有反应。情况不妙，赶紧拨打 120 急救电话。

实在是猝不及防。就在几个小时前，我俩还与父母坐在同一张饭桌边。每个周末至少一同吃一次中午饭，从近十年前他们搬到这个小区开始，已经是不成文的规矩了。饭桌上父亲说想去离家门口不远的一家军队医院查查耳朵，要是需要就配个助听器。我当时有些诧异。父亲一只耳朵失聪已经有两三年，好几次提出带他去配助听器，每次他都不肯，说另一只耳朵还能听，不碍大事，再者听院里别的老人说过戴着不舒服。这倒也是，当年岳父就不习惯，戴了几天就摘下了，因此也就随他去了。但今天父亲主动说出来，看来是听力更弱了。父亲又说感觉走过去费力了，想让我开车拉他过去。我当然一口答应，当时就定下第二天也就是周一上午，带他去医院。

除此之外，我并没有觉察到别的异常之处。父母就住在我旁边的单元，那天早饭后，我过去给他们送头一天买的糕点，在一楼电梯口，恰好碰见父亲拉着小车出来，要去小区净化水售水机旁打水，依然如往常一样推开我伸出去的手，说自己没问题。不过妻子过后却很肯定地说，那天中午吃饭时，她就感觉到父亲说话口齿含混不清，和平常不一样。

救护车很快来到楼下，将父亲拉到几百米外的医院，就是我准备第二天陪他去的那家医院，做脑部 CT，确定是否脑出血。很快就证实了，需要马上去有条件的医院实施手术。但接下来电话联系医院却不顺利，两家知名医院称没有床位无法接收，情急之下，只能听从救护车医生的建议，去了一家没有听说过的医院。还好没有耽误治疗时机，这家医院的神经外科也不错，当晚的手术很成功。主刀大夫走出手术室，径直走到等候在门外的我们身边，用很肯定的口气说，患者十来天后就能出院。出血点是在脑室部位，不怎么影响脑功能，恢复后和过去没有太大不同。听了这话，我们几个小时以来一直紧绷着的神经，一下子松弛下来，一种前所未有的喜悦之感，潮水一样在心中漫溢。

但正如一个经常会听到的说法，超出预期的事情往往值得怀疑。这一点是在几天后才意识到的。父亲本来已经逐渐清醒，能辨认出家人，甚至还能简单回答问话，一切仿佛都在证明手术医生的判断，只要耐心等待就行了。完全没有想到，到了第十天，却又第二次脑出血。更可怕的是，这次出血是在脑硬膜下，影响到了大脑的认知功能区域。医生给出几种不确定的解释，听来也都有道理，但我将信将疑，还产生了另外的猜测。会不会是听主管医生的话服用了活血化瘀的牛黄安宫丸，或者是因为那个男护工捶背时用力过猛？我为此纠结了好几天，脑子里一团乱麻。

纠缠于过去毫无用处，理性的做法是只能向前看，而这样想事情就清楚了：只要能活下来就好，哪怕痴呆、活动不便，毕竟是活着。我们与后来替换上的甘肃庆阳籍的女护工商量好，父亲出院时请她跟着去家里陪护照顾，并且已经在网上商城确定下了一款轮椅，只等下单了。

但这个愿望也越来越变得虚幻。父亲病情一步步恶化，胸部积液不停地产生，总也抽不尽，房颤和极度心率过速日益频繁，血液中蛋白含量急剧减少，打针输液也补不上，只能又送进重症监护室，一住就是二十天，比医生预料的要长，而且在每天一次、短短五分钟的探望时间里，他始终是昏迷，甚至不如在普通病房时。重症室也没有更好的办法了，又转回到神外病房。

回来后第七天的上午，我坐在病床边，感觉父亲的呼气中有种难闻的异味，令人窒息，这是以前不曾出现过的。我想起听人说过的人濒死时的情形，心中掠过不祥的预感。我知道，最后的时刻就要来到了。

这天晚上轮到弟弟值班陪床。十点多钟，他打电话讲这会儿父亲退烧了，心律血压都还正常。这几天始终是这样，各种指标像过山车一样，大起大落，生命靠不停地输入各种药物维持着。但几个小时后，凌晨时分，在睡梦中又被他的电话叫醒，让马上赶过去。匆匆赶到病房，医生护士围着病床，正在做最后的抢救，同室病人已经被转移到别的地方。一个护士俯身按压父亲的胸部，因为不停地用力，额头上沁出了汗珠。持续这个动作，只是为了等待我们的到来。

终于，父亲的双腿一阵抖动，然后静止下来。床头的心电监护仪屏幕上，起伏的波形变成了一条直线。他的生命结束了，在发病整整五十天后，也是在度过八十六岁生日的三个月后。

三

在他弥留之际，我们兄妹几人守候在他身旁，并没有感到特别的悲痛。

最主要的原因，是在一步步累积的失望中，悲伤也逐渐地预支了。五十天中，各种治疗都不见效果，父亲日渐衰弱不堪，医生说法越发含糊模棱，我们便明白，担心正在变作现实。既然挽救无望，那么死亡对他也是一个解脱。

还有一点，我们兄妹之间可以坦然地说起：就他的身体状况而言，能活到这样的岁数，已经是超出当年的期望了。不论是他自己，还是我们，都是这样想。

父亲一直体弱，从我有记忆起，他就是一副病恹恹的模样。在县委大院，他的老病号身份尽人皆知，甚至在县委组织部干部履历表上的"身体健康状况"一栏中，也写着"有慢性病"。彭科长喝过的中药药渣，能把他自己埋几回了！这是我十来岁时，听父亲的一个同事说过的话。

他的病症是神经衰弱，正式的说法叫作自主神经功能紊乱，体现为容易疲倦、头痛失眠、心慌气短等，一个复杂的综合征。记不得有多少次，他向亲戚、熟人甚至只是出于礼貌随口问起他的人，详细地、绘声绘色地描述自己种种不舒服的感觉，连我有时都觉得有点儿好笑，还有些难为情。对自己的病痛念兹在兹，在他已经成为一种执念。

这样，养生就成为他生命中最主要的目标。他对饮食起居格外小心在意，到了匪夷所思的地步。他说自己是"气血两虚"，一点儿不能着凉，喝水一定是热的，一年四季穿着都比别人厚重，即便是去几步外的楼道里倒垃圾，也要披上外衣戴上帽子，连三伏天晚上睡觉时都要关上窗户。当了一辈子小学语文教师的母亲，嘲笑他就是契诃夫小说里的"套中人"。因为中年时期大量服用中药治疗效果不佳，退休以后，他又走向了另外一个极端，坚决拒绝吃一切中药，但对同属中国传统医学系统的气功却又深信不疑，每天用大量时间躺在床上，练习一种静养功。显然，他没有觉察到这中间存在着某种逻辑上的矛盾。不过看来长期练气功对他的确有效，晚年身体状况反而明显改善。虽然他还是习惯性地抱怨这儿那儿不舒服，睡不好觉，但这种时候母亲常常会戳穿，说别听你爸爸说的，昨晚上他的鼾声可大呢。

晚年不错的健康状况，给他带来不小的成就感。好几年前他就不止一次地说起，当年在沧州疗养院的上百个病友们，如今活着的已经没有几个了。另一个参照系，是同住在县委家属院里与他年龄相仿的同事和邻居，这些年来不断听到他们去世的消息，不少人身体看上去比他要强壮很多。每当听到这样的消息，他总会感叹，并为自己还活着而庆幸，这竟然成了一个让他感到安慰的话题。这时候，母亲也总会说他是"破瓦罐熬得过柏木筲"。这是一句家乡的俗语。

如果不是突发脑出血，他还能够再活几年。他自己也这样认为。记得在六年前给他过八十生日时，他十分高兴，说感觉还能有十年的阳寿。他的话也让我们很受鼓舞，而且毫不怀疑。现在看来，这个念头是过于乐观了，对于耄耋的老人来说，什么样的事情都可能发生。就仿佛一棵摇摇欲坠的老树，不知道会被一阵什么样的风吹倒。

一个同在京城的侄女辈亲戚，每年都会来看望父亲两三次。得知父亲去世，她在电话中说起，感觉这几年叔爷爷明显地老了。经她这么一说，意识到的确从大约三年前开始，父亲体力精神都明显委顿了。想是因为平时就在他们身边，对逐渐的衰老不敏感吧。这个过程很长时间中是缓慢的，不易察觉，但到了某一刻，会以加速度方式突然发力。

随着年龄更大，身体更衰弱，他的生活越来越像是一种机械的、高度重复的、本能式的反应。这是一幅最常见的画面：简单的晚饭后，他就蜷缩在靠墙的长沙发南边的位置上，先看北京台电视新闻，再看中央台《新闻联播》，间或与母亲有一搭无一搭地说句话。八点钟前后，他就扶着楼梯的护栏，爬上这套复式住房的二楼卧室中睡觉。母亲说，他从上床到一层层脱完衣服躺下，这个过程就要花上半个小时。

过去很多年间，他的话还比较多，时常会就某个他关心的话题打听情况，发表见解。但到后来，尤其是这两年一只耳朵失聪后，越来越沉默寡言，表情越来越枯槁，笑容也仿佛是在敷衍。在家庭聚会的热闹场合，他不知不觉地退缩到了边缘，成为一种似有似无的陪衬，一个在场的影子。

在回忆中，过去的日子仿佛一连串的镜头，次第显现在时间的广阔背景上。生命在耐心而无奈地等待最后的结局，等待黑暗在天空慢慢地累积和扩展。

直到某一天，黑暗以某一种方式降临，将他吞没。

四

最后的日子里，他的儿女们陪侍在病床前。在短暂的意识清醒的时候，他认出了我们，用力地点头，试图说话，却只能发出含糊的声音。

在那个时刻，我想，他心中应该会感到安慰的。

20世纪六七十年代多子女家庭的好处，这时鲜明地显现了。我们和同在北京的妹妹妹夫不用说，家在上海的弟弟第二天就也赶了过来。远在欧洲的小妹因两个孩子上学一时难以抽身，但也在父亲临终前的几天赶回，得以见上最后一面。

因为这件事，兄妹们难得地聚集在一起，共同度过了五十多天。以往许多年中，都只是在春节几天匆匆相见，难以有更多的交流。这些天里，轮流陪床，一同吃饭，一些已经模糊甚至遗忘了的往事，也在随兴而至的聊天中被唤回，重新变得清晰起来。

更早的不说了。我是长子，十七岁不到就离开故乡，读书、工作、成家，头一个二十年的时光，不觉匆匆而过，对父母在老家的生活只有模糊的印象。从第二个二十年前父母搬来京城开始，记忆开始变得鲜明。那时他们已经是多年的空巢老人，连最小的弟弟都工作好几年了。他们搭了一位熟人的面包车来京，那一天是1999年2月2日，再过半个月就是春节了。后来他们的银行存折上，就拿这个数字作为密码。

那天，把随车拉来的各种零碎东西摆放好，已经很晚了，好不容易才找到一家还在营业的小饭馆。饭桌上，想到从此告别了长久分离，父母与子女能够经常见面，每个人都感到欢欣不已。当时，那个位于城南京开高速公路边的住宅小区，尚未住进几户人家，晚上黑漆漆一片，楼下门口前面为埋设管道掘开的沟也还没有回填上，要踩着搭在上面的木板跨过。

大半年后，国庆节后第一天，我接他们进城，将车停在和平门烤鸭店的停车场上，一直步行到天安门广场。因为是五十周年大庆，那年的庆典活动分外热烈，每个部委和省区市都精心设计制作了一部大型彩车，在参加完阅兵仪式后，停放在广场上供人们观赏。父亲一直兴致勃勃，坚持着穿越熙熙攘攘的人群，走过大半个广场，把每一辆彩车都看过了，也没有说累。那一年父亲六十六岁，比今天的我大十岁。

四年后，在离我住处不远的方庄的一家餐馆，我和妹妹为父亲过七十岁生日，并邀请了他的两个亲家，我的岳父岳母和妹妹的公公婆婆参加。记忆经常会在一些不起眼的地方闪烁出奇异的光彩，我还记得那天的主食中，有一种装着芹菜酱肉碎末的玉米窝头，大受欢迎，离开时还买了几份，给每家捎上。

在不少类似的场合，父亲都表现得精神健旺，兴致很好，和正常人看不出有什么区别。这也正是母亲有时用一种揶揄的口气说他没病装病的原因。但这该是应了"人逢喜事精神爽"的说法吧，心情的愉悦减弱了躯体的不适感，而归根到底，还是那时身体整体状况还算不错。

父亲的京城岁月，分为前后时间相等的两个阶段。在远郊小镇住了十年后，考虑到他们岁数更大了，下一步需要更多照料，弟弟便以他的名义在我居住的小区买了一套房子，将父母搬来居住。是在同一栋楼中相邻的单元里，几步之遥，抬脚就走过去了。因此，他们每天的生活，便都清清楚楚地呈现在我眼皮下了。

但一对退休老人的日子，又能怎么样？一日三餐，每天在固定的钟点下楼遛弯儿，几天去旁边菜市场买一次菜，晚饭后则是雷打不动的看电视时间。偶尔，我们会带他们下一回饭馆，去一趟公园，探望熟人和老乡，但次数都不多，掐着指头也能数出来。高度重复的平静和单调，淡化了岁月流逝的感受，让时间在记忆中更加显得短暂。于是，第二个十年的时光，竟然也这么快就过去了。

在老家亲戚朋友的眼中，在他们自己的感觉中，来京后这些年都是享福的日子，平稳安宁，令人羡慕。比起在县城里住平房小院时，生活条件改善了一大截。四个子女的生活都过得不错，一点儿也不需要他们操心。过了多半辈子的艰苦日子，他们对眼下的状况非常满意，言谈间屡屡表露出来。

父母搬来北京的那天晚上，在即将打烊的小饭馆里，一边吃着着急回家的厨师匆忙炒出的几个菜，一边商量着这两天还需要置备哪些生活必需品。我和妹妹举起茶杯，对父母说你们的新生活从今天开始了，衷心盼望健康平安，好好地过上二十年！这个数字是脱口而出的，因为意识里觉得那是一段漫长的时光，最适合表达吉祥的祝福。

回想起那一天，一些场景和音容依然鲜明清晰，如在眼前，但已经超过二十年了。这个当年觉得遥不可及的距离，原来这么容易地被越过了。这样的时刻，对时光何其迅疾的感慨，便不再空洞浮泛，而骤然间具有了一种坚实尖锐的质感，仿佛手指头被针尖刺破。

二十年，让我得以贴近地观看和体验了一个生命走向衰亡的过程，老年的不同形态和表现。从最初言语动作的迟滞缓慢，到后来巨大深沉的疲惫，再到辞别的最后时刻，那一阵颤抖痉挛。

从此时间通道关闭。他的生命在亲人的记忆中，存留和延续。

五

然后是遗体送往东郊殡仪馆。告别仪式是在第三天上午，老家的几家至亲，一大早开车三百公里赶来，与京城的亲友一起，围绕遗体环行一周。我们兄妹几人目送棺柩被送入焚化炉，被烈焰吞噬。骨灰盒取出后，放在他的房间的床头小桌上，每天焚香祭奠。又过了半个月，送到墓园骨灰堂暂时存放，等待秋天后葬入墓穴。

这是一段异于常规的日子。母亲作为未亡人需要陪伴和安慰，一些善后的事情需要处理，因此父亲去世后半个多月的时间，我几乎每天都要过去。坐在父亲住了十年的房间，望着他的遗像，回忆着他在这间屋子度过的沉闷时光，一种茫然空落的感觉，在心头久久盘旋不去。

父亲的晚年生活，不是一般的平静单调，应该用枯燥来描述更准确一些。房间里的陈设十年如一日，与他每天雷打不动的几个小时的卧床练功，互为映照。记得有一年春节聚会，看到电视里的艺术栏目介绍罗丹的雕像《思想者》，我们兄妹调侃说，如果给爸爸塑一尊像，就该是屈膝仰卧，双目微闭，鼻翼翕动。这是他典型的练功姿态。

因为饱受身体羸弱之苦，养生便成了他最执着的意念，占据了他大部分的意识空间，此外的一切都难以引起他的关注。我曾经认为这种兴趣寡淡与他一辈子从事行政工作有关，但后来发现周边不少老人，包括当年他的单位同事，退休以后大都能为自己寻找到合适的精神寄托，或者莳花弄草，或者习字学画，或者到各地旅游，自得其乐，过得有滋有味。搬来北京不久，我们就给他提过建议，但看他的神情显然并不关心，似乎是想都不打算想的。前后说过几次不管用，也只好随他去了。

他不喜欢旅游，有关活动一概推辞。就在搬来后的第二年夏天，我们筹划去北戴河住几天度假避暑，同行的还有岳父母老两口儿，交通住宿都安排得很妥帖，他却不肯去，说是多年前出差到过。弟弟妹妹开车去外地旅游，想带上他们，母亲当然乐意，父亲也不阻拦她，但自己死活不去，还说谁都不用担心他，他会照顾好自己。话虽然这么说，但因为牵挂父亲，多数时候母亲不得不放弃了。这十年间，除了几次搭车回家乡办事，三两天即返回，他离京总共只有两次，都是和母亲一同去当时还在深圳的弟弟家。最长的一次住了大半年，但也不过是换个地方躺着。弟弟在电话中描述父亲每天枯燥的起居时，我仿佛看到了他脸上好笑又无奈的表情。

这样，用常人的眼光来看，他晚年的生活实在是索然无味，换成别人肯定难以忍受。即便他念念不忘于呵护健康，也不妨碍同时让生活尽量丰富有趣一些，二者并不矛盾。但他自己不以为苦，不觉得有改变的必要，在这种已经固化了的思维面前，我们的操心便显得多余了，仿佛成了庸人自扰。既然如此，又有什么强行让他改变的必要？

他也不喜欢运动，最多在母亲的督促下，到楼下小区里转上两圈就回来，仿佛是完成任务一样。他晚年越来越瘦弱，体重不到一百斤，尤其两条腿，瘦得像两根麻秆，皮肤下面就是骨头，显然是缺乏运动导致的肌肉萎缩。经常听他念叨"内练精气神"，却从来不说另外一句总是被并列提到的"外练筋皮骨"，这对他是不是一种偏好性的选择？他应该没有意识到其间的矛盾之处。

总之，基于某种认识上的执拗，与个性中的自我封闭倾向结合，便造成了他的这种独特的生活景观。我想到了美国作家舍伍德·安德森的《小城畸人》，这是我十分喜爱的一部短篇小说集。他描绘了一个小镇上的各种年龄职业的居民，每个人都有自己抓住不放的真理。这些真理本身没有问题，但如果信奉者走向极端化，跨过了某个界限，就变成了乖谬，在别人眼中就成为怪异可笑了。父亲也是这种情况吧？

但退一步看，不是也有许多人，生活在各自的误区里，在形形色色的樊篱中，不曾省察地过了一生？我的姨父比父亲小十八岁，却比父亲早一年去世。他的人生与父亲有着霄壤之别，每天呼朋唤友，屋子里总是烟雾缭绕，一日三餐顿顿不离酒，最终因肝病而不治。这是烟酒不沾的父亲始终颇不以为意的，多年中每次提到时，都会说他这是自我糟践，没有说出的话里，是对自己苦行僧般生活方式的自许，显然没有想到别人会怎样评价他的活法。

母亲设法督促他多活动，最常说的话，是你将来有的是时间躺着。那么，现在他就进入了这样的时间了，在那个黑暗幽闭的处所，在那种无边无际的岑寂里。

但在消失了的肉体之外，一个生命的印迹和信息，仍然可能以某种寄寓的方式存在。我将信将疑，但不会再像过去那样激烈地否认。譬如我越来越喜欢独处，接到一些活动的邀请，下意识的第一反应是想推辞。对各种加入微信群的邀请，也都置之不理。这也许就是来自血脉的传递。

六

在病床边，我听见自己内心有一个声音在说：爸爸，让我来伺候你一回吧。

除了在重症监护室的二十天，其他近一个月的住院时间里，轮到我值班的那个半天，我在一个本子上定时记录下父亲小便的排量、血压和血氧的数值。为了避免生褥疮，每隔两个小时，配合着护工给他翻一次身，给他捶背，并将手臂用束缚带绑在床边栏杆上，防备他双手乱抓、拔掉输液管和排尿管。多次推着他下楼去拍CT，把因昏迷而僵硬的身体吃力地搬到扫描床上，再搬回病床。几十年来，我从来没有与他有过这么多的身体接触。

作为长子，四十年前我进京读书，既是我个人生活的重大事件，也开启了家庭的迁徙史。妹妹和弟弟，在其后十年中也先后考上大学，离开了县城老城墙下面家属院里的家，毕业后又在不同城市工作。因此，父母很早就成了空巢老人，既欣慰又无奈。他们习惯了寂寞，也习惯了什么事情都是自己做。一直到搬来京城，包括后面十年住在我旁边，他们都是独立地生活，极少依赖我们。

他们的日子极其简朴单调。在小地方过了大半辈子，形成了他们的生活习惯，也限制了他们的观念见识，虽然后来有了更好的条件，也想不到改变。一日三餐，去楼下小花园散步，与相熟的老人聊聊天，看新闻和电视剧，生活通常就循着这样的轨道运行。连出小区院子都很少，多半是老两口儿相伴着去超市和早市，偶尔有些其他零碎事情。包括去医院看病拿药，也大都是自己去，好在医院离得不远。只有一些他们实在无能为力的才提出来，比如去回访某个来探望过他们的老乡等，因为住得远，交通不便，需要我开车送他们去。每当这时候，父亲用的都是一种商量的口气，而且隐隐流露出一些不安，全然不是很多别的家长那种理所应当的态度。

这种态度与他们长久独立生活的习惯有关，也是轻易不想占用我的时间。

有一件事情，可以作为一个隐约的背景。来北京读书的前一年，我就参加过高考，成绩不理想，被本地一所两年制的师范专科学校录取，我不想去，年龄也小，就想第二年再考我喜欢的文科。当了一辈子孩子王的母亲，也不主张我将来沿袭她的生涯，同意我复习。但父亲却希望我去读，说将来有固定的工作，多少人羡慕呢，还说明年要是考不上怎么办。我记得感到很委屈，但又无法表达清楚，一着急竟然哭了起来，父亲当时有些手足无措，含混地说了几句什么，就不再提了，等于默许了，而且此后再也没有说起这个话题。第二年我考得不错，是恢复高考后本县第一个考入最高学府的，在全省都是好名次。当时是80年代初，高考几乎就是一座改变命运的独木桥，不难想象在小城里造成的轰动。父亲拿着我的录取通知书，喜气洋洋地走在街上，见到认识的人就给人看，说儿子被录取了！

显然这让他感到极大满足，也可能同时给他带来了一些内疚。因为后来我听母亲说起过，父亲对她讲自己后悔了，当初不该反对儿子复习重考。我倒是一点儿也不觉得他有什么不妥，作为家长他当时那样想很正常，而且他只是劝说，并没有强迫的意思。不过在我变得模糊的记忆中，也是自那时起，他的态度有了明显的变化。像很多被工作和生活压得无暇他顾的家长一样，以前他对我们的学业基本上是不闻不问的，但此后这成了他关注的重点，鼓励弟弟妹妹好好学，家里砸锅卖铁也会供他们。说起全国的大学来，居然也头头是道。后来弟弟妹妹都考上了重点大学，离不开家庭的大力支持。

在他眼中，孩子们的工作重要，不应该打扰他们。尤其是多年后，每当从我给他们订阅的报刊上看到我发表的文章，他总是细心地保存下来，拿给客人看。当他得知我当上某个小刊物的负责人，按体制内的惯例对应某个级别后，曾在电话中告诉他过去的单位同事，说比县领导还要高半个格。这是我过后有一次开车带他回故乡办事时，饭桌上听他的老同事说起的。我不由得哑然失笑。这完全没有可比性，但我明白这是一位父亲的可以理解的虚荣。20世纪40年代，他在老家农村读到高小，这在当时也算是高学历了，成绩很好，但因为家里贫穷，无法供他再读下去，早早地出去谋生了。同学中坚持学下来的，后来有人当到了北大、北师大的教授，还有人当上了国务院某部的副部长。说起这些时，他明显地流露出遗憾。如今，在他眼里孩子们还算有出息的生活，该是让他感觉到某种补偿。所有这些，与他个性里的谦卑和善结合，便养成了能自己做绝不麻烦别人的习惯，包括自己的孩子。

老两口儿的生活中，父亲掌管财务。二十年间，他自己去住处旁边银行取钱存钱，买理财产品，存款利率能记到小数点后两位数。父亲去世后，母亲从电视柜下面抽屉中拿出一个装糕点的铁盒，让我清点。她在这方面彻底甩手，一直都是父亲操持。里面是各种票据、存折、银行卡，一个破旧笔记本上仔细地记着每一笔存款、理财的起止时间和利息，清楚准确。它们加起来，算得上一个不小的数目，连母亲都很感意外。她说有一次问过父亲：你什么都舍不得，攒下钱又能做什么用？父亲回答：准备着将来养老看病啊。母亲说，几个孩子都孝顺，谁能不管我们？父亲说，别给孩子们添麻烦。

其实这句话，我也好几次当面听他说过，都是老家多年未见的亲戚或同事来京时看他，称赞他气色不错时。这时候，他的表情里有一种得意欣慰，接下来会说把身体保养好，是为了尽量不给儿女们添麻烦。这话每次他都说得很自然，显然已经成为他的一个信念了。

父亲生活十分节俭，一辈子过得抠抠搜搜。当年在县城里，每次到集市上买菜，他都是货比三家，拣便宜的买。那时家里确实很困难，我记得很长时间内，父母的工资一个四十三元、一个三十四元，几个兄妹都在上学，这些钱要负担家里的全部开支，有时还要接济在农村的亲戚和老人，每一笔花销都要小心算计。晚年虽然手头宽裕多了，但习惯已经根深蒂固，行事依然是老样子。他自己去农贸市场旁的路边摊上，理几块钱一次的发。买到质量还不错的便宜货，是他的一大乐趣，但吃亏的时候也不少。他习惯喝蜂蜜，有一次碰到马路边有人推销，看上去成色不错，价格明显便宜，他一下子买了很多瓶，过不多久就发酸变质了，只能倒掉。母亲抱怨：便宜没好货，小孩子都知道的事！类似的故事还能数出好几桩，我们当面笑话父亲，好脾气的他也只是笑笑，并不怎么辩解，仿佛是说随你们说吧。

在最后陪伴的日子里，我们时常会说起各自记忆中的父亲。妹妹谈到，就在几个月前，有一次她来探望时，父亲忽然抓住她的手，说当年家里实在太困难了，所以才让你报账，你要理解啊。我马上就听明白了，因为这也曾经是我的经历。读大学那几年，每次寒暑假回家时，父亲都会让我说一下这个学期花了什么钱，一笔笔地算，要与学期开始时带走的钱对上数。记得母亲在旁边表示不满，说没见过你这样的。晚年的他，回首往事时，一定是对当年自己的做法感到了后悔，才会对妹妹做出那样突兀的动作。这样的情感表达，显然不是我们熟悉的方式。

但是父亲啊，你真的不需要歉疚。你的所作所为没有一点儿私念，完全是出于对家庭的责任感。它们无休无止地纠缠着，让日子看上去枯燥零碎，让一个人也显得乏味沉闷，但这后面那些持续的坚忍和付出，那种最容易被忽略的德行，正是让生活得以发展的可靠的凭依。

坐在病床旁，我看着昏睡中的父亲。因为忽然袭来的一阵疼痛，他的瘦削枯黄的脸上刹那间掠过一种痛苦的表情，嘴唇扭曲，被束缚带绑着的双手也颤抖不已。我想到了他讲给母亲的那句话，别给孩子们添麻烦，心里一阵刺痛。父亲，我们准备好了，宁愿让你麻烦一下。只要你能活下来，就是好的，哪怕身躯不能站立，神志无法恢复。我可以推着你，到小区里晒晒太阳，让暖和的风从你脸上拂过。一个瘫痪呆傻的父亲，仍然是父亲。

但即使是这样的愿望，也没有可能实现了。

就在父亲发病前不久，有一天早上，我打开厨房窗户透气时，随意向下看去，正望见他拉着买菜的小车，经过中心花园的甬道，去旁边的售水机打水。他身着那件穿了多年的土黄色棉衣，低头弯腰，步履蹒跚。我当时心里一动，在他的身影被拐弯处几株茂密的垂柳遮挡隐去之前，举起手机拍下来。因为是在将近二十层的高处拍摄，有不小的距离，在楼房、花木、健身器材、晨练的人们所构成的广阔而庞杂的背景上，他只是一个渺小模糊的影子，要仔细看才能辨认出来。

如今，最经常浮现在我眼前的，就是这幅图画。那个佝偻的背影，已经在记忆深处定格。

七

每隔十来天，我来一次父母的住处，给阳台上的盆栽浇水。日子过得真快，还有一个多月就是父亲的周年忌日了。

这所房子，也已经空闲了大半年。父亲去世两个月后，母亲被弟弟接到上海他的家里去住，想让她换个环境，调适一下心情。她并没有像她曾经自称的那样豁达，丧偶的痛苦焦虑是明显的，记性也变差了，同一句话反复唠叨。本来打算春节后回来的，因为新冠肺炎肆虐，返程受阻，不知何时才能成行。

朝南的房间分外明亮，阳光透过阳台的大幅落地玻璃窗，一直照到客厅里北面纵深的位置。这个十年中来过无数次的地方，如今安静得有些异样。想到老两口儿平静简单的日常生活，以及春节全家聚会时老少十几口人的热闹场面，忽然有一种恍若隔世之感。

该是因为这种异常的寂静，这种不真实的感觉，许多尘封已久的与父亲有关的往事，一些过去多年中从未想起过的场景和片段，在他离世近一年的时间里，在我一次次过来的时候，于脑海中渐次浮现。

我记得十多岁的时候，县城里不少人家养热带鱼，那些五光十色的漂亮鱼儿让我迷醉，日思夜想养上几条。那时鱼缸都是自制的，没有地方买。父亲禁不住我的恳求，请人用玻璃和白铁皮做了一个长方体的鱼缸，还自己动手给我制作了一个捞鱼虫的纱布抄网。这让在一起玩儿的小伙伴羡慕不已，他也央求过多次，但他父亲不理睬，最后一次烦了，狠狠扇了他几个嘴巴。

我考上大学，他把我送到几十公里外的德州火车站，托运了行李，送上车厢找到座位，匆匆托付给坐在旁边的乘客，说孩子小，从来没有出过门，拜托一路上费心照顾。十几天后，他又搭单位进京办事的车，辗转倒车来到学校，掏出一块凭票购买的崭新的上海手表送给我。

也是那一次，趁着周末两天没课，他带着我一次次换车，一路打听着，找到几个远房亲戚和他当年的同学家，把我引见给他们，请他们今后给予关照。我记得拥挤的公共汽车，记得父亲住宿的招待所昏暗的房间，记得走在街上忽然下起了雨，落到身上有些冷，父亲从人造革手提包里拿出塑料雨披给我披上，他穿着的的确良白衬衫却全被打湿了。

在我读到最后一年时，妹妹也考入同一所大学，父亲又把她送进校园。那一年父亲五十岁，比我现在的年龄还要小几岁。妹妹同宿舍那些像正在开放的花朵一样欢快的女孩子们，叽叽喳喳地评价父亲，笑得前仰后合：你爸爸长得帅气，但是没派儿！她们说得没错。父亲个头儿高，相貌英俊，待人和蔼谦恭，从来看不上一些小官吏装腔作势摆架子的样子。父亲做了一辈子信访工作，我记得小时候有一次正在吃午饭，一位上访人员不知怎么打听着找到家里来，父亲拿个凳子给对方坐下，又让母亲装了一碗饭菜递过去，边吃边听对方讲，像接待一个亲戚一样。

....

在这些回忆的中间，总穿插着出现近年的画面：他佝偻着腰，扶着护栏，从二楼悄无声息地走下来；他倚在沙发上看电视，神思昏沉，时常垂头打会儿瞌睡；他饱受老年前列腺增生之苦，排尿淋漓不尽，经常上厕所，每次都要待上半天；他对某个物业员工的帮助心存感激，在亲友来探望他时赠送的礼品中挑选，要找出一样东西作为报答，虽然这在对方是出于分内的职责……而在每一次回忆的最后，总会浮现出那个模糊的背影——他穿着厚重地去楼下打水，步履迟缓地走过追逐嬉闹的孩子们身边，由近而远，渐渐隐没在树丛背后。意识的流动跳荡中，是时空的交错和叠加。一个生命的漫长历程，被压缩成若干零碎的片断，在记忆的屏幕上，闪闪烁烁。

在这样的时候，我经常会感觉到，胸中仿佛有什么在涌动。

父亲，一个普通乃至卑微的人，平凡到不会让人多看一眼，甚至除了家人，他的存在与否都不会被留意。但他给了你生命，将你抚养成人，以他能够做到的最好的方式，表达对你的爱，虽然这个字他一辈子没有直接说出过。这不是他的生活词典里的惯用词，但对它的意义它的所指，他十分清楚且始终身体力行。

父亲，我记着呢，这一场父子缘分。

或早或晚，在另一个时空，我们将重逢，从此永不分离。

与母亲相约

父亲去世，给母亲带来的痛苦是明显的。作为儿女，我们对这点有一种切肤般的感受。

母亲性格开朗爽快，喜欢交往，每天上下午都要下楼，与小区里熟悉的老人们一同聊天、锻炼。不像父亲离群索居，很少出门，认识的人屈指可数。对这一点，母亲很自信。好几年前，记得是在吃年夜饭时，她曾经说起过："将来还不知道谁先走。我要是走在前面，你爸爸可就业障了。你爸爸先走，我没事，能够照顾好自己！"业障本来是佛教用语，在家乡话里有孤单可怜的意思。我们当然是阻止她说下去，用一句"你们都能长命百岁"岔开了话题。

但基于自然规律的生命，却无法避免某个必然的阶段。3月底的一天，晚饭后父母一同看电视，母亲忽然发现，坐在旁边的父亲双眼紧闭，头垂到胸前，嘴角有口水淌出，喊他不答应，拍他捅他掐他也都无反应，急忙打我手机。我和妻子正在不远处的紫竹院公园走路，赶紧开车赶回来，叫了救护车拉到旁边的医院，拍了脑 CT，判定是脑出血，便又迅速拉到一家脑科医院做了手术。术后意识一度清醒，但几天后却又二次出血，加上年事已高，卧床时间过久，引发了并发症，导致多器官衰竭，在住院五十天包括重症监护室抢救二十天后，终于不治。

母亲成了未亡人。

其实从父亲发病开始，母亲就远非像她自己宣称的那样从容镇定。打给我的电话里，带着一种哭腔；从救护人员进门到抬父亲出门，短暂的时间里，她慌张得上了两次厕所。自父亲住院到亡故的五十天中，为了便于去医院探视陪床，也为了陪伴安慰她，妹妹妹夫从远郊区搬过来住，弟弟从上海、小妹从国外先后赶来，家里住满了人。母亲一再说你们别牵挂我，但她那种六神无主的样子，却无法让人放心。有一次她去小区旁边一家熟悉的小超市，心神不定中走错方向迷路了，向人求助，给家里打了电话，才把她接回来。过去曾多次劝她不要出小区，她每次都会反驳，说你们小瞧我了，但这回终于答应了。

办完丧事后，弟弟和小妹分别返回，妹妹妹夫继续住了半个月陪同母亲。住在同一小区的我们，更是随时过去看望。母亲依然好强，一再说事情都办完了，你们也各忙各的吧，别再守着我了，我能行。但显然能够看出她的言不由衷。言谈举止都有了明显的变化：电视里播着她喜欢的连续剧，但她眼神茫然，似看非看，忽然就回到自己屋子里躺下；说要去院子里散散心，但很快就又折回来了；一次从她常去的凉亭边走过，望见她坐在几个相熟的老头老太太旁边，满面愁容，而过去总是有说有笑的样子；一个无关紧要的话题，她会反复唠叨；为某件不值一提的事情，能生上半天闷气……分明能够感觉到，她内心的某种东西已经涣散了。

就在父亲发病的那一个星期天，母亲还和以往一样，一早就打来电话，问中午想吃什么。多年中，每到周末去和父母一同吃中饭，已经是固定的节目，有了一种仪式般的意味。偶尔会带他们去周边饭馆，大多数还是在家里做，通常是母亲做，父亲打下手，而且总是固执地不让我们进厨房，说他们现在还能行，将来做不动了你们再上。但从那一天以后，母亲再也不下厨了。

老来失伴的悲痛，在母亲身上获得了印证。父亲晚年越发爱静，除了一日三餐和看电视《新闻联播》，一天的大部分时间都躲在这套复式住房二层他自己的房间里，悄无声息地练一种养生静气功。母亲膝盖有问题，不能爬楼梯，多年不曾上楼了，父亲又耳背，有事叫他只能扯大嗓门喊。她曾经抱怨父亲："连个老鼠喘气的声音都没有，你活着和死了有什么不同？"

但显然有所不同。此刻，正是这种不同让她痛楚，也更加衰老了。生命中有一些脆弱是难以改变的，并不会因为历经人世风雨，见惯生离死别，而变得淡漠无感。它已然是人性中的牢固成分。从母亲的身上，我深切地认识到了这一点。

小姨家表妹送报考军校的女儿来北京体检，小姨也跟车过来，回去时把母亲接上，到华北油田她的家里住了半个月。这半个月中，我先后去贵州参加一次采访，去大连参加一期培训，心里踏实了不少。与母亲视频，她告诉我小姨对她照顾得好，表弟表妹请她下饭馆，过得很舒心。母亲是喜欢热闹的人，在亲人们中间，悲伤当然会缓解。

母亲回到北京第二天，我从大连参加完培训回京。过去看她时，她说起弟弟给她打电话，请她去上海住，她已经答应了，准备几天后就去，住到秋天凉快了再回来。这让我有些感到意外。

其实还在父亲住院期间，在说到父亲可能不治时，弟弟就提到了这点。他家里一天到晚都有人，小时工每天定点上门做饭，对老人来说最关键的问题解决了。眼前还有分别在读初中和小学的孙女孙子，每天看到他们，也是一种莫大的安慰。几年前母亲去住了近两个月，很开心。但这个话题当时没有继续下去，我们寄希望于父亲最终能够摆脱此劫难，尽管最好的结果恐怕也是行动不便、意识混沌——住院期间的第二次脑出血，影响到了大脑的认知功能区域——但只要活下来就好。为此，和看护他的甘肃籍女护工都说好了，出院时请她一同来家里照顾。但这个愿望最终还是化作了泡影。

父亲火化当天，回到家里，弟弟就提出带她去上海，就在他那里养老了，母亲一口回绝了，说是要和父亲的魂魄在一起，她还时刻能感觉到他的气息，她一走，他会感到孤单。十几天后，我们把父亲的骨灰盒从他的房间取出，送到几十公里外的一处陵园存放，等待秋天时下葬。这处墓地是几年前就预购了的。已经回到上海的弟弟再次打来电话，她的口气没有那么坚决了，但还是说自己住能行，以后再考虑去他那里。我猜测她没有说出来的想法：一是怕拖累弟弟一家；二是习惯了已经居住十年的这个环境，宽敞的住处，熟悉的邻居；等等。这样，给她找一个全职保姆，时刻陪伴在她的身边，就是现实的选择了。

这次她明显转变了态度，或许是听了小姨的劝告。来参加父亲葬礼时，她就提议过，觉得这样对母亲最好。但更主要的，应该还是置身于那种浓郁的亲情氛围中，母亲预感到了将来独处时会面对的无边孤寂，她觉得自己难以承受了。这种孤寂也不是我们短暂的探望能够解除的，虽然近在咫尺，但受职业的束缚，我们无法时时陪伴。

但不管怎样，母亲松了口，接下来的安排就有了方向。妹妹妹夫带她去做了白内障手术。这事一直在说，但一直拖延，这个打算促使她下了决心。手术后第二天就去复查，情况良好。当天傍晚，弟弟坐高铁赶到了北京，而且已经订好了第二天上午的返程车票。

从那天到今天，一个月了，与母亲的相见，便都是在视频中。

这两年，手机成了她不能离开的物件。她使用手机的唯一目的，是与远方的亲友视频，包括老家的舅舅、侄子侄女们、县城里当年的同事、家属院里的老邻居。如今，北京对于她成了新的远方，二十年间面对面的儿女，只能从手机屏幕上看到了。高清晰度的画质，让对方脸上的每一道皱纹都清清楚楚，中间的上千公里仿佛并不存在。

到底是上了岁数，同一件事情她反复絮叨。因为我要开车回一次故乡，办理为父亲注销户口等手续，她一遍遍地嘱咐，路上要注意安全，开车累了就休息一会儿，给小舅准备的几提兜的衣服，别忘了交给县城里的表妹，等等。这让我感到好笑，忍不住说了一句"你都给我讲了多少次了"。看到镜头里母亲有些惶恐的样子，又后悔不该说。耄耋之年的她，生活范围已经收缩到只有身边的亲人了，为什么不容她多唠叨几句？我不能嘲笑，更不能无视。

到上海十多天后，一次视频时，母亲说起弟弟弟媳都劝她在上海过春节，她也答应了。这又是我没有想到的。本来我已经开始托人物色保姆，准备等她秋天回来时就住进家里来。但马上又觉得母亲的想法自然而然。她住在自己儿子家，被骨肉亲情围拢着，那种感受，无论如何比让陌生人来陪伴伺候更为舒适和坦然。

母亲接着说，她觉得这样也好，否则弟弟一家人又得来京陪她过春节，她不忍心他们来回折腾。但因为妻子届时要去国外与在那里读研究生的女儿一同过节，她又放心不下我，担心我一个人在家里"业障"，说着眼泪就落下了。我眼眶也有些发热，一迭声地说，放心吧，春节我会去上海，陪您过节。

母亲去上海了，旁边单元的那间屋子，十年来第一次无人居住。我几天过去一次，取报箱里的报纸，给阳台上的花浇水。暑热开始退去，初秋明亮的阳光，透过阳台上整面的落地玻璃窗洒进来，偌大的房间里，静谧得有些异样。想到曾经的身影声音，节假日相聚时的热闹，竟有些恍惚，仿佛那是很早以前的事情了，虽然过去了只有一个月。

这种感觉迟迟难以消除。物是人非。某种东西从内心深处剥落了。我知道，再也不可能回到过去了。

多年前，曾经读到过这样一句话：父母是隔在我们和死亡之间的一堵墙。这个比喻给予我一种撞击感，当时就记住了。但对其内涵有真切和深入的理解，也还是在经历了陪护病重父亲的过程之后。如今父亲去世了，这堵墙壁已经坍塌了一半。而已经八十四岁高龄的母亲，既让我感到欣慰，又时刻感到隐约的忧戚。"父母之年不可不知也，一则以喜，一则以惧。"对《论语》中的这句话，是随着年龄的增加，越发能够体会的。

我记住了对母亲的承诺。

远处的墓碑

那个地方，蓦然间变得邻近了。近得仿佛就在身边，伸手就可以触摸到。

此刻，掌心中有一丝轻微的寒凉之感，分明是当初手贴在大理石墓碑光滑的碑面上时的那种触觉。但此时的感觉，十分确凿地来自眼前的骨灰盒。因为这个物体，因为抚摩它而产生的感觉，使得长期以来藏匿在意识深处的那个影影绰绰、飘忽不定的东西，一下子变得确切和坚实。灵魂受到一种突兀的叩击，仿佛身体被飞来的石块击中。

我说的是对死亡的感知。

两个多小时前，在八宝山殡仪馆火化室门口，家人亲属一同迎接了岳父的骨灰盒，驱车带回家中，放置在他生前使用的那张书桌上。八十六岁的岳父，生命化为另一种形式，寄寓在这个长方体的木质匣子里。青黑的颜色，也和墓碑近似。因为它的存在，在观念中那一道横亘于生死之间的巨大鸿沟，一瞬间化为乌有，仿佛强风掠走一缕云烟。

骨灰盒后面的书架上，摆放着岳父的遗像。不久之后，遗像将被烤制成瓷像，镶嵌在五十公里外的那一处墓园中、属于他的那一块墓碑上。

仅仅是一夜之间，将来容纳这个匣子的地方，那个仿佛不真实的远处，变得生动真切，如在眼前。

是在前年的岁末，预购了这一处墓地。那时岳父做完肿瘤手术不久，大夫对疗效不乐观的预期，让我们意识到这是一个需要考虑的问题了。

这个地方与十三陵山脉相接，驶出京藏高速公路不远。墓园视野辽阔，坐北朝南，背倚层峦叠嶂，地势由高到低舒缓地延伸。初冬时分，空气寒冽清新，阳光明亮澄澈，勾勒出山体刚性硬朗的线条。而经霜后的松柏和草地的绿色，又平添了一种凝重。整体的气氛肃穆、宁静、高远，合乎心意，所以当时就确定购买了。

岳父查出顽疾是在单位组织的例行的体检中。在那之前，他身体一直颇为健壮，极少生病，每天至少步行一万步。家里人都相信他肯定能够活过九十岁。虽然得知病情后，观念中的死亡开始萌生出了明确的形状，但由于他手术后一段时间恢复得不错，加上作为亲人都会顽强地抱持的期望，因此在多数时候，想到那个地方时，潜意识中仍然把它当作一个不甚确切的存在，一个远处。

直到两个月前，仿佛断裂一般，他的病情急遽恶化，一周之内两条腿先后瘫痪。然后是辗转于三家医院的病房间，各种抢救手段轮番使用，除了一步步地增加痛苦之外，没有效果。一周前的那个黎明，在熹微的晨光中，他呼出了最后一口气息。

现在终于明白了，对岳父来说，以发现病情为起点，他到那个地方的距离，是十七个月。

最后的数日，在高烧不断引发的意识谵妄中，岳父口齿不清地反复念叨两个字：回家。

此刻，他终于如愿以偿，回到了自己的家，回到这间他度过生命最后几年时光的屋子里，栖身在他生前阅读和写作的那张书桌上。房间里一应陈设，都是他最后离开时的样子。只是骨灰盒前面摆放的一碟数种水果，一缕袅袅飘荡的燃香的青烟和气味，让人意识到已然是生死暌违，物是人非。但情感自有自己的执拗，面对岩石一样坚硬的事实仍然不愿相信，迟迟驱散不尽那一阵阵袭来的恍惚。

这里只是他暂时的寄居之地，是迈向另一段旅途的中转站，一个承前启后的旅舍。那个远处，才是他的长眠之所。

已经确定了下葬的日子，是3月下旬的一天。西北方向的那一座陵园中，那个位于东区竹园中的墓穴，覆盖墓穴的石板将被移开，在家人的目送中，在哭泣和泪水中，在深深的鞠躬中，骨灰盒被缓缓地放入。

那时正值生机盎然的时节，满眼都是从冬眠中醒转过来的大自然蓬勃淋漓的活力：野草青翠鲜嫩，树枝摇曳新绿，迎春、玉兰、连翘等一批开得早的花卉也已经竞相绽放。在这样的背景下举行生命告别的仪式，显然更容易让人体会到生与死接续、融合的意味。

遗像上的岳父，笑容爽朗欢畅。这样的笑容，即将被镌刻在墓碑上，凝固成为一种超越了时光的永恒。

但将来，在漫长的日子中的绝大部分时间里，遗像上的那一双眼睛所望见的，将不会是下葬仪式上亲人们的悲恸和依恋。他看到的将会是另一种风景，缓慢，静默，递嬗往复。那是春天恣肆的新绿，夏天骤至的暴雨，秋天飘坠的落叶，还有冬天寂寞的积雪。在这一处远离尘世喧嚣的山坳中，时光的流逝和表现，充分依从自己的法则。

每年的清明节前后，还会有另外的日子，家人会来这里看望他。可以肯定的是，这样的场景会在此后的多年中反复出现。而悲痛将随着时光推移而逐渐减弱，等到多年后，每次的祭扫，更像是一次家庭的郊游踏青。当鲜花和水果摆到墓碑基座上，家人们肃立鞠躬时，每个人眼前都会闪现出当年他的样子，某一句话、某一个表情或者动作。哀伤不复汹涌和持续，但缅怀会在心中年复一年地叠加。

还有一点不同的是，前来祭奠的亲人们，会渐渐地变老。

某一天会有人不再前来，某一天来的人中也会有新加入的人，那是现在还没有诞生的孩子，他的孙辈的子女，这个家庭的第四代。最让人难堪的，是必将会出现的一幕：这些前来祭奠他的亲人们，在难以确定的年月之后，也将一个接一个，次第消逝，不复存在。那时，如果墓碑还在，遗像犹存，那双眼睛所望见的，将会是一片虚空。

我努力让自己的思绪，止步于这一道虚无的边界。

但这真的需要躲避吗？既然已经越来越多地目睹真切的死亡，既然这样的事实每时每刻都在发生，那么，仔细端详一番那个必然会降临的日子、每个人最终的归宿，不也正是一件值得去做的事情？

如果将生命的过程给予一种形象化的呈现，岂不是可以说，不分你我彼此，每个人的一生，其实都是在向着那个地方，向着某一个墓碑所在之处，移动脚步。那是他的远方，他的终极目的地，他一出生就注定了会抵达的地方。

每个人都走在路上。通常这会是一个缓慢的过程，仿佛电影镜头中，一个人的身影渐行渐远，越来越模糊，最终走到了视野之外。在相当长的时间内，行走者对于自己所奔赴的远方，或者浑然不知，或者只是一种观念上的了解，仿佛一道虚幻飘忽的色彩。随着他拥有的岁月的增多，那个地方也会变得越来越近，越来越清晰，遮掩它的神秘面纱也被一寸寸地抽走。最终，每个人都将与它直面相向，真切地体验到一种贴近感。

行走者的步伐，同样是千姿百态。有的人要走很久，走得跟跟跄跄精疲力竭才能抵达，有的人却到达得爽快麻利，某一条血管破裂，顷刻间绊倒了他的脚步，訇然倒地，来不及说出一言半语。当然，也还有那些因为坍塌、火灾、撞车等飞来横祸猝然离去的，更是以一种尖利的方式，直接被一双冥冥中的手臂投掷到了那个远方。天涯变作咫尺，只在一瞬间。

于是，每一个生命与所对应着的那个远处的墓碑，在这样的想象中，便呈现为两种面貌的距离。一种是空间的，一种是时间的。前者是刚性的，仿佛岩石一样坚硬实在。后者却具有不确定性和伸缩感，仿佛岩石上缭绕着的雾霭，经常变幻形状。谁能说得清相互之间的那种纠结和缠绕，那种神秘和诡谲？

所以，那一句话才广为传布："一个人应该在从墓地回来的路上成为诗人。"

因为诗歌是语言的闪电。它的形象凝练的语句，以一种特异的感性力量，瞬间照亮了生活和存在的天空，使其幽昧中的本质得到显影。引发这道闪电，需要一些特别的机缘和触媒。而因为绾结了生与死这个人生最大的话题，墓地显然是一个诗与思、情感与思想的合适的催化之地。

陵园很大，逝者按照生前的职业身份，埋葬在不同的区域。园中的主要道路旁，一处醒目的位置，是一个知名曲艺艺术家庭的墓地，两代家庭成员的几座雕塑，参差排列又彼此相望，形成了园中园的格局。这种家族墓地想来还会有，只是逝者不那么出名，未被人们注意到。

岳父的在天之灵，不会感觉到孤寂清冷。他的岳母、我们称呼为老奶奶的外婆的骨殖，不久前已经从西山旁的一处墓地迁来，葬进了这个三人规格的墓穴。我至今清晰地记得，二十年前，九十五岁高龄的外婆辞世后，遗体移到复兴医院太平间保存，岳父将自己关进外婆居住的那间屋子里，来回地走动，眼角挂满泪痕。共同生活了四十多年，他们两人的关系胜似亲生母子。在数十公里、二十来年的时空距离后，他们又将厮守在一起，从此天长地久，再也不会受到任何的阻隔。甚至妻子退休的姐姐姐夫，也在这里为自己提前预订了墓地，为了将来能够长眠在父母身旁。

想象一下那种超越了时间的相伴相守。

那更像是一场变换了地点的聚会。如今在这间屋子里言谈走动，将来移到那里安静相处。两代人之间，距离也就是百十来米的样子。同样的一片星光照耀，同样的一阵雨水浇淋。从这个墓碑上方吹拂过的风，到达那边的墓碑时，摇动树枝的强度是同样的，发出的窸窣声是同样的。这样的想象，会让人感到一种深长的安慰，即便他是一位彻底的唯物论者。

以半百之龄，行走于生命路途的中段，我们的生活还可能有一些变数，还不能确定属于自己的那一块墓碑，最终会安放在哪一个地方，哪一处山陬海隅。但我在此为自己年过八旬的父母预购了墓地，为了应对那个必然会到来的结局。他们退休后搬来京城，接近二十年了，已经成为故乡的异乡人，不可能更不情愿将来把他们送回冀东南的家乡。他们将来长眠于这里，方便分散在天南海北的几个兄妹前来祭扫，也可以和多年来默契友好的亲家继续相伴。

没有告知父母这个安排，但相信一旦他们知道了，内心会感到慰藉。

岳父即将入土为安。近和远，此处和彼处，这些曾经对应着他的距离，随着肉体生命的消失，也即将消弭无痕。而家里活着的每个人，仍将面对各自的远方。

最核心的问题，对每个人其实都是一样的：这段距离有多远。

譬如说，我的父母。

这样想时，地理的勘测倏忽间转换成了时间的度量。他们现在住在城里，和我同一个小区，离这一座陵园差不多六十公里，开车走高速，也就一个多小时的样子。但他们移居到这里，需要多少年？或者说，时间的距离是多长？

作为人子，当然期盼这是一段漫长的距离。二十年，三十年，多多益善。属于他们的那一块墓碑，黑色大理石碑面的底端，简约地镂刻了一朵莲花图案。期盼莲花上方的空白处，将来要刻上他们名字的地方，能够年复一年，空旷如斯。期盼不得不搬动覆盖墓穴的石板的那一天，遥遥无期。

然而这不可能。于是，问题就转换成，面对一天天减少、越来越有限的时间，我能做什么。当望着他们的身影不可阻拦地渐渐远去，难道仅仅是叹息？

显然不是。虽然最终的结局无法躲避，我们仍然可以做出自己的抵抗——用耐心和细致，用呵护和眷注，时时刻刻。这样，就会有一种力量生长出来，虽然肉眼难以看到。这种力量拽紧他们朝着那个方向倾倒的身躯，让倾倒更慢一些，再慢一些。让掌心更多地触摸到他们的体温，让脸颊更多感受到他们嘘出的气息。不要过多地戚戚于他们的眼神日趋昏花，声音日益嘶哑，步履日渐蹒跚——因为，连这一切都将彻底失去。

　　将这一段望得见的距离，尽可能地抻长，让那远处的墓园，尽可能地，总是在远处。让那黑色的墓碑，只是偶尔在意识中闪现，而迟迟不会面对目光的直接投射。

　　努力让这一切，接近最大值。

器物中的时光

母亲过世一年多后，我开始整理她住过的房屋。

这套房子与我的住处在同一幢楼里，两个单元相邻。家在外地的弟弟出资买下这套房子，也是考虑让当时已年过七旬的他们离我近一些，能够得到照应。在这里，父亲住了九年，因脑出血昏迷，住院治疗近两个月后离世。母亲又住了将近两年，因为多年宿疾突然发作，而在两天内辞世。从此，房间一直空置着。

没有限期的要求，因此整理并不着急。我在半个多月里，断断续续地过去，每次一两个小时，慢慢地收拾。十一年的时间不算短暂，房间的每一个角落都储藏了很多记忆。收拾过程中，一些往事被唤醒，曾经的场景再次浮现，消失的时间重新返回。

回忆的开始，被一种欢快的气息包围着，仿佛春末夏初时节那样明亮惬意。那正是父母刚刚搬来的时候。离开生活了十年的远郊小镇，住进这套宽敞了很多的大房子，他们欣喜不已。新搬来的东西杂乱地靠墙堆放着，母亲将一个用床单打成的圆鼓鼓的大包袱拉过来，解开打得很严实的结扣，摊开在客厅木地板上，里面是一摞摞叠着的衣服和毛巾、枕头等。5月上旬天已经热了，母亲额头上沁出了汗珠，她用手背去擦掉，说阳光真好。那种喜悦的表情，我至今记得很清楚。

关于这间房子的记忆，那一天是原点，是开启。仿佛一道时光的闸门被提起来，奔泻而下的水流，在漫长的时日中，汇聚成为一片浩渺无边的水面。这里那里，在并不清楚分明的方位上，闪烁着众多的光点。它们是我记忆中的场景和细节。

搬来的头两年，前后有几位父母当年工作时的同事或朋友，来家里看望。他们大都也是退休后搬来这座城市，跟随儿女生活的。我也带父母回访过。但这些客人也和父母年龄相仿，出行不便，后来的联系也就只限于逢年过节时，互相打电话问候一声。

因此，对这一对老人来说，生活中勉强可以称得上事件的，便是孩子们的到来。这几间屋子里最热闹的时候，是每年春节前后的那几天，有时还有暑假中的某些日子。平日的安静寂寞，被聚会短暂地打破了，仿佛平静的水面荡起了一丝涟漪。

印象最深刻的一次，是父亲的八十岁生日，正赶上那一年的春节假期。那时他们已经搬来三年了。那一次聚会最齐全，国外的妹妹一家也赶来了，祖孙三辈十几个人坐满了客厅，几个小孩子嬉戏打闹，十分热闹。全家围着餐桌吃年夜饭时，父亲很兴奋，说他要说几句话，然后从裤兜里掏出一页纸，原来是事先写好的。他讲了几点，大意是感谢儿女们孝顺，让他们得以安享晚年，生活得很幸福。这种庄重的方式和他带有几分羞涩的表情，让大家笑成一片。

但这样的时候并不多。生活的主色调，还是日复一日的单调和平静，缺乏变化。

这一点首先体现在房间里的布设上。如果不是我们有时给稍微调整一下，所有的家具和器物，都会固定在最初的位置上。这个环境中的生活，也是一成不变的鼓点节奏。像每天的简单晚餐，总是摆在沙发前面的茶几上，两个人一边看电视一边吃，吃饭时看的永远是北京电视台的健康栏目《养生堂》，紧跟着是《北京新闻》，然后又是中央台《新闻联播》。接下来再看一两集电视连续剧，会在八点半到九点之间播完，就到睡觉时间了。

每个周末假日，两天中的一天，我们过去陪父母吃一顿饭。他们平常吃得很简单，但那顿饭总是要尽自己所能做得丰盛些。母亲轮流着做她的拿手菜，像焖饼、煎茄盒、用晒干切碎的马齿苋拌肥肉馅蒸出的包子等，都是我从小就熟悉的家乡美食。这些百吃不厌的味道，只能在回忆中品尝了。如今回想起来，心中时常泛起一阵愧疚：为什么那么多年中，我总是过去吃现成的，而很少进厨房帮着做几顿饭呢？仅仅因为他们多次阻拦，我就心安理得地坐享其成，养成了习惯，像一个受宠的长不大的孩子。

从这间屋子延伸出去，是他们极其有限的活动半径。

父亲习惯独处，通常是待在屋子里。偶尔外出时，一是与母亲一同去超市或菜市场买菜，二是独自到小区里的净化水售水机处打水。母亲喜欢热闹，每天上下午都要下楼去，但足迹大都也在小区院内。夏天在院子北面一片柏树林里，与一群年龄相仿的老太太们一起做保健操，冬天则移到楼下朝南的一处空地上，晒太阳聊天。

因为性情平和知足，饮食起居符合养生之道，因此在很长的时间里，他们有一个还算不错的健康状况。但自然的铁律无所逃遁，衰老和病痛不动声色地增加和升级，缓慢地调整着他们动作的幅度，一点点地蚕食着肉体和精神。

母亲的膝盖开始有问题了。每次从沙发上起身时，要用双手扶着茶几用力撑一下。走平路还凑合，上台阶则明显吃力。她的卧室床边摆着一台红外线理疗灯，是我买来给她照射膝盖的，床头柜上的一瓶带英文字母的药片，功效是补充钙质，如今还有小半瓶。父亲腰背愈发弯曲了，因为缺乏运动，肌肉萎缩，两条小腿瘦得可笑。他始终坚持自己去楼下打水，最早是两只手各拎一桶，后来是一次只打一桶，再后来则变成用买菜的小车拉。

于是，屋子里器物的变化增减，也和生命的流程同步。此刻还放在客厅角落里的拐杖和轮椅，便陪伴了他们生命的最后阶段。

父亲发病前大半年，有一次说起觉得双腿没劲，走路发飘，我便买了这副拐杖。有一次陪同他到小区旁一家医院体检，他拄着拐杖慢慢地挪动脚步，几百米的距离走了很久。这也是记忆中他唯一的一次拄杖。轮椅则是在父亲去世后，弟弟赶来处理后事时买的。父亲去世，给一向乐观开朗的母亲很大的精神打击，那种因丧夫带来的哀伤，不是儿女的关心能够抚慰的。她外出时不再走路，是由于腿脚更费力了，但更可能是她放弃了。这一辆轮椅便成了代步工具，被雇来照顾她的保姆推着，沿着母亲走了十年之久的小区内外的道路街巷，又缓慢地走了一年多，直到有一天彻底停下。

自父亲突发疾病住院手术起，因为病情迟迟不见好转，过去偶尔才有且很模糊的一个想法，开始频繁地浮现在脑海中：那一天总要来的。随着父亲离去，这个念头开始转到母亲身上。母亲早晚将要面对的那一天，会是怎样的情形？看着她失魂落魄的样子，我不再觉得这种想法有什么不敬或不妥。

这是一个永恒的谜语，谜底因人而异，常常到最后才能揭开。但将近两年后母亲给出的答案，却大致在意料之中。那个胸腹部主动脉中的病灶，是数年前体检时发现，前后看过几位专家，都摇头说无法手术。母亲多次对别人自嘲地说肚子里有一颗不定时炸弹，说不清时间设置，只希望到爆炸的时候快一些，少遭些罪。它终究还是未能躲过，而且过程也的确如母亲愿望的那样。

不过对于我来说，不管答案如何，引发的感受都是同样的。我在院子里行走，经过净水机，经过柏树林，经过坐在一起聊天的老人们，再也见不到父母的身影了。一种空空落落的悬浮感，每每从胸间升起。

更强烈地陷入这种感觉，还是在房间里时。去世后大半年中，母亲的骨灰盒放在她自己的卧室里。我隔几天过去一次，给阳台上她养的几盆草花绿植浇水，给床头柜上母亲的遗像点上一炷香，再坐上一会儿。笃信佛教的妹妹，安装了一个巴掌大小的电子播放器，日夜不停地播放着舒缓柔和的佛教音乐，将房间里衬托得更加静谧。想到当年全家人春节聚会时的喧哗热闹，恍若隔世。

母亲遗像旁边，放着一册薄薄的《金刚经》，是寺院里印制发放的，其中我最熟悉的是这一句："一切有为法，如梦幻泡影，如露亦如电，应作如是观。"

母亲的骨灰盒，如今已经埋进五十公里外的一处墓穴。两年的阴阳睽违后，一生相守的父母又在地下重聚了。我每次去祭扫，摆在墓碑前的祭品中，都有父亲喜欢吃的稻香村糕点，像桃酥、蜜三刀、江米条等。过去许多年里，它们时常出现在沙发前那个巨大的茶几上。

如今，放茶几的位置已经空了，客厅愈发宽敞。客厅和阳台之间的那道窗帘也已摘掉，没有了遮挡，阳光更加明亮，一直照射到客厅北面纵深处。此刻我就坐在满地的阳光中，将一些需要保留的小件物品，临时放置在几个大纸箱里，以备将来仔细整理。

眼前还在的每一样东西，我都说得出来历。阳台上的那一张沙滩小圆桌和两把椅子，是我在他们刚搬来时买的，至今完好无损。夏天之外的三个季节里，母亲都喜欢坐在这里，让透过落地玻璃的阳光烤暖后背。坐在这里望过去，靠着客厅北墙的那个三层的储物架，下面两层是铁丝网，最上一层是木板，是节俭的父亲从邻居搬家时不要的东西里捡回来的，平时总是放着木耳、香菇、挂面、杂粮之类。

这是一套复式的房间，我又来到二层。靠里面那间屋子里，放着一台老式缝纫机，是 20 世纪 70 年代的产品。当年在老家的一间狭窄的屋子里，中学生的我曾经趴在上面写过好几年作业。母亲手巧，擅长针线活儿，大到衣服小到鞋样，都做得很好，我还记得她做的一个绣花绷子，画面是鲜花和小鸟，格外好看，在墙上挂了很久。有了这台缝纫机，她更是如鱼得水，记得她的同事和邻居们经常找上门来求她帮忙裁缝，而全家人的衣服，很多也出自这台机器。

我要留下这台缝纫机，留住一种怀念。更多的东西，只能舍弃了。

缝纫机旁边，是一个很大的落地衣柜，里面摆放了很多被褥。我结婚时，按照家乡习俗，母亲给做了几铺几盖，用的是上好的棉絮，好不容易打听到县城里有认识的人开车进京办事，求人家给捎过来。几十年了，只用过一套，其他的一直四处找地方存放。但如今房子早晚都要出手，无论如何也得处置了。

我挑出两床被子留下，其他的打算放进小区里的旧衣捐物箱。没有人可送，送人也没有人要，如今一点儿钱就能买到松软保暖而又容易收纳的被褥。留下来的我也不会盖，只是为了保留一份母爱的记忆。想起人和物皆将亡失，不免有些感伤。

但感到慰藉的是，毕竟还有不少器物会长久相伴，它们足以牢靠地守护住记忆中我与父母共同度过的日子。

房间里的多数家具，包括一层客厅沙发前的那一个茶几，此前已经被运到远郊的一所住处。退休在即，期待已久的宁静生活日益眉目清晰。家具都是木质的，结实耐用，我舍不得扔掉，拉回原厂家翻新了一遍。那处房子客厅要狭小不少，这边客厅里的几件放进去，立刻显得拥挤了。父亲卧室的全部家具，则摆放在了我自己的卧室中，每件家具的摆放位置和朝向，和原来完全一样。

这样，未来的日子就不会完全新鲜和陌生。旧物在穿越时光时，也将往日的一些东西留存下来，仿佛一头从密林间飞驰而过的鹿，躯体上沾着蹭过的树枝的汁液。一些形象和气息，可见的和不可见的，都附着在这些器具的表面上，仿佛油漆的幽幽光亮，等待回忆的目光拂过。

除了定下那几样东西的去向，我今天的一个收获，是从一些书页间、信封里、抽屉中垫底的画报纸下面，找出了父母的一些零散照片，按照时间前后，分别放入几个他们的照相簿中，准备带到那个住所，放在书柜最下层的抽屉里。想他们的时候，就拿出一册来翻翻。

我会看到父母年轻时的模样，看到兄妹几人小时候依偎在他们身边，看到带他们去各地旅游，看到许多次的节日团聚，看到照片上有了更多的孙辈，看到他们越来越衰老疲惫……他们普通的一生，被浓缩在几本照片集里。

迟早有一天，这一套房屋将改换主人，在里面展开别人的生活。那时候，我会在一百公里外的远方，被熟悉的家具和器物环绕，沐浴着和煦温暖的阳光，而不时泛起的回忆，也会像一阵微风，吹掠过我的心间。

天堂一定很美

一

有一首近来很流行的歌曲，听后悲伤难抑：

我想天堂一定很美

妈妈才会一去不回

一路的风景都是否有人陪

如果天堂真的很美

我也希望妈妈不要再回

怕你看到历经沧桑的我

会掉眼泪

…………

歌词质朴无华，曲调凄婉中又有一缕激越。失去母亲的哀痛，思念母亲的忧伤，自肺腑间流淌而出，真挚深沉，感人至深，令人动容甚至落泪。

这首歌所表达的情绪，其实也适合所有失去挚爱亲人的人们。因此当它最早作为一部电视剧的插曲播出后，很快就传播开来。歌声让很多人产生了共鸣，它唱出了他们的心声。每个人听到或唱起这首歌时，他的心目中，对方可以是再也见不到的父亲母亲，也可以是其他已经天人永隔的亲人，是祖父祖母，是丈夫或妻子，是兄弟或姐妹，是恋人，是亲戚，是情同骨肉的好友。最简单的做法，是用一个"你"替代歌词中的"妈妈"，就可以指代概括所有的对象。

如果把它唱给去世的子女，当然也是适宜的。

生活苦难，命途坎坷，其中之大端就是失去亲人。丧亲之痛中，又有三种情形最为悲惨，通常被称为人生三大不幸，即幼年丧父，中年丧妻，晚年丧子。尤其是第三种情形，子女先于年迈的父母辞世，白发人送黑发人，更是惨绝人寰。

它最让人难以接受之处，是有悖于天地常理。生命的诞生、成长和消亡有着先后次序，养育和反哺，也原本是大自然的安排，不但人类如此，动物界也遵循着同样的规律。垂老时有所安慰，病榻前有所寄托，这是人生悲剧性历程中的一点儿暖意，一抹亮色。并不指望生命在骨血的延续中获得永存，这一类念头未免虚妄可笑，但想到肉身腐朽泯灭之后，仍然有一缕最初来源于它的气息，在天地间飘荡，总是能够带来一丝慰藉。但如果连这样卑微的希望都被剥夺殆尽，心中升起的悲哀，该是何等冰冷。

因此，这种不幸遭遇带来的痛苦，大山一样厚重，夜色一样浓稠。

于是，我看到每天白天奔波忙碌、夜里抱着儿子的骨灰盒入睡的父亲，看到每个周末坐公交车换乘几次来到远郊墓园、在女儿的墓碑前坐上一两个小时的母亲。有人不断更新孩子的微信朋友圈，借以维持住一个幻觉，有人每天给孩子写上几句话，已经连续写了多年。

支撑起所有这些行为的动力，只有一个字：爱。

二

当挚爱的儿女突然逝去，谁的父母能够接受？什么样的父母能够忍受？

法国当代作家菲利普·福雷斯特，在三十岁那年，三岁的女儿波丽娜突如其来地患上了骨癌，百般救治无效，于第二年夭折，带给他巨大的悲恸和思念。"这样的事情让人难以面对：它令人无法理解。我不断地进行文学创作，是我忠诚面对失去生命的方式。"他回答记者提问时这样说过。

原本以一位学者、文学评论家的职业安身立命的他，开始转向创作，试图通过写作获得面对苦难的勇气和智慧，修补自己那一颗千疮百孔的灵魂。

于是，在此后数年中，他围绕着"孩子的逝去"这个主题，写下多部作品。"从我的第一部小说开始，我的每一部小说都是在以不同的方式讲述同一个主题——对逝去孩子的哀悼。"包括怎么样去面对、怎样去消化这种哀悼，以及怎样去体验这种哀悼。"每一次这样的书写，都是一种对抗和自救，是在一张吞噬的巨口面前刹住脚步。

他通过《永恒的孩子》《纸上的精灵》《然而》《一种幸福的宿命》《薛定谔之猫》等著作，构筑了一个悲伤和哀悼的世界。这些作品，有的聚焦于女儿，回忆她从诞生到死亡的整个过程；有的则是另外的主题和题材，甚至十分遥远并不搭界，但在书中某个地方，因了某个触动，目光突兀而又自然地投向了已经化入虚空的孩子。

我想到了一句宋词："记得绿罗裙，处处怜芳草。"词句很美，反映了一种被称作移情效应的心理学现象，由此物而思及彼物，深情依依。但苦难产生的联想，有着同样的甚至是更大的强度，让人努力挣脱却不可得。在这些作品里，反复重现的回忆，为数众多的互文，表明了他的哀痛的深沉和持久。

福雷斯特夫妇那时还年轻，完全可以再生一个，很多人劝过他，这也是有过这种遭遇的人通常的做法。新生命的降临，也应该会稀释哀痛。但他没有，而是一直执拗地在文字中寄托对亡女的思念。

"清晨，她用欢快的声音把我从睡梦中叫醒。我奔上她的房间。她柔弱不堪却面带微笑。我们聊了些家常话。她已经不能独自下楼了。我抱起她托起她轻飘飘的小身体。她的左臂挂在我的肩头，右臂搂住我的身体。我的脖子能感受到一只小小的光脑袋温柔的触动。我扶着楼梯，抱着她。我们再一次走下笔直的红木楼梯，走向生活。"

这是他的第一部小说《永恒的孩子》中的一个段落，类似的场景在几部作品中都随处可见。写作的诸多意义中，重要的一种便是记忆。经由文字，过往的一切被留住。文字是密封罐，封存保留了生命的曾经的气息。你描写了一个场景，那个场景就成为永恒。你描写了笑容，笑容从此定格于眼前。你描写了声音，耳边于是总是缭绕起那个声音。你写了失去的孩子，那个孩子从此会在你身旁，陪伴终生。

所以，在一部研究早夭的天才诗人兰波的专著《一种幸福的宿命》中，福雷斯特这样说："我们去爱，去写作，都是为了让我们生活中遗失的那一部分继续存在，明知不可为而为之。""面对死亡，人们总劝我们节哀顺变，和现实和解。但我拒绝安慰，从某种意义上说，文学就是一种抵抗，拒绝被日常生活和现实腐蚀。""把过去变成一个纸上的幽灵，有了它的陪伴，我们自以为从虚无手中夺回了一点儿生的证明。"

在《永恒的孩子》中，他引用了童话《彼得·潘》中主人公的一句话，写在女儿的墓碑上："所有的孩子都会长大，除了这一个。"

他本来不想成为一名作家，是命运硬将一支笔塞到他的手里，他的写作于是成为一种"哀悼诗学"。在这种哀悼写作中，每一个生命的意义和价值、无可替代的美好，被深刻地揭示和表达。

三

一个孩子就是所有的孩子，一个父亲的哀痛就是所有的哀痛。

女儿的去世，成为福雷斯特生活中的一道巨大裂缝，令他深陷其中，痛苦不堪。但同时，一份敏感的禀赋和出色的共情能力，也让他能够身在其外，俯视所有相同的痛苦。他将目光投向有着同样遭遇的人们。

在他的代表作《然而》中，这样的目光交织传递。福雷斯特自述，这是一部"通过对他者生活进行时空迁移来讲述自我经历的自传体小说"。他将自己藏在诗人小林一茶、作家夏目漱石，以及摄影家山端庸介背后。他声称，"选择这三位作家主要是因为他们都经历过孩子的死亡"。

前面说过，福雷斯特最早的职业是批评家。在这部作品中，他将日本不同时期的这几位文艺家作为研究对象，分析他们的身世经历、日本文化美学传统与其文学或艺术作品的关系。但是，因为女儿的事件，他的关注产生了某些位移，目光投注到原来他也许不会留意的方面。这几个人的故事，不论是经历丧子之痛，还是目睹广岛和长崎的原子弹爆炸对生命的戕害，都与他的个人经历有内在的关联，产生了同频共振。因此，这部作品像是一幅拼贴画，指向的是普世的"哀悼"。

譬如小林一茶。这位 18 世纪日本江户时期的著名诗人，一生贫困潦倒，所生三男一女先后早夭。在幼女死后，他哀叹："为什么我的小女儿，还没有机会品尝到人世一半的快乐，她本该像长在长青的松树上的松针一样清新、生机勃勃，为什么她却躺在垂死的病榻，身体被天花恶魔的创伤弄得浮肿不堪？我，她的父亲，我怎能站在她身边看着她枯萎凋零，纯美之花突然间就被雨水和污泥摧残了呢？"

一茶写道："她母亲趴在孩子冰冷的身体上哀号。我了解她的痛苦，但我也知道眼泪是无用的，从一座桥下流过的水一去不返，枯萎的花朵凋零不复。然而，我力所能及的都不能让我解开人与人的亲情之结。"

他写下了一首成为传世杰作的俳句：

我知道这世界

如露水般短暂

然而

然而

俳句作为日本独特的古典短诗样式，文字精简而意蕴隽永，让人吟味不尽。这首俳句的"然而"后面，应该指向什么内容，或者说补充哪些词句呢？

虽然人世短暂，但总还有一些东西让人留恋。像健康，像爱情，像大自然的美丽，乃至于一枝花朵的摇曳，一只小动物的可爱，一道美食的滋味，这些来自日语词汇的、被称为"小确幸"的微小但确凿的幸福感，都会令人喜悦，让晦暗的生存闪耀出一抹光彩。

思考还可以朝向另一个方向。时光如此匆促，生命如同朝露般易逝，不论是否有你，我们都会归于消亡，踪影全无。然而，有了你的陪伴，多少就会不一样。然而，却没有。孩子，你早早地离去了，将我们抛在这个世间。

这些解释，都讲得通。

四

所有的悼亡写作都基于这样的信念：时间和死亡，并不能让爱的纽带松散。写作者用文字留住所爱者在人世的痕迹，在死亡的迷雾中寻找生存的光亮。

福雷斯特的同胞和前辈作家，伟大的维克多·雨果，他的十九岁的女儿莱奥波蒂，在新婚蜜月时，不幸和丈夫在塞纳河中双双溺死。雨果写下很多诗篇追忆缅怀，一直到十五年后，他新出版的诗集《静观集》中仍然收录了悼亡诗作。诗人表示愿意奉献毕生，只为了做"一个用手牵着他的孩子行走的人"。

把目光返回母语。我也只从诗歌说起，只列举几首悼念夭亡的未成年子女的古诗。文字的缝隙间，有破碎的灵魂的痉挛，有泪光的闪烁，有努力被压抑着的悲戚。

唐代诗人白居易的《重伤小女子》，悲悼告别人世时尚不足三岁的女儿："学人言语凭床行，嫩似花房脆似琼。才知恩爱迎三岁，未辨东西过一生。汝异下殇应杀礼，吾非上圣讵忘情？伤心自叹鸠巢拙，长堕春雏养不成。"蓓蕾一样的生命，尚未绽放即告凋零，除了悲恸哀叹，无计可施，无话可说。

和白居易共同提倡"新乐府"、被世人以"元白"并称的元稹，有《哭小女降真》诗，辞浅而意哀："雨点轻沤风复惊，偶来何事去何情。浮生未到无生地，暂到人间又一生。"女儿寄寓世间的短暂生命，仿佛一阵雨点飘过，倏忽即逝，来去皆无消息，只在为父者心间留下无穷的遗恨。

北宋改革家宰相王安石，有名的脾性倔强执拗，但诀别不到两岁就夭折的女儿时，却也是深情依依，哀痛凄婉。孤坟泣别，孤舟远去，从此再无相逢，《别鄞女》里的悲叹，何其酸楚："行年三十已衰翁，满眼忧伤只自攻。今夜扁舟来诀汝，死生从此各西东。"

"江山代有才人出，各领风骚数百年。"清代文艺批评家赵翼的这两句诗，甚为知名，但他的追悼亡儿的绝句，却少人知晓："帘钩风动月西斜，仿佛幽魂尚在家。呼到夜深仍不应，一灯如豆落寒花。"这首短诗却有一个颇长的标题:《暮夜醉归入寝门，似闻亡儿病中气息，知其魂尚为我候门也》。醉中仍然难以忘怀，此情何堪。

这些古诗句中弥漫的悲哀和思念，仿佛深秋时节的降雨，穿越千百年的时光距离，落到脸上时，仍然感觉到一阵寒凉。

这样的丧失，存在于一切时空中，没有地域和年代的分别。前面援引的都是诗人作家，这一行当中有此等遭逢的还能数出不少。至于在广大的人群中，这种苦难就更多，比我们听闻的要多，比我们意料的要多。世事无常。有一句话"明天和意外不知哪个先来"已经被用滥了，但不幸其真理性也被屡屡证明。死神扇动黑色的羽翼，巨大的投影随时可能笼罩住任何一个人。疾病、自戕、火灾、水患、车祸……死亡变换着不同的面孔。

所有的死亡，对于深爱他的亲人来说，都是头上一座山峦的滑坡，是脚下一片大地的坍陷，是一次对生命的残酷吞噬。

在这类最为深切的痛苦中，我们会看到，有一种被心理学家称之为延迟哀伤障碍的反应。它指的是亲近的人去世引起的病理性巨大哀伤，个体迟迟难以摆脱悲伤情绪。生命所拥有的自我救助机制，让悲伤可以在一定时期内得到宣泄，逐渐减弱直至消失，使当事人适时翻开生活的新的一页，但巨大的苦难，却将这一过程长时期地向后推延。苦难像重重迷雾，像沉沉夜色，裹挟着他，吞噬了他。

这样的时候，如果能够将积郁内心的苦楚宣泄出来，会好受一些，就像溺水者及时地吐出呛进气管里的水，才可能避免溺亡。但我们看到的恰当反应，却并不多。在最初巨大的悲恸所导致的癫狂般的表现之后，很多人变得封闭、抑郁或者冷漠。

原因何在？或者是出于某种宗教或文化的禁忌，或者是不愿重复咀嚼痛苦，不论何种形式的表达，都是再次面对惨痛的经历。还有一点，是他们相信有一些东西无法沟通，最深刻的苦难只有独自体验，别人的同情安慰，哪怕来自最好的亲人朋友，也无法达到感同身受。

因此，只能靠自己来承受和忍耐，并找寻属于自己的救赎之途。

五

不同的人有各自的救赎方式。在社区里做义工，喂养流浪的小动物，栽种花草，学习绘画，让脚步不停地迈向山水原野，等等，本质上都是通过情感精神的寄托，让灵魂获得放置，让悲伤获得纾解。

但是，写下来，通过文字来表达内心，无疑是一种有力且有效的方式。

不少人会有这样的见闻，一个因为某种痛苦而哭泣的人，却得到别人的鼓励：哭吧，哭出来会好受些。写作有时也是用文字在哭诉，不论是大声哀号还是小声抽泣，那些郁积的不良情绪，随着一个个、一行行、一段段文字的写出，渐渐得到消解排遣，仿佛太阳暴晒之下，道路车辙里淤积的雨水被蒸发掉。这是一种此消彼长的过程。这样的文字诉说，因为有理性成分的加入和导引，也不会像纯粹的情感宣泄那样时常失去分寸。

因此，写作作为一种疗伤的手段，其功效确凿无疑。写下来吧，为了抚慰哀伤，为了让生命和生命紧密地焊接。那个已经离你而去的亲人，经由文字的绳索，从此与你捆绑。

能够写作的人应该感到宽慰。同样的历难者，尽管也有人具有表达的意愿，但又缺乏相应的能力。因此，尽管他们深陷痛苦，但拥有这种能力让他们不至于遭遇灭顶之灾。他们是不幸中的幸运者。

不管他们是否意识到，写作有时还有一种延展效应：他们以一己之力，担荷了为群体表达心声的使命。那么，这些写作者及其作品，便具有代言的性质。无数人的哀伤，借助他的遭遇而得到表达。他本意只是纾解自己，未料却也抚慰了别人。因为共情的存在，个人的拯救推及他者的救赎。经由具体与特殊，通向了一般和普遍。

回到开头的那一首歌曲《我想天堂一定很美》。

宗教产生于彻底的绝望。挚爱的亲人离去了，千呼万唤也无法返回，只有想象他去的地方美好，他在那边的生活如意，才能够带来些许安慰。写作，是在文字中缅怀追念，是持续不停歇的回顾。但在回顾的尽头，在早晚将会来到的尽头，思绪便会扭转方向，变为一种展望。目光投向之处，便是天堂，只能是天堂，因为只有那里，才能托付我们的爱、祈盼和梦想。

因此，天堂一定很美。

因此，从本质的意义上，写作，也是一种将亡者托升入天堂的方式。追怀对象生前的错失被谅解，缺陷被美化，相互之间曾经的纠纷龃龉被化解，而那些关爱、亲密和融洽，构成幸福感的一切成分，则被无限地扩展和放大，呈现为一种宁静、恬适和欢愉的境界。这也是天界才会有的状态。在文字中，仙乐飘荡，祥光笼罩，亡者端坐其间，等待着亲人到来，与他或她相聚，从此长相厮守，永不分离。

或早或迟，这是必定会到来的一天。

第二辑

身旁

三角梅阳台

一年多来，家里的客厅阳台，成了三角梅的天地。

多年来，妻子曾经养过多种花，但如今却把别的种类几乎都送人或处理了，专心于莳弄三角梅。阳台上的空间，每天都是繁花似锦，闪耀着众多的色彩。

三角梅学名光叶子花，别名众多，像簕杜鹃、九重葛、宝巾花、南美紫茉莉等。但三角梅是最普遍的叫法，想来是因为这个名字准确地概括了花的样貌，好记又好念。每一朵花都有三片叶子状的花瓣，质地很像薄薄的纸片，手指头捏上去的感觉很惬意。三片花瓣组成一个三角形，中间挺出三根细长柔弱的花蕊，顶端小米粒一般大小，是与花瓣相同的颜色。

去年冬天在海南的一次小住，让妻子喜爱上了这种在当地随处可见的花卉。住处旁的庭院里，就长着好几棵三角梅树，高大茂盛，树冠完全被团团簇簇的花朵覆盖，颜色各异，极其艳丽，仿佛悬浮在半空中的云霞，衬托着热带的碧蓝天色和耀眼阳光，生机勃勃。她当时就表示，回去后要买这种花来种。

三角梅对阳光和温度要求高，客厅阳台朝南，最为适宜。喜爱距不知餍足，常常只有一步之遥，妻子也不断地修改养花计划，扩展数量。阳台地面上很快摆满了花盆，就又在护栏扶手上安装了两个铁架，搁放了几盆。后来，又给天花板外缘的窗帘杆轨道上安上挂钩，也悬吊了几盆。一个三层的三角梅立体花园就这样建成了，七八平方米的空间里，共有二十几盆花。

　　花不少，却没有重样的。耳濡目染久了，我也大略知道了它们的名字。有的来自花的颜色，像绿樱、雪紫、黑美人、白雪公主等；有的出自枝条或树桩的形状姿态，像飘枝、独杆、提根等；有的则与原产地相关，像漳红樱、广红樱、云南紫，就分别产自福建漳州、两广各地和云南高原，而印度画报、加州黄金、波伊斯玫瑰等名字，显然是宣告它们有一个域外的身份。

　　三角梅花期很长，一年四季里，阳台上都是流光溢彩。特别是天气晴朗时，外面是蓝色的晴空，阳光从整幅落地玻璃上照射进来，这时从几米外的地方逆着阳光看过去，花朵和叶子都洁净清爽，闪着光亮，近乎透明的样子。尤其是垂吊下来的几盆，花叶贴在玻璃上，叶脉纹理都清晰可辨，有一种剪纸般的效果，又似乎镶嵌在上面，既悦目又赏心。若把被阳光镀亮的玻璃想象成一池清水，真是有几分疏影清浅的味道。而那些粗细高矮各异的根桩和枝干，则有一种坚实真切的质感。

　　花长得茁壮茂盛，首先要归功于养花人的用心投入。

妻子以高度的热情来做这件事情。她读花卉种植的书，上网查询有关知识，下单购买小铁铲、小铁耙等专业园艺工具，还加入几个养花微信群相互交流。她每天写日志，记录下每一盆花的生长和护理情况。花盆里的腐殖土，也是专门跑到远郊公园挖取的。担心外出几天无法浇水，安装了自动浇花滴水器，可以通过手机远程操控。绿色的窗玻璃过滤了不少阳光，她想换成透光更好的普通白色玻璃，但小区物业不同意，只好另想办法，安装了专门的植物补光灯，时常打开一会儿，补偿光照的不足。

每天早上起床后，来不及洗漱，她先要走到阳台上看花，宣布哪一株新开出几朵花，哪一株长出了几片叶子，哪一根枝条又伸长了一寸，这一棵绿樱看上去真是仙气飘飘，那一棵重瓣怡锦花朵的样子多像绒球，如此等等，从来不缺少话题谈资。她以痴迷于某件事情的人常见的喋喋不休，津津乐道于每一点细微的变化，仿佛别人也同样感兴趣似的。如果不是她提醒，这些差异我是分辨不出的。尤其是有一天，当她看到一株放在角落里、本来以为枯死了的根桩，底部长出一片绿叶时，那种喜出望外的表情，难以形容。

三角梅很常见，尤其在南方地区到处生长，因而也有大量的诗词吟咏。唐诗名篇《春江花月夜》的作者张若虚，有两句诗写形摹状十分精确，让我尤其喜欢："含蕊红三叶，临风艳一城。"除了个别品种外，三角梅并没有香味，仿佛在证明完美的事物是不存在的。但这一点遗憾，被它色彩多样而浓艳张扬的魅力给弥补了。我记得有一次看足球大赛电视直播，巴西啦啦队的年轻女郎们，头上插满了五彩缤纷的三角梅花朵，配合着热情奔放的加油呐喊声，吸引了看台上人们的目光。用三角梅作头饰，也是巴西女性常见的打扮，这个国度正是三角梅最早的故乡。

每天，阳台的木地板上，都有一些不同颜色的花瓣，有的是被家里的猫给抓挠下来的，多数是干枯后自然飘落的。但夭亡的同时，也总是有新的生长和绽放，因此看上去始终都是那么繁茂，好像不曾变化。

但一些善感多思的灵魂，不肯忽略这一类的区别。获得诺贝尔文学奖的川端康成，晚年写过一篇有名的散文《花未眠》。他住在旅馆里，凌晨四点醒来时，看到壁龛花瓶里一枝海棠花正在孤零零地绽放。想到它一年只能开一次花，盛开后不久就会凋零，他的心中不由得生出一缕忧伤。字里行间，是从自然景物中引发出的人生感慨，折射出日本文化中鲜明的"物哀"色彩。

但这篇作品的总体色调还是明朗的。尽管海棠花哀伤、孤独、短暂，却仍然昼夜不停地盛放，让他感动于生命力的坚韧，进而引发和表达了关于美的思考，诸如自然的美是无限的，而人感受美的能力却是有限的，一生中都要努力培养、反复陶冶，才能增进这种能力。只有一千多字的短文，是他的美学宣言，又仿佛是对自己文学生涯的总结。

像我们这样的普通人，尽管缺少作家那种敏感细腻，但也不妨从所闻所见中获得一些基本的感发，如他在散文中谈及的"美是亲近所得"。关注越多，系念越深，对于对象之美的感受也就越发真切强烈。欣赏这些花儿时，我的确也感觉愉快，但若想达到妻子那样深切的程度，却是要格外沉浸、时刻念兹在兹，才可能做到。付出和报酬之间，遵循着自己的比例法则。

一天中，她的身影频繁地出现在阳台上。有时拿着剪刀剪枝；有时举起喷壶浇水；有时蹲下去松土或施肥，拈出树根边的枯叶败花；有时踮起脚将头顶上方某一枝斜逸的枝条扶正，再用花艺胶带固定好。更多的时间还是站在旁边，看看这一株，瞅瞅那一棵，观赏自己劳作的成果。为了更好地记录下花卉的美，她还自制了白色背板，为每一株花拍下特写照片。经过这样处置后，照片上的花朵具有一种别样的美，让人联想到那个源于生活而高于生活的美学命题。

这件事情，已经成为她的生活中的一项重要内容，一种真实的情感寄托。作为一个不劳而获的受益者，在这种氛围中浸淫久了，某些时候，我也仿佛体验到了她的心情，获得了一种代入感。

这一天，我又一次读了法国飞行员作家圣埃克絮佩里的著名童话《小王子》。

童话中，飞行员因飞机故障迫降在撒哈拉大沙漠里，遇到一个来自外星球的小王子。小王子爱上了一朵玫瑰花，而且与一只聪明的狐狸成为朋友。狐狸将自己悟出的生活真理告诉小王子：对一件事物，用心去看才能看得清楚；爱就是责任。

他特别强调："你要对你的玫瑰尽责。"

小王子的爱情受到过挫折。他的玫瑰花有一些虚荣，对他谎称自己是宇宙中独一无二的，因此当他看到一座盛开的玫瑰园时，非常伤心。不过，在狐狸的引导下，小王子认识到，他的玫瑰虽然看上去与成千上万朵别的玫瑰类似，但因为他给她盖过罩子遮雨，竖起过屏风挡风，清除过毛毛虫，听过她的埋怨和吹嘘，所以他的那朵玫瑰在世上是唯一的。在这里，重要的一点是：他们建立了关系。

那么，因为与眼前的这些三角梅建立了关系，它们便也成为不可替代的。妻子的牵挂和欢喜，也正是从这种联系中生长起来。在公园里和花卉市场上看到的花卉，尽管可能更美，有些还会散发出浓烈或清淡的香气，观赏时也让人心旷神怡，但与凝视自己养育的花朵相比，毕竟存在着某种感情上的差异。

就像三角梅花开四季一样，期待这一处阳台花园，能够带给我们长久的愉悦和慰藉。

格桑花开

我看着眼前的格桑花，心中滋生出一种奇特的感觉。

这里是客厅南端的阳台。一个水槽形状的长方体花盆，紧靠整面的落地玻璃窗摆放着，几十株一尺多高的格桑花，挨挨挤挤地长在里面。纤弱的茎秆，嫩绿的细叶，托举出顶梢处的精致的花朵。花朵有八片花瓣，有白色、紫色、浅粉色、深粉色，还有酒红色。被花瓣环绕包裹着的黄色花蕊，像一个小小的绒球。

去年一个深秋的日子，我在官厅水库旁的一片开阔的草地上，采摘到了它们的种子。那天风很大，海棠树、柿子树、蒙古栎树金黄色或者褐色的叶子，被风撕扯下来，又在地面上归拢成一堆堆。抬头眺望，不远处清澈碧蓝的水面卷起了波涛，浩浩荡荡向眼前涌来。

更早一些时候，在盛夏季节，我在这里第一次看到它们。一大片格桑花丛，沿着草地的边缘逶迤排列，蓬勃茂盛，颇有气势，茎秆最高有两米多，风拂过时，它们晃动的姿态仿佛舞蹈，又仿佛在无声地呼喊。在炽烈的夏日阳光下，成千上万朵花恣肆地开放，众多的色彩交织错杂，漾荡闪烁。望着它们，一种新鲜奇特的感觉油然而生，仿佛瞬间置身于一个遥远陌生的地方。

我知道这种感觉的由来。它源自一些片段零散的印象，一些听到或想到下列事物时产生的联想：西藏高原寥廓无边，高远的天空上飘浮着大朵云彩；蜿蜒起伏的高速公路向着天际伸展，它因为一首名为《天路》的歌曲而广为人知，高亢嘹亮的歌声仿佛打着旋儿升到高空，去触摸雪白的云朵；还有在蓝天下草原上的舞蹈，或单人或多人，舞姿或舒展或奔放……这些体验都是在日常熟悉的生活之外。

这一处采摘种子的环境，也具备其中的某些成分，像明亮的阳光、碧蓝的天空、开阔的视野等。虽然它距我生活的大城市只有一百多公里，但此处自平原向高原过渡的地势，格外强劲的风力，使得它在心理上造成的差异感，要明显大过实际的空间距离。

采摘时毛毛刺刺的扎手的感觉，现在还能回忆起来。揪下已经开始干枯的种荚时，外表的茸毛被手指肚捻成了碎屑，飘洒进花秆丛中。把荚壳捏碎，露出一粒粒细长的黑紫色种子，很像是极其微小的虫蛹。回到城里后，找出一个闲置很久的花盆，装满土，拌进一点儿花肥，捏一撮种子埋在里面，再浇上一遍水，放在阳台上。做这件事时的心情，仿佛一个孩子在做游戏。

接下来就把它忘记了，该是因为本来没有指望什么。大约过了一周，目光不经意间扫过花盆时，感觉似乎有一点儿异样，在几乎已经干涸了的表土上，有几点针尖一样的绿色。弯腰低头去看，确定正是撒下的格桑花种子发出的新芽。心中骤然有一阵愉快的悸动，欢喜中夹带了一丝意外，似乎眼前这一幕并不真实。没有想到，在千万人口的大都市中，在离开地面几十米的高楼上，在与它们平时的生存环境迥异的地方，这种原本属于高原地带的植物，居然破土而出了。

但我很快又意识到这种感受中有一些偏颇。其实也并没有什么可奇怪的。种子的使命就是发芽，有了合适的土壤、阳光、水分和养料，萌发便是顺理成章的事情，再自然不过。没有什么理由规定它只能在某一处地方生存。就像一个人去异域他乡打拼，只要适应环境，也能够过得很好。

接下来，我看到新芽一点点长高，长出茎秆，抽出叶丝，不断地开枝散叶，逐渐长成一片葱郁茂密的枝干丛林，有一尺多高。茎秆的顶端，也开始长出一颗颗花苞，日渐饱满，直到有一天，开出第一朵金黄色的花。然后骤然提速了，短短几天中就开出了一大片，足有数十朵。我记录了一下，从发芽到开花，大约一个月。从无到有，从小到大，从稀疏到茂密，花盆的方寸之地中，呈现出一个小小的奇迹。

这种花卉毕竟是属于较为罕见的种类，因此最初瞥见它发芽时的那种讶异感，一直持续到如今的花开之日。推究起来，该是因为在理念的深处，它是属于另外的空间的。距离感给事物增添了一缕诗意，仿佛煲汤时放入几粒胡椒，便有了别样的滋味。

在那个空间里，花儿经常是重要的角色，成为许多画家描绘的对象。有名的像凡·高的向日葵和鸢尾花，还有莫奈的荷花，线条和色彩中寄托了心情，赋予了寓意。音乐也承担了这种功能。譬如那一首苏格兰民歌《斯卡布罗集市》，谁听到时不感到心醉神迷呢？"你要去斯卡布罗集市吗？/那里有欧芹、鼠尾草、迷迭草和百里香。/代我问候那儿的一位姑娘，/她曾是我心上的人。"莎拉·布莱曼的嗓音天籁一样空灵，歌声中的甜蜜和忧伤，丝丝缕缕地沁入聆听者的灵魂。

回到眼前的格桑花。在藏语中，格桑花寓意是幸福和美好，有不少歌曲以它命名，我印象最深的是一首《我是你的格桑花》，也是关于爱情的咏唱："还没等到高山上的雪融化/我就等不及要出发/在你离开前我要去采一束/最先盛开的格桑花/不能陪你去到海角天涯/就让花儿替我陪着你吧……"歌词里有怅惘忧伤，有不甘和无奈。好音多哀伤，生命中的欠缺、丧失和破碎，为艺术增添了深度和感染力。

给花盆里浇一次水，几颗水珠溅落在叶子上，悬垂欲坠，茎秆也给压得歪斜了。格桑花的生长环境是高天旷野，阳光照射，大风涤荡，逼仄局促的阳台一隅，并不适合它。我因此想到了晚清龚自珍的名篇《病梅馆记》，但又觉得不能简单类比。那些梅树欹曲怪异的形状，是人为的砍斫削删导致，为了迎合某种病态的审美趣味。但在这里，格桑花的本性并没有受到扭曲，毋宁说它是在环境的局限中努力发挥生命的潜能。

唐代诗人韩愈曾经在院子中以盆为池，种植了莲藕等，并赋诗数首。其中两首是这样写的："莫道盆池作不成，藕梢初种已齐生。从今有雨君须记，来听萧萧打叶声。""池光天影共青青，拍岸才添水数瓶。且待夜深明月去，试看涵泳几多星。"雨点落在荷叶上，发出富有韵律的声音；深夜星光投影在水面上，若隐若现。尽管它只是缩微了的景观，但仍然能够带来一些真切的大自然的气息。

那么，看着阳台花盆里的格桑花努力挺直腰身，追逐阳光，绽放出鲜艳的花朵，我也就不难想象那种空旷辽阔的风景，那种在大地上飘荡弥漫的诗意。在都市钢筋水泥的森林中，这些纤细柔弱的草本植物，是一缕灵动的气息，是一条看不见的通道，在无形中完成了一种启发、一次接引。

在这种散漫无羁的玄想中，今年的第一场有几分模样的雪，终于降临了。阳台外面，雪花飘飘洒洒，时常有几片斜着飞过来，贴在玻璃窗上，片刻就融化了。有窗外迷蒙混沌的一片白色作为背景，格桑花被映衬得愈发碧绿鲜嫩，纤细挺拔的茎秆上，一朵朵小花宁静柔美，如梦如幻。

周　围

　　依照通常情形，一个人对于周边环境的了解，大概以脚步所能抵达的距离为边界。从他工作或居住的地方出发，向东向西向南向北，各两公里左右，基本上便是他的活动区域的上限了。在此范围内，他常常会有故土般的熟稔，超出这个圈子，就可能感到陌生。有远足爱好的人对此或许不以为然，但这应该符合大多数人的情况。

　　这已经是一片不小的区域了。在辽阔的乡间不算什么，可能就是一大片农田，最多也无非是道路、村庄、池塘、树林、打谷场的组合，基本构成是简单明了的。但在城市，这十多平方公里的区域中，街巷纵横，院落错杂，数不清的单位、部门藏身其间，大小商场、酒店宾馆星罗棋布，数十万居民生息繁衍，日升月落的循环之中，歌哭悲喜的交替之间，有着怎样的丰富、浩瀚和神秘？仅仅是想一想，就会感到微微的眩晕。

　　一个人行走在这样一大片区域中，与周边物事朝夕会面，目交神接，他会受到什么触动，会想些什么？探究起来，岂不也是一件很有兴味的事情？

　　大学毕业分配到这家报社，二十年了，一直没有变动，只是在内部换过几个部门。报社地盘不大，由四座建于不同时期的楼房围成一个长方形。站在院子里，感觉像置身于一个放大了的天井中。我在后楼六层一个朝南的房间住了五年，当年那一层都是集体宿舍。房间的窗口下面，正对着一条南北方向的小马路，两旁对称分布着几排四层高的居民楼，年头儿很久了，红砖墙面早已经褪色，灰黑色的脊形屋顶上，屋瓦黯淡斑驳，像盖了厚厚一层苔藓。

　　出报社后门，顺着这条马路步行几分钟，就到达一条东西方向的街道。街南边，是中央芭蕾舞团的院子。漫步在这一带街巷中，时常会看到面容姣好身材挺拔的女孩子，多数就是从这里走出来的。举手投足，言谈謇笑，都是一种特有的姿态和气质，让人想到春天里一株繁花照眼的小树。这一带多是普通市民住宅和小工厂小商铺，街巷胡同都很灰暗破败，因此她们的存在仿佛另类，透露出的是另外一个世界的气息。看到几个这样的女孩子迎面走来，优雅美丽，笑容灿烂，立刻觉得眼前都被照亮了，感觉到生活的美好可人，心中油然跃动一种欢欣鼓舞的情绪。

　　如今，这幕情景依然可以见到，视野中的女孩子们依然是那样明丽动人，但我清楚，练功房里，面对那一面巨大的镜子刻苦训练的婷婷身影，该已经换过了多少拨了。二十年前，十多年前，曾经在这些胡同走过的、引发过我的绮思的少女们，如今都在哪里，拥有怎样的一种人生？她们献身的是一种残酷的职业，典型的青春饭，淘汰率极高，没有几个人能够把红舞鞋长久地穿下去。时光淘漉下，什么可能都会发生。除了少数的幸运儿，大多数人可能会在各地的群艺馆、少年宫一类地方，担任教师或艺术指导。甚至可能完全脱离专业，到图书馆或资料室担任保管员，我就曾经数次在成排的书架、蒙尘的文件柜之间，看到过她们。烧得很热的暖气让人困乏倦怠，天花板上，荧光灯镇流器轻微的嗡嗡声放大了寂静。这种地方都很清闲，足以让她们细致地回忆往日如花的年华，在脑海中重温足尖上的梦想。某个外边单位的人来办事，可能会对她多看上两眼，产生一些好奇的猜测。这实在也是正常的。美本来就是稀缺的，再经过职业的训练，其印痕更是难以完全湮灭，如同一首曲子奏毕，余音仍旧袅袅。

因为某种机缘，她们多年后回到这个院子，或者仅仅是自旁边走过，从那些美丽的身影上望到自己的过去，那一刻她会想到什么？你会说无非是韶华易逝之类的感慨，陈旧得很。这是事实，然而对于当事人的感受而言，这样的口气未免过于轻率了。说到底，有关生命的一切，感触、思索、事件、遭遇、生老病死，又有什么不是屡屡重复的？人生不过是一代代的循环，无穷无尽，"日光底下无新事"。不过，对于每一个人，生命都是唯一，那个过程连同其中的滋味，都要从头经历和品尝，因此那些放在历史和人群的背景上看会显得陈腐的所思所感，一旦落实到具体个体身上，都生动、鲜活和强烈，具有真切的质感，像刀子划过玻璃，火焰炙痛手指。

再往南不远，就是有名的陶然亭公园了。在 20 世纪初文人们的笔下，这里是一个荒凉萧瑟的所在，贫寒的文士们在此把盏赏菊，努力为晦暗的生存涂抹一点儿诗意的亮色。那几年上夜班，白天睡醒后无事，常常拿本书走到里面，找一排临水的长椅坐下，消磨大半日。那时候游园的人要少得多，远不像如今这样，热闹得像一处集市。上班时分，更是清静落寞。目光掠过湖水一直望到对岸，心情也缥缈无依。湖水中间的小岛上，有高君宇石评梅墓，朴素的墓碑上镌刻着"我愿生如闪电之耀亮，我愿死如彗星之迅忽"。用来比喻这对情侣短促而闪亮的生命正为贴切。在当时，我还只能够对前面一句感到亲近和共鸣。死亡，尚是一个陌生的和自己无关的话题，遥远如在天边。

出了公园大门，再向南边走一站地，就是车流密集的南二环路了。当年这条路还未修，所在之处只是护城河南边的一条土路，很狭窄，坑洼不平。印象里，当时河面比现在要宽不少，两边是很缓的土岸，透出舒展、坦荡、亲和，而不是像现在这样，被裁直取平，河堤用水泥砌成直上直下的，让人产生一种异己之感。曾经在夏天的大雨后，看到河里的水汹涌地流淌，形成大大小小的漩涡。那时两岸有高大粗壮的树木，柳树枝斜伸进水里，一圈圈的涟漪。骑车走在下面，能够听到蝉声，时作时歇，充满天然的趣味。虽然是在城市，但总有几分郊野的感觉。如今回想起来，恍若隔世。南岸不远处，是永定门火车站和长途汽车站。那里的气氛，是城市和农村的混合。回河北老家，要来这里坐车。记得新婚不久回家探亲，回来时因为火车晚点，半夜才到，末班公交车已经收车了，那时也没有什么出租车，只好大包小包拎回单位，寒冷的冬夜，竟出了一身毛毛汗。

我要稍微跑点儿题，把骑车闲逛也算进来。那些日子，特别是夏天，在单位食堂吃过晚饭，距上夜班还有好长一段时间，天色明亮，在近处散步已经腻烦，有时便蹬上自行车，借助车轮把视野延伸到脚步不及的地方。这一带都是平民区，从街巷的名字上，就能够猜测到最初在此居住的人们的职业营生：白纸坊、枣林街、樱桃街、菜户营、玉泉营……不外乎种植、手艺、小商业、简单作坊，但透过岁月的阻隔来看，便散发出一种散淡的诗意，连接着一个属于农业时代的、平民的、安宁的生活的梦。有一次，经过半步桥监狱外的胡同，头顶上方就是高大坚实的围墙，铁丝网、岗楼和荷枪的士兵，里面是一种我的想象力抵达不了的生活。也曾多次走过牛街礼拜寺的大门，看到头戴白帽的人们从里面做完礼拜出来。我仔细辨识那些面孔，同时用当时了解到的一点儿相关知识，比如青海甘肃宁夏的"花儿"民歌，一星半点儿的宗教常识，从小听到的家乡一带的抗日英雄马本斋的故事，填补脑海中关于这个民族的大块空白。那时节，在一切领域，正是空白才最能够吸引我。总之，那几年，心态仍然是大学读书时的延续，热切、好奇、憧憬，梦想着自己也不甚清楚的什么。

那时精力充沛，夜班结束时，总是在一两点钟了，仍然毫无倦意，总想找点儿什么事情做。记得有一天，几个同样年轻的同事，骑车一口气赶到卢沟桥，为了欣赏所谓"燕京八景"之一的卢沟晓月。更多的时间，是随兴所至地读书，听听音乐，听任一些茫无际涯的想法，升起又飘散。从宿舍的窗口向外望去，四边的楼群已经融入夜色，显现出黑黢黢的轮廓，只有零星的房间亮着灯。寂静中，能够听到永定门火车站沉闷的汽笛声。

窗外，旧楼房的屋顶斑驳残破。倘若是个雨夜，更显得寂寥凄清。那时，读到了波德莱尔的《巴黎的忧郁》。诗人曾将目光投向了一个个窗口，"在这黑暗的或是光亮的洞穴里，生命在延长，生命在梦想，生命在受苦"。读到这样的句子，觉得有无穷的意味，心底泛起隐约的激动。它让人想到生活的丰富复杂，想到某种真实存在却难以清晰描述、深不可测的玄奥，它们是和诱惑、秘密甚至还有某种罪过缠绕在一起的。如今回想起来，这种感触中，有多少是出自对诗句的准确理解，又有多少实际上没有关系，更多地来源于"为赋新诗强说愁"的青春综合征呢？但即便是后者，也是特定的年龄的产物，属于整个人生的奢侈阶段，当时浑然不觉，当有所意识时，往往已是事后。

那时，有两年的时间，我热衷于做一件事情，就是描绘对夏天的感受，记满了一个笔记本。这是四季中我最喜爱的一个季节。我记录下有关这个季节的许多，晴天和雨天各自的风景，清晨、正午、黄昏和深夜的种种画面。有许多地方，我的探测达到了工笔画般的精细，比如皮肤黏涩的触觉，风中树叶的闪光；比如响晴的日子和云彩淡薄的时辰，光与影呈现哪些变化；比如在烈日暴晒下，槐树和柳树的不同气味。我的感官耐心细致地触摸了季节的全部，从六月初到八月末，从少女的清新到少妇的丰润。

前不久整理旧物，发现笔记本还在，翻开来，恍如隔世。这是我做过的事情吗？当然。当年在我心中，这是一件那么重要的事情，我曾经为那些不能领受这些季节的魅力的人深感惋惜，他们没有意识到自己错失了多么宝贵的东西。说来也巧，重读时也是个夏日，倍感亲切，甚至产生了重新体验一番的冲动，但想法刚刚浮现，马上想到下午还要带孩子上课。于是这个念头轻易地被打消了，丝毫不觉得遗憾。

这时我明白，我的精神离开当年已经有多么远了。

记忆里，南边，总是系连着青春的余韵。那些凉爽的清晨，寂静的午后，喧嚣的黄昏，回想起来总是闪动着愉快的光亮。造成幸福的一切条件都具备了：充裕的时间，悠闲的心境，没有琐事扰攘，爱情尚在憧憬中，没有成为现实后带来的失望感。确切地说，那是一种具体内容不详的惬意，由于模糊反而感到一种宽阔丰富的满足。幸福说到底不正是这样一种状态吗？可以条分缕析清晰描述的，往往只是短暂的、一过性的快乐。

尽管记忆可以打捞，但感受的程度，已经不复能够和当时的敏锐细腻相比了。像一颗存放过久干瘪了的水果，像一部被缩写成故事简介的长篇小说，像从远处遥望一片树林，虽然同样是连绵茂盛，但那种青翠欲滴的气息呢？缀在叶片上的亮晶晶的露珠呢？从树叶的缝隙间筛漏下来的阳光呢？枝头小鸟欢快的啼叫呢？

按顺时针方向，接下来该说说西边了。依然按照次序，由南往北。

从报社后门出去，走到南头丁字形路口，向西略偏南一点，便是一条叫作南横东街的老街，它向西一直通到回民聚居的牛街。这条街上第一个南北方向的胡同，叫作粉房琉璃街。多年中，它都是附近我最喜欢的一条胡同，住集体宿舍那几年，隔三岔五地从中穿行，成家后搬走了，也时常在工作日的中午休息时间，去走上一趟。胡同不宽，但颇长，两边各有一排老槐树，掩映着一个个门洞。初夏时，会垂下来许多俗称"吊死鬼"的绿色小肉虫，在肉眼难辨的游丝上悬浮晃荡，常常是蹭着你的脸时才发现，冷不防被吓一跳。阳光好的时候，会透过很繁茂的树冠，筛落一地细碎的影子。秋冬两季，落叶满地随风窸窣，屋顶残缺的瓦垄间，衰草摇曳。这里住的清一色都是普通百姓，砖墙木门，院落房屋破旧颓败，但那些围坐在门口边吃炸酱面边聊天的人们的脸上，自有一种惬意满足，让人不由得对俭朴生活的从容和温馨，生出一种羡慕。

走到胡同北口，对着的就是横贯东西的两广大街。街道拓宽前，两边都是店铺，兴旺热闹远过于如今。此地名字为骡马市，想必是当年进行牲畜交易的地方。往西边走一站地，就是名声很大的菜市口，清代刑部处决犯人的地方，谭嗣同等戊戌六君子就是在此慷慨就义。当年这里也是一个丁字路口，一座过街天桥连接起了四周，东北边是以黄金制品出名的、有"京城黄金第一家"之称的"菜百"商场，西北边是有着四百年历史的老字号鹤年堂药店。路南，桥东侧是电影院，桥西侧是一家新华书店，在好几年时间内，我是这两家的常客。

每个城市都有自己的生态圈，古今同调，只是内容不同。据记载，清末民初，北京城内城南垣的几个城门中，宣武门一带进出的是学子，前门一带则多是官员。这和当今东三环CBD商务区多是公司白领、南三环一带服装商家云集一样，都是功能划分的结果。想象一番在那时的城楼门洞里走过的这两个群体的样子，也是很有趣味的事：一边是乘轿的官员，被搜刮来的百姓脂膏喂养得脑满肠肥，根据品级不同，衙役仆人的排场肯定也会不同；一边是徒步的学子，随身带着简单的行囊，家境好的，顶多也就雇一头驴子驮载书袋，多数恐怕都是形貌清瘦，但由于怀揣着一腔的热望，脚步有力，目光明亮。自明代永乐年间起，全国性的大考在北京举行，各地学子云集京城，食宿成了问题。一些在朝中做官的人，便邀请同籍的官员、富商、士绅等合力集资，设立了供同乡举子食宿的会馆。由于宣武门菜市口一带离科考场所贡院较近，就成了各省在京兴建会馆最为集中的地方。鲁迅先生寄寓数年的绍兴会馆就在这一带，林海音《城南旧事》中的故事，也是发生在福州会馆附近，作家在这里度过了童年。福州馆胡同犹在，当年天真活泼的小英子，已经老成慈祥的祖母，在海峡彼岸的岛上，在椰风蕉雨中。

这些会馆多数并不豪华，却坚实牢固，透着内在的庄重尊严。我从旁边走过，想象在几百年的漫长岁月中的一代代学子，怎样抱着对成就功名的憧憬，从四面八方赶赴京城，下赌注一样，把命运寄托在一次考试上。由此作为出发点，又衍生、牵连出了一个个故事。那些农业时代，从大历史的角度看，固然不乏动荡，但对被封闭在某个具体地方的个人来说，更多体验的恐怕还是沉闷、单调和凝滞，因此书生赶考及相关的一切，和芸芸众生最普遍的人生形式相比，便成为一个变数，一个充满可能性的领域，一个潜藏的命运转捩点，这些戏剧性因素，恰恰正是最适合戏曲小说的。于是我们看到了王宝钏十年苦守寒窑望夫还，看到了秦香莲哭诉绝情郎，包公怒斩陈世美。当然，也有可笑又复可怜的，像吴敬梓笔下的迂腐的酸儒群像。故事的最后，总是通往某种道德训诫。

暂且按下道德评判不谈，那是另外的题目了。就我而言，这一带使我觉得亲近、亲切，是因为一条贯穿了数百年之久的线索，让我有一种同声相应、惺惺相惜的感触。作为一个外省的平民子弟，我也是一种名叫"高考"的当代科举制度的受惠者，在众多羡慕目光的护送下，从贫瘠闭塞的冀东南平原一隅来到京城，在高等学府书香浓郁的校园里接受良好教育，并因此得以拥有一份小康生活，成为众多同龄人的幸运者。几百年间，许多是变化的，像考试内容，像服务的理念和目标。但以考试成绩为汰选依据的基本原则却不曾变化，除了在"文革"那样极端荒唐的短暂岁月。在一个门阀传统深厚的社会，这样一种一视同仁的机制堪称异数，但却给所有人，特别是那些家世贫寒卑微的子弟，一个难得的梦想成真的机会。

不过，如果将生活作为一个整体来打量，更能给人强烈印象的，毕竟还是变动，无处不在的变动。它们是兀自闯入眼帘的，躲避不开。如今，在写这篇文章时，我走过多少次的粉房琉璃街尚在，但胡同东边的房屋已经拆光，变成了一个名为"陶然北岸"的房地产项目的一部分，已经有几幢楼房拔地而起。胡同西边的那些平房，一副孤雁失侣茕茕孑立的样子，它们早晚也将变成对面的模样。这条胡同会留下来，成为楼群中间的一条道路，仿佛高耸的山峦之间的一道峡谷，但再不会是那条二十年中印下我无数履痕的胡同了。这条胡同的韵味，会随着冬日眯缝着眼睛倚着墙根晒太阳的老人，随着北口卖烙饼的吆喝声和飘散的烙饼香味，一同消失，了无痕迹。

这只是一个缩影。周围方圆好几平方公里的一大片区域，都在经历这样的蜕变。几年前，两广大街扩建，打通菜市口南路，路南边许多会馆及名人遗址连同它们寄身其间的大片平房、胡同等，都被拆毁，如今只能追忆和凭吊了。路北边，同样是大变样。当年几十条弯曲狭窄的胡同有如迷宫，我骑车上下班时，隔三岔五选一条未走过的胡同穿行，体会山重水复柳暗花明的感受。如今，取而代之的是一片高楼林立的居民小区和购物中心，旁边一个更大型的商城也在建造中。规划更为雄心勃勃：一条南北方向的大街两边，将汇聚多家著名的国际大通讯社、报社、电台电视台，形成一条"国际传媒大道"。命名的热情，不过是这个时代的种种冲动中的一个微小的表现。目前这些尚是蓝图，但不需多久就会成为实体。在除旧布新方面，人们已经积累起丰富的经验，速度效率令人惊讶。

从胡同出来，就看见米黄色的报社大楼了。对面的前门饭店，建于 20 世纪 50 年代，曾经是京城屈指可数的高档宾馆，但和近年来众多新建宾馆相比，则未免逊色不少，仿佛迟暮的美人，面对众多青春靓丽的新面孔。我第一次到里面，是参加工作的第一个秋天，报社组织看根据路遥的同名中篇小说改编的电影《人生》。好多年头儿，报社一年一度的迎新茶话会，都在这里举办。饭店西侧宽阔的人行道上，90 年代中期的好几个年头儿，成了热闹的摊贩市场，卖廉价服装。紧靠着饭店的外墙，有名的"小肠陈"曾经在露天里支摊，我有时和同事去吃卤煮火烧，看着旁边一口大锅里盛满了肺头、肥肠、豆腐、切成小块的面饼，在酱紫色的浓汤中上下翻滚，热气腾腾。对面是技术交流馆，最不名实相符，先后卖过百货、家具等，如今成了一家便利超市。

如果街市仿佛一条河流，作为其堤岸的建筑都在发生变化，那么河床中涌动的水流呢，也就是构成生活的具体内容，自然更是随时更新了。泛泛而谈未免不着边际，就说时尚的更迭，可以明确辨识的，在这么多年中，不知有过多少次，经历了几番轮回。再缩小范围，只说穿着，记得曾经时兴裙裤，裤筒宽松得像面粉口袋，单位几个年轻女孩子，高矮胖瘦的一齐装扮好在门前走动，感觉颇怪异。还一度流行黄裙子，满街都是晃眼的明黄色，甚至还有一出话剧的名字就与此有关。仿佛是好久以前的事了，但其实，不难掐算出具体的年头。马可·奥勒留，古罗马帝国的皇帝，著名的斯多葛派哲学家，曾经这样写道："时间好像一条由发生的各种事件构成的河流，而且是一条湍急的河流，因为刚刚看见了一个事物，它就被带走了，而另一个事物又来代替它，而这个也将被带走。"

当然，所有这些，都只能去记忆的深层探寻了。悄然流逝的时光是一层层淤泥，覆盖了曾经发生的一切，那一切也和此时在眼前闪动的事物一样，充满了鲜活的气息。想到这些，会有一种情绪在心底氤氲。人的本性中有着期望事物恒定不变的倾向，所以地老天荒、海枯石烂一类登峰造极的比喻，被用来赞美在感情序列中位居前列的两性情爱，这或许正是源自潜意识里对于韶华难再、生命易逝的忧惧。

随着城市改造步伐的加快，媒体上对于古都美学风貌行将消失的忧虑很多，但改变或消失的，何止审美韵味一种，而是涉及人生的诸多况味。存在决定意识。人心中一定有些东西，是和环境密切相关的，其面貌和质地都受到它们的制约，仿佛某些植物，只能生长在特定的水土中。对比两种不同的生活图景，是一件饶有兴味的事情。一种是在雨水敲打屋瓦的声音和鸟儿的鸣啭中醒来，院子里石榴树的影子映在新裱糊过的窗纸上，胡同里小贩叫卖的声调舒缓悠长，看茶杯里茉莉花片舒展出袅袅香气，时间的步伐迈动得太迟缓。另一种，是在闹铃声中努力睁开眼，被车潮人流裹挟着，赶赴钢筋水泥丛林中的某个小小的格子里，在此起彼伏的电话铃声中，在总也写不完的公文报表中，不觉中一天匆匆而过，更深夜阑，旁边电子游戏厅中枪炮的轰鸣声却通宵达旦。这种种不同的背景下衍生出的情感、想法、遭遇、故事，当然会有所不同。譬如爱情。在前一种情形下，萌发和生长都可能缓慢，羞怯，欲说还休，却自有一种入骨的深浓情味，有对抗时光的执拗和坚固。而在后者，也许会远为炽热迅疾、奔放明快，但由于浸润了时代的风习，却容易潜伏种种变数，痴迷和淡漠都在朝夕之间，如同街头上飞快更替的外景。

每一代人的生活，用哲人的眼光看，从大处看，无非都是生老病死，基本内容都是一样的，但换成常人的目光，从细部看，更多的还是不同。仿佛同样几个音符，同样的几种颜色，却可以创作出风格迥异的音乐、美术作品。关键是看你在无休无止的时间大潮中，位于哪一道波浪上。

在我写这篇文章的日子，单位的各个部门都正在忙着收拾，准备告别这座使用了三十九年的办公楼，搬迁到几公里外的新址。今后，没有特别的情况，我不会再返回这里。于是，对于我来说，它就会变得仿佛不存在一样。"存在就是被感知"

曾经被贴上唯心主义的标签受到批驳，但想一想，何尝不是如此。如果不曾感知过，我怎么能够肯定它存在过？或者换一种说法，即使它存在过，但因为和我没有关系，那么，和压根儿没有存在过又有什么本质的不同？我并不是在说拗口令。

再瞥最后一眼吧，今后这座建筑中几百个房间里的生活，回忆和梦想，欢乐和伤痛，只属于进出这座大楼的人们，而和我无关。

一直向北走，十几分钟后，就到了闻名遐迩的琉璃厂古文化街，书籍字画汇聚之地，也是一个多世纪以来，文人雅士们最喜欢流连的地方。

对同一个地方，不同人的感受常常是很不一样的。在你是断肠之处，在他却是销魂之所。在你值得反复品咂回味，在他却可能是急于摆脱的梦魇。因为充塞流布其间的生命体验各不相同。就琉璃厂来说，旧文人们笔下每每流荡着怀旧的怅惘，也许与文字多写于暮年有关。但在我的记忆中，这个地方总是和热闹喧嚣、生机勃勃，和丰盈的梦想，和生命中明媚的一面，紧紧联系在一起的。

这是一段长长的无形的链条。链条上的第一个环扣，系在 80 年代初期的日子上。还在读大学时，就和它结下了缘，曾多次从校园所在的海淀镇，坐 332 路到动物园，再换乘 15 路过来，买古籍。当时的梦想，是成为一名古典文学研究家。参加工作后，近水楼台，来得就更多了。这里的那些书店，海王村、邃雅阁、中华书局和商务印书馆的门市部，没有一家不曾留下足迹。每年秋季的古籍书市，更是一连多少天，穿行流连于分布在海王村公园上下二层的许多家书店书摊之间，被初秋热力尚存的阳光晒出一头汗。藏书中的相当部分，是多年间在这一带搜罗的。

然而慢慢地，我去得少了。现在，大约有两年之久了，我甚至不曾再迈进过其中的一家书店。是因为家里书多得无处存放，还是阅读的兴致衰减了？两者都有吧。想到当年购书藏书读书的热情，恍如隔世。那时，一周不逛一次书店，就似乎有种负罪感。当年梦想拥有足够多的书，后来有了。又渴望拥有一间单独的书房，安置这些书，这一点终于也实现了，五个大书柜一字排开，占据了整整一面墙，顶天立地。"坐拥书城"的条件具备了，但兴味却不复是那么浓厚了。

这总还算是行走在同一条道路上，虽然按当初的眼光看，心情已经涣散，步伐已经杂乱。改弦易辙的也大有人在。一个朋友，当年聚书的兴致远过于我，得用痴迷狂热一类字眼儿来形容。好几个年头的琉璃厂古籍书市，他都从远在西北郊的单位赶来，一大早就守候在书市门前，为的是第一拨进去，淘到好书。因为买得太多，自行车装不下，便运到我宿舍里存放，床铺下都快堆满了。后来多年不曾联系，再见面已是十几年后，应邀到其远郊的连体别墅度周末。上下两层，附带不小的花园。房间就有六个，自然也有书房，书也不算少，大部分是管理经营之类商务书，外表很是堂皇。当年他狂热搜集的学术文化书还是有一些，但从位于书柜里层的位置，从摆放得横平竖直的整齐样子，看得出几乎不曾翻动过，如今它们的职责只是陪衬。在一帮在文化圈中讨生活的朋友面前，主人也许很在意自己曾经的角色，表白说只要抽得出时间，他还是时常重读过去的书。但我听出了言不由衷。书籍也和有生命的东西一样，是否被亲近，亲近到什么地步，是有痕迹的。

人生中，这样的情形还有多少？曾经占据生命中心位置的内容，慢慢地退出，慢慢地淡出视野。当然，同时也会有什么从远处围拢过来，拉到眼前。生命就是在这样的一近一远的过程中，改换着模样。由于是渐变，当事人自己往往也不甚明晰，只有将其放置在较长的时间背景中，才会看得清楚。

后梦叠上了前梦，新梦覆盖了旧梦。其间的纠结、错杂、失望、得意、悔恨、庆幸等，谁能说清？哪一种更好？始终如一的梦想，还是不断变化的追求？求新逐变是人性中的天然倾向，并没有什么让人一条道走到底的充足理由。但另一方面，在短暂的一生中，如果没有一个贯彻始终的秉持的话，目光就更易于游移，生命的飘忽感也就难以得到抵御。

这条南北向的街道东边，就是前门外大街、大栅栏商业区及周边胡同群，因为被列入了历史文化保护区，得以较完整地保存了原本的面貌。这里，巷陌纵横，院落错杂，鳞次栉比的店铺，摩肩接踵的人群，永远是拥挤嘈杂，张扬着商业活动的无限活力。我对这些没有兴趣，吸引我的是那些旧房屋宅院，曾经被时光的沙尘反复覆盖过多少次，如今显得灰头土脸。在旧建筑被大片拆毁的今天，我希望它们最终能够完整地保留下来。这里面，有和众多专家们相同的价值观，即保存旧城审美风貌，但还有一条属于个人的隐秘理由：只有依托于那些黯淡破败的旧建筑，我才能够寻找出过去的影子，才能够想象那些曾经发生或者可能发生的故事。沉湎于不切实际的梦境，对于我来说，始终是一种难以摆脱的癖好。

那些幽深曲折的胡同，迷宫一样，让我不止一次地迷失。有一年单位分房，有一间就位于这里，曾陪同一位同事来看过。从一个光线昏暗的门洞里进去，沿着黑黢黢的、有些地方的扶手已经朽烂的木楼梯，上到二楼，周围是回字形的一圈环廊，围着许多个一模一样的房间，看下面仿佛天井。当时只觉得格局甚为奇特，后来才知道，原来附近就是闻名的八大胡同，这里曾经是其中的一处娼寮。同事在这里住了一年余，我曾开玩笑地问他，睡在这样的屋子里，深夜的梦境中怕要有脂粉味道飘过吧？

从这里的任何一个胡同走到东边，来到前门外大街上，都会望见正阳门城楼箭楼。20 世纪前叶的几十年间，乘火车进京，出前门火车站，第一眼望见的就是那巍峨雄浑的形体。从湘西乡下来京城闯生活的十八岁的沈从文，一睹之下，胸中顿生豪情："啊！北京，我要来征服你了！"让人想到巴尔扎克笔下，闯荡巴黎的外省青年拉斯第涅。其实，类似的故事可谓随处可见，并没有什么新意。这是属于年轻的梦想，具有最广阔的普遍性。胜利者当然有理由用自豪的语气回忆和夸耀，或者被后人当作传奇一样地叙说。但我想说的是，相信每个人其实也都曾有过不同内容的梦想。不过是没有实现，缺乏言说的资本，于是只好无语。谁会在乎一个寂寂无名者的诉说呢？赢者通吃的商业法则，原本根植于人性中的可以谅解的势利根性。

明白了这点，也就不必再顾虑什么，不妨推而广之，猜测一番那些当年曾经在这片迷宫式的区域内生活的、和少年沈从文同时代的各色人等，都会有什么样的梦境？既然生活的本质便是梦想。

不难想见，那会是一部梦想的百科辞典，是层层叠叠的梦想的金字塔，有着不同的形态和色彩。在胡同中拉着客人串街走巷的车夫的梦，该和老舍笔下的骆驼祥子一样，是拥有一辆属于自己的黄包车。那位站在寒风中迎候客人的店铺伙计的梦，该是有朝一日自己做掌柜，开一家小小的绸布店、鞋帽店。某一条烟花巷里的备受蹂躏、强颜装欢的风尘女子，梦想的是一日从良，寻一个老实厚道的男人过完下半生，只是不知还能否生育下一儿半女。强横霸道的军阀，老谋深算的政客，筹划着如何扩充势力，如何浑水摸鱼。革命党人也曾出入这里的歌楼酒馆，结交三教九流，放浪形骸的表现，既出自不羁的天性，更是一种巧妙的掩护，图谋推翻清廷，实行共和。总之，这里混合了善良和奸邪、谦卑和野心、家长里短和社稷传奇、光明磊落和鬼蜮伎俩，汪洋浩瀚，深不可测。

这一带，因其毗邻皇宫的特殊位置，而成为一处公共记忆的富矿。脚步的每一次迈动所溅起的尘埃中，都可能会含有几星历史的尘屑。清宫秘闻，优伶传说，老字号商铺的历史，义和拳起事和八国联军炮轰正阳门城楼，蔡锷将军和小凤仙的英雄美人传奇……既有信史也有野史，被匆匆流淌而过的时间潮水裹挟、混淆为一体，真伪莫辨，成为后世的历史学家和平头百姓争论不休的一个个悬案，为原本已经十分繁复曲折的历史迷宫，平添了一片片新的疑云。

公共记忆的力量十分强大，每每会挤占和遮蔽个人记忆，但对大多数人来说，真正对个人生命产生意义的，还是后者。仅仅是由于这些属于私人的记忆，生命才具有特别的滋味，人和生活才建立了一种深切的关联。我曾在马来半岛高大茁壮的热带树木下，喝着一种略带苦涩味道的饮料，听一位耄耋老人话旧。他在紧邻前门的一条胡同里度过童年，成年后远赴南洋，再未回去过。当回忆的潮水漫过幼时的一大片街巷时，他脑海中浮现出的，是卖酸梅汤和冰糖葫芦的街头小贩，是春节逛庙会时拿在手上哗哗转动的风车，是看过的木偶戏和皮影戏，是把小小陀螺抽得飞快旋转半天不停的快乐场面。我记得那一副写满了眷念的表情，和语气中浓浓的怅惘。

就说我自己，多年来在这个地方穿行了不知多少次，但真正留下记忆的只有两次。一次是当年上大学时，母亲自家乡来看我，带我在箭楼东南方向的一家服装店里，买了一件毛线衣。我不会忘记母亲看我试穿时，那种慈爱的目光。等到问过了价钱，母亲一时有些犹豫，虽然远谈不上贵，但当时家里很贫困，花一块钱都要算计。但最终母亲不顾我的反对，掏钱买下。那是深秋，旁边的一家卖食品的小铺子里，飘散出糖炒栗子的香味。另一次和一场没有结局的爱情故事有关，背景之一便是这里的纵横交织的胡同。一个冬夜，骑着自行车在炉灰砟儿、冬储大白菜垛之间的狭窄通道中小心穿行，感受着后座上惬意的重量，姑娘的胳膊羞涩地、若即若离地箍在我的腰上，至今想来都感到一缕温暖。车轮不小心碾上一片结冰的路面，连人带车摔倒了，一时手足无措，却只听到姑娘娇嗔的笑声。

胡同纵横，庭院深深。在阔大的背景中，在旋生旋灭的千万种场景中，这两个画面，只能算一个极端微小的细节。但它们是属于我的，是我灵魂中的小小芒刺，使我有一种幸福的疼痛。

从这里面的任何一条胡同向东走，都会走到南北方向的前门外大街上。

站在胡同口，左望，是巍峨的箭楼，向右边走，不出一千米，以一个十字路口为界，南边就是永定门内大街。这条大街未必人人都清楚，但要说起天桥地区，不知道的人大概寥寥无几。这一带，也正是报社的东边。今天，天桥仍然是老北京神话的一个构成部分，吸引了许多爱好民俗的寻梦者前来踏访，但估计多半会失望的。任何事物都寄寓于特定的空间和时间中，那些传说中的天桥把式的奇技绝活，已经属于湮灭的过去，时过境迁，即使想象力再发达，也难以再现当时的生动逼真。倒是街巷的痕迹更为持久牢固，经得起时光的咬啮。这里是平民、更准确说是贫民的聚居区，穿行在那些破旧逼仄的胡同里，不难想象当年生活的贫寒困窘。

这一带，名气最大的是天坛公园，前后去过不少次，在凉意森森的古松古柏下徘徊，围绕着圜丘上的回音壁转圈，想象时间的浩渺，感到自己在一点点地缩小，几乎像一粒树底下到处都能捡到的松子。隔着一条大街相望的先农坛，在很长的时间中都荒凉岑寂，让我想到史铁生笔下的地坛公园——当然是七八十年代时的模样。如今，以拓宽南中轴路为契机，道路两边的变化十分惊人。分隔两个公园的平房、商亭、市场、临时建筑等都被彻底拆除，取而代之的是一个巨大的园林，广植树木花卉，与新建的永定门城楼相呼应，让人鲜明地感受到了复兴的气象。

但一个人的头脑毕竟不是旅游手册，不是大公司名录。对于某个具体的地方，他的记忆会选择什么，却并非仅仅来自对象的知名度，而更多是取决于它对他的生活的影响程度。对我来说，只要脑海中那一架探测雷达转向东边这一片区域，首先显露在荧光屏上的，是两个医院的形象。

二十年前，到天坛医院求医的患者不会比今天少。这所医院以脑外科手术而闻名。当年，被一片居民楼包围着的医院大门显得十分寒碜，生着煤炉的候诊室热量微弱，穿了厚厚的棉衣仍旧不停地抖。一位故乡的亲戚的儿子，聪明伶俐的七岁孩子，得了一种叫作颅咽管瘤的恶性肿瘤，来这里动手术。这种病发病率极低，据说几十万人中才会发生一例。手术前后，孩子的父母在我的集体宿舍里住了一个月。和母亲无奈的隐忍相比，父亲显然更难以认可和面对这个现实，灵魂被剧烈的痛苦撕扯着，一刻不停。上完夜班已经后半夜了，回到宿舍，他还未睡，靠窗口枯坐着，一动不动，像一座雕像，烟头的暗红色一闪一闪的，不时会发出被压抑的叹息声。这种罕见的病魔为什么会轮到我儿子？我上辈子造了什么孽，要遭到这样的报应？在百思不解之后，一个县城里的孔武干练的警察，彻底的无神论者，也开始怀疑冥冥中或许藏着什么神秘异己的力量。为了排遣痛苦，他时时在一个笔记本上写些东西，有一次我翻开来看，除了呼天抢地的痛苦哀号外，还写满了种种猜测，都是从一些蛛丝马迹中找寻和分析。比如，孩子发病前一年的冬天，鸡半夜打鸣，应该想到这是不祥之兆，但为什么没有注意？刚犯病时，孩子喊头痛喊了半个多月，为什么只当是伤风感冒，拿了一些药吃，而没做进一步的检查？似乎那样做了，孩子就不会有今天的情况。这样的念头分明是谵妄的，但在特定的心境作用下，却仿佛潜藏了种种可能性。痛苦传递到握笔的手上，笔迹也被扭曲得潦草变形，充满了悔恨，似乎自责越深，心情也更好受一些。这种亲子之爱的强烈和非理性令我惊骇。

手术应该说是较成功的，但据医生讲，复发的可能性非常高。因为肿瘤的位置在脑干部位，不能全部切除，但只要留下一点儿，癌组织就有可能再次生长、繁殖、增大。在当时的医疗条件下，只能如此，别无选择。我们都想，孩子已经受了太多的苦，今后来眷顾他的该是那很小比例的幸运了。其后好几年，孩子没有任何病痛的感觉，那次回老家，看到他长高长胖了不少，脸蛋红扑扑的，也更聪明了，每次考试都是全年级前几名。我们以为总算逃过了一劫，然而这个希望又一次被粉碎。病魔再次伸出魔爪，肿瘤重新长大，疼痛更为剧烈。第二次手术，孩子未能走下手术床。由于失去爱子的巨大创痛，这位父亲在其后的岁月中，陷入忧伤抑郁，几种致命的病魔也乘虚而入。几年前，正当半百盛年，撒手离开人世。我敢肯定，在弥留之时，他一定听到了冥冥之中爱子的召唤。

多年后，我又一次目睹了悲剧的重演。一个大学同学的女儿，得了骨癌，忍受了几年化疗、放疗的痛苦，最后仍然不治，如花的生命在十三岁的花季凋零了。灾难降临时，当然不分男女老幼，"黄泉路上无老少"。但发生在孩子身上，发生在生命之初，总是更显现出残酷和邪恶，让人难以面对。

夺命恶魔的面孔是多样的。不可预料的疾病之外，还有突如其来的灾难。报社一位职工的女儿，在旁边的一所中学上学，一次放学时刚走出校门来到街上，从旁边驶过的一辆卡车撞倒了一根电线杆，不偏不倚地砸在她身上，当场死亡。这种事故发生的概率极其微小，然而只要有一桩，就足以判定其无限邪恶的根性，因为它对应的是一个鲜活的生命。

当然，绝大多数人不会遭遇这样的噩梦。然而，侥幸躲过了猝然的断裂，谁又能避开缓慢的凌迟？这一种感触，又是同另一座医院相联系的。

友谊医院是单位的合同医院，出大门向东走上十来分钟就能够到达。每个年度的体检在这里进行，单位医疗室解决不了的病痛，也都要到这里就诊。苏式风格的建筑，印证着一段两个相邻大国友善交好的历史。这所医院的太平间，在医院大院的西边，那里有一个侧门，面对着一条南北方向的马路。这条街离报社更近，散步时经常走过，因此经常能看到护工把死者抬出侧门，在身着丧服的亲属的簇拥下，抬上灵车。见得多了，感觉便麻痹了，似乎彼此毫不相干。

这种意识当然是荒谬的。英国诗人邓恩写道："每个人的死亡也都是我的哀伤，丧钟也是为你而鸣的。"万事万物，都被一道无形的纽带连接着，虽然未必意识到。诗人的话如今已经被现代科学印证——混沌学理论认为，大洋此岸一只蝴蝶轻轻扇动翅膀，有可能在几千公里外的彼岸引发一场风暴。但另一方面，这种淡漠、无动于衷，也许自有其深层的理由。除了探究天地人生之谜的哲人，大部分常人毕竟不需要对每件事情都寻根问底。也许，这正是生命被赋予的一种必要机制，使人能够慢慢地认识、习惯并且适应那些攫取生命的异己力量。过度的敏感，过多的思虑，只会带来伤害，慢慢累积起来的重量，会像铅坠一样羁绊灵魂，戕害生命的活力。生存已经充满忧伤，为什么还要预支生命结尾时的悲哀呢？

就我来到报社的二十年间，新人旧人，不知换了几拨。报社不同于机关，不必坐班，内部各个部门也都是各把一摊，相互间不需要过多联系，因此虽然出入于同一座大楼，许多人彼此并不认识，认识的也多属点头之交，这样一来，谁调走了，谁的生活发生了变故，别人都说不清。好多次，听人议论起某个名字，脑海里浮现出一个面孔，这才猛然意识到，已经有多年不见此人了，甚至更糟，得知已经与这个人阴阳两隔了。

我所在的部门的一位老领导，曾经告诉过我英语中两种对死亡的委婉说法，分别叫作"加入大多数"和"成为分母"。的确，与逝者相比，活着的人，尽管以亿计数，也永远只是少数。随着时光的流逝，分子不断变为分母，分母越来越大，仿佛一座巨型金字塔的不断在增大的底座。这是一切生命最后的归宿。也许只有在这个目标上，才真正谈得上万众一心、步调一致。

瞩目和思考这个过程时，死亡的含义便不知不觉中被转换了，由肉体的消失变为躯体功能的衰减。死亡不但是结果，更是一个随时随地的过程。从出生那一刻起，人就在走向死亡。这样想，心情会变得坦然和平静：既然始终与它携手同行，不曾须臾分离，又何必要为最后的那一次拥抱而忧心忡忡呢？那无非是一种更夸张、更具有仪式感的动作。

目光还是回到身边吧。人群中，能享天年的毕竟只是少数，绝大多数的人还是会循着一条正常的轨道，慢慢老去，在不知不觉中变化着自己生命的季节。令人想到一棵树上的叶子，由碧绿变为枯黄，由润泽变为枯涩，曾经光洁的叶片，渐渐布满了细碎的斑点和小孔。在单位每月报销药费的固定日子里，总能在楼道里看到许多离退休职工，他们互相打招呼，询问彼此的健康，交换种种有关身体不适的抱怨。二十年前我刚进报社的时候，其中的许多人还年富力强、精神健旺，是本部门的骨干，如今垂垂老矣。原本文弱儒雅的，显得更加飘然绝尘，即便那些性格硬朗锋芒毕露的，眉宇之间那一缕好斗的神态，不知何时起也被温和蔼然替代。那样一种姿态，更多地属于彼岸，让人想到的不是某个具体事件、具体日子，而是隶属于永恒的范畴。

按正常的生命流程，不罹患绝症，不遭遇无妄之灾，再过二十年，我也将是这个排队等待报销药费的队伍中的一员。而那时，也会有年轻人，迈着轻盈的步子从旁边走过，仿佛是二十年前的自己。此时的我，恰好行走于人生旅途的中间，位于一个最好的观测点，前瞻后顾，来路和去处，都分明清晰。仿佛一出永远不会闭幕的戏剧，一代代人老去，退场，隐没，而同时许多人也正在出生，走近，登台，充当主角。这幕大戏，又可分作无穷的单本剧，场景林林总总，内容错综复杂，角色如恒河沙数，同时上演，彼此交错，但却共有一个剧名：人生。

歌手朴树的成名曲《生如夏花》中，反复回旋的是这样几句歌词：

　　　　我是这耀眼的瞬间
　　　　是划过天边的刹那火焰

我将熄灭永不能再回来

　　太平间门口的斜对面，隔街相望，是一家餐馆。显然是为了辟邪，餐馆门口摆放了两个石狮子。坐在餐馆里，隔着玻璃，那边的动静会望得清清楚楚。许多事情，要借助对比才能够认识得更清晰。敏感的古代波斯诗人，在纵情狂欢的时候，用人的头骨做成的杯子盛酒，通过凸显人生如寄的短暂，来使得享乐的滋味更为醇厚浓烈。也许由于医学的发展攻克了许多曾经致命的疾病，由于寿命的普遍延长，我们没有那样的敏感，生死不再是日夜缠绕的问题。但在一些特殊的时间和场合，譬如此时此地，也能像电光石火般闪亮一下，生命的脆弱，生活的意义，霎时间都会涌到心头。

　　蒙田说过："预先思考死亡就是预先思考自由"。这位异代异域的智者，在这句话中，却揭示了一个不受时空阻隔的道理。

　　那么，何妨从容把盏。酒入脏腑，该会有一些东西，被逗惹出来，仿佛在显影液的浸泡下，胶片上的内容渐次呈现。酒液是五谷的精华，这些感触，则是对生活发酵和蒸馏后的提取物，是高纯度的、最为本质的东西。

　　和整个城市相比，我的步履所至的周边范围，只是很小的一部分，一处微不足道的局部，一个可以忽略不计的细节。两者之间，像一盆水和一座水库？一棵树和一片林子？

但它们却是这个巨大整体的有机部分，能够透露出这座古老而充满活力的城市的总体精神气韵，它的魅力和缺陷，荣誉和羞辱，它让人迷醉或尴尬的内在特质。仿佛物质构成层面上的原子，尽管是最微小最基本的单位，但已经包含了此种物质的全部最根本的内容。

作为高智能的生物，人似乎无所不能。偌大的地球硬是被弄成了一个村子，越海跨洋如同到邻居家串门，去外太空和其他星球也不再是痴心妄想。也许不需要太久，旅行社之间就会为到月球观光度假展开竞争，就像今天在火车站出口处招徕生意的旅店。但我仍然要说，对绝大多数人来讲，其生命的展开，人生体验的获得，是发生在周围的一个有限空间里的。不管将来科学会发展到怎样难以想象的地步，只要空间的物质属性依然，这一点也不应该改变。一个有心人，会通过对周围有限的地方的凝视，洞悉存在的一切秘密，得到人生的全部感悟。这里展现了这样的一种关系：咫尺如同天涯，须弥纳于芥子。

或者，不妨换成英国诗人布莱克的那一段著名的表达：

在一颗沙粒上看到一个世界

在一朵鲜花中望见一片天空

在你的掌心中把握无限

在一个钟点里收藏永恒

三 宅 记

我望着窗子外面几米开外的一棵高大的白杨树，仲秋时节，树叶已经变成金黄色。叶片的正面和背面，有着光泽色调的细微不同，要仔细看才能分辨出来。偶尔掠过一阵小风，树叶抖动起来，发出窸窸窣窣的声音。这棵树不是在公园深处，而是在小区内的一条窄小的马路旁。很安静，偶尔才会有一辆汽车驶过，更多的声音来自自行车以及行人。

这个场景，我可以安静地望上半天。那时候，我正迷恋俄罗斯文学和艺术，醉心于帕乌斯托夫斯基的《金蔷薇》和列维坦、希施金们的油画，并让自己效仿他们的目光，观察和欣赏美的东西。那是 20 世纪 90 年代初，生活节奏上，更多地保留了 80 年代的余韵，仿佛一个乐句的自然的过渡。静谧，舒缓，那时更容易体验到，不像今天，已经是一种难以企及的奢侈品。

那时已经告别集体宿舍，步入两个人的天地，日子平静而悠闲。住处紧邻车公庄大街，一条绿化很好的老街，行道树、草地，错落有致。春末，街两边的泡桐树开花了，淡紫色的大朵花瓣分外美丽，有一种浓郁繁复的美。漫长的夏天，树荫浓重，将市声过滤得稀薄。晚饭后是日常的散步，一直向东走到二环路旁再折回。当时这条路上只有一条公交线，隔一段不短的时间，悄无声息地开来一辆车。和今天人潮车流熙熙攘攘相比，完全是两个世界。如今红火异常的官园小商品批发市场所在地，当年还是一家印刷厂僻静的院子。

当时的不少活动，今天想来只觉得奢侈。两个人骑车，去八一湖游泳，去什刹海看荷花，去天安门广场东边某个部委礼堂看一场内部电影。有时，身边走过某个姣好的面容，不由得多看两眼，会惹得身边人多说两句。晚饭后到就寝前，感到是颇长的一段时间，基本上都给了电视机，给了《渴望》和《编辑部的故事》等。经常会为对某个人物的不同评价而争执，有时甚至会吵起来，一两天的时间互相不理睬，过后又觉得好笑，犯不上，就有人主动示好，当然，基本上是男方。

单身时的散漫或者浪漫，还受着惯性的驱动，未能完全被婚姻生活改变。周末，依然要独自骑车去逛旧书店，一个延续多年的爱好了。路线是设定好了的，早饭后出去，半天下来，能走上几家店，每次收获多少不一。回来时，多是沿着什刹海后海边的小路，穿行大半个湖区。夏天，荷叶连绵，蝉声聒噪，拂过水面的风挟带了些许腥味。秋日，一片黄叶悠悠飘下来，在脸上蹭一下，落到柏油路面上，又滑到旁边。和它相应和的，是自行车轮胎碾地的沙沙声。整个后海一带，依然保持了空旷疏朗的野趣，酒吧鳞次栉比排列的场景，还是后来的事情。读一本书入迷了，不想睡觉，便坐到厨房里，一口气读到天亮。兴之所至，时常会泛起一些念头，如打算出国去看看，为此学了几个月的外语，后来不了了之。还到南方某个特区城市，在一家新创办的报纸干了几个月，也回来了。

孩子的到来，将这一切都改变了。

初夏的夜晚，先是在人民医院北门外的小马路上，后来又在产房外边的楼道里，焦急地来回踱步，抽光了一包红梅牌香烟。等到手术室的一扇门被推开一条缝，一位护士探出头来，报告孩子平安降生，已经是夜里两点了。悬着的心落了地，骑车回家，一觉睡到大亮。当时住的是岳父母家提供的一处房子，离他们住的地方不远，经过时，好像房间已经熄灯，就没有上去告诉。第二天才知道，他们一夜没有合眼——这本来应该想到的——第二天拂晓就匆匆赶到医院了。问清女儿的病房号，老两口儿进去见了女儿一面，知道女儿也生了个女孩儿，连说好好好，岳父更是高兴得直拍手。同一病房里还有几个产妇，不方便多待，简单说了几句话就走了。妻子出院回家后讲，同病房的一个产妇，也生了个女儿，一心想抱孙子的婆婆掩饰不住失望的表情，媳妇感到委屈，偷偷抹了半天泪。见了岳父母的举动，仿佛有人撑腰，等婆婆第二次来看望时，媳妇说话的口吻陡然硬气了不少，说生女孩儿有什么不好，你瞧人家三床也生了女孩儿，姥爷姥姥高兴得直拍巴掌！儿子也在旁边顺着说，婆婆只好小心地赔着笑脸。

那时候妻子的姥姥已经九十出头了，按家里人的习惯，都称呼老奶奶。孩子接回家后，老奶奶端详了重外孙女一会儿，摇摇头，发表了一句让妻子大为伤心的评论：看不得。但每天总要挪动小脚，走过来看两次。日月如梭，孩子会爬了，会坐了，会走了。看两个隔了几乎一个世纪的人在一起，很有意思。奶奶一边拍手，一边教唱湖南湘潭老家的一首童谣：细伢子细，吃板栗。还有：咚叮咚，咚叮咚，湘潭街上唱人戏。孩子愣愣地看着听着，完全不懂，像个小傻瓜。两人会为了一个小收音机，抢夺半天，彼此气呼呼的。想到了那个比喻——童年和暮年，是生命圆环上相邻最近的两个部分。

如果不是借助照片，那时候的一些情景在脑海中已经变模糊了。这张是带孩子在学步，照片上女儿像男孩子一样穿着小背心裤衩，圆滚滚的身子，藕节一样白白胖胖的胳膊腿儿，看不到脖子，脑袋上也没有几根头发，我弯着腰，两条胳膊前伸，准备扶住随时可能跟跄跌倒的女儿。背景是被一排树木掩映的马路，马路中间正有一辆黄色的面包车驶过，当时多一半的出租车是这样的。另一张照片更早些，女儿两手扶着婴儿床的栏杆站着，正在做鬼脸，一个姑姑逗她，另一个姑姑拍照，大衣柜的镜子里反射出摄影者的姿态。那时候，两个妹妹过一段时间就结伴过来，逗逗侄女。如今，大妹妹的孩子都上初中了，小妹妹远在国外，也已经成了两个孩子的母亲。

然后是孩子长到四岁多了，老奶奶以九十六岁高龄告别了人世。去世前半个月左右，已经表现出了明显的衰弱，很少下床，吃饭要用勺子喂。由于说话已经气力不足，看见妻子和她的两个姐姐来到屋里，就做手势让她们坐到身边，摸着几个自己一手带大的外孙女的脸，然后费力地拍手，其实只是将两手合拢在一起。知道老人大限将至，那几天，在奶奶床前摆了几把椅子，大家一有时间都坐在一边，心里都明白是陪老人最后一程。那天，三姐妹正围坐在一起说着什么，忽然意识到有些异样，扭头一看，老人已经气息全无，静悄悄地辞世了。几个姐妹哭成一片，然后才意识到该干什么，分头联系医院来开死亡证明，联系派出所户籍警来注销户口。岳父走到另一间屋子里，不停地踱步、抽烟，双泪长流。

在这一带，前后住了将近十年。除了两人世界变为三口之家，其间最大的变化，是住房从一居调为两居，但还是在同一个小区里，相距不足一千米。新居和后面那排房子之间，一大半的地方，用铁栅栏围出一个花园，里面有几棵大树、高低不一的灌木丛以及十分浓密的草地。尤其是那棵巨大的桑树，看来树龄颇高了，枝叶纷披，树冠有四层楼高。初夏时分，时常会有鸟儿飞来，啄食淡紫色的桑葚。这里面有一种童话的氛围，让我捡拾回了某些已经遥远的乡村记忆。

回想起来，印象最深的画面，是夏天骤然而至的暴雨。从四楼家里的北窗向外望去，黑压压的云团从四面八方聚拢过来，霎时间天色阴暗，风声呼啸，未关严的窗户被风打开或关上，噼里啪啦响成一片。树木被摇晃得前仰后合，背面的树叶翻上来，泛着浅白色的光泽。闪电在高空扯出树枝形状，雷声沉闷，由远而近传递过来，像铁球在钢板上滚动，仿佛就在耳边炸出一声脆响，惹得四周汽车警报器声此起彼伏。巨大的雨点砸下来，很快就变成不间断的水柱倾泻而下，地面上转眼就积满了水，浑浊的水流冒着气泡淌进下水口，形成小小的漩涡。花园里，树干黝黑湿润，树叶和草地像涂了一层油。但不久，和来时一样突然，风息雨止，云开日出。天空湛蓝洁净，让人想到屈指可数的最好的秋日。树木被洗得清新鲜亮，千万片树叶的边缘，一颗颗水珠摇摇欲坠，晶莹剔透。空气里弥漫着一股淡淡的类似鱼腥气的臭氧味道。

从这里搬走，有八年之久了。这期间，多次从这一带经过，因为从 20 世纪 50 年代起就已经是成熟的居民区，多年中周边环境并没有多少变化，只是汽车比过去多多了，到处停放，显得拥挤了不少。走过那幢楼，四层朝北的窗户下面的半截铁筐，垫底的还是那几块当年装修时剩下的瓷砖，算来也有十多年了。

女儿上小学二年级时，搬家到了南三环赵公口一带，单位分的房子。

住处位于三环主路的内侧，从窗子探头俯瞰，便会看到双向六车道上汹涌的车流。特别是夜间，迎面驶来的是一道道白色的光柱，逆向驶去的则是一串串红色的尾灯，赶上堵车，就变成了光和灯的汇聚，静止不动，煞是整齐壮观。下楼走不远，经过一道过街天桥，就是三环外面了。在一段时间内，三环路曾经是人们心理上的一道城市和郊区的分界线，当然这个标准早已不适合今天。果然，再向前走上几百米，城乡接合部的特点就变得明显起来。在不很久以前，这一带大片的地方还都属于郊区农村，随着城市发展，原本生长农作物的土地被逐渐吞噬，变成了城市令人眩晕的巨大机体的一部分。比利时大诗人维尔哈伦曾用这样的句子来描述这一进程：

城市在远处展开着
而且制伏了原野

由于过程很匆促，缺乏耐心和统一谋划，急就章的痕迹也就颇为明显。都市和郊区甚至乡村的元素，杂乱交织在一起。几栋颜色鲜亮的新建高层住宅楼后，是一片菜地，再后面是一片低矮老旧的平房，小巷间还是土路，刮风时尘土飞扬，下雨则泥泞不堪。某个建材市场院墙处，却是一个露天的垃圾堆放场地。和这些因素相关，质量档次相仿的商品房，在南三环边上，每平方米房价比其他三个方向同样位置的，一般都要低上两三千元。

向东几十米，与我住的楼房一路之隔，就是长途客运汽车站的出口，能望见客车鱼贯而出，开往山东、河北、河南，甚至江苏、浙江等地，入口在院落的另一端。从附近走过，随时能看到从长途汽车站出来的人们，大量的是背着提着包裹行李，进城找工作的青年男女，或三五成群，或孤身一人，一边挪动长时间坐车弄得酸软难受的四肢，一边好奇地打量着周围的一切，表情中交织着兴奋、期待和茫然。即将降临到每个人身上的生活，将会是什么样的面貌？

更远一些，是大红门服装批发市场。这不是一家商场，而是一个广阔的区域，集合了大量的店铺，以及难以计算出准确数目的摊位。大部分的摊主是以能吃苦善经营著称的温州人，以至于温州村成为这一带的别名。这里是全城服装市场的主要进货源头，同样一件服装，转手到市内的大商场，价格甚至会贵上几倍。妻子去过几次，用比那些逛名牌店的同事们少得多的价钱，买到了一模一样的衣服，掩饰不住地高兴。我去得最多的则是附近的一个电脑器材超市，买了不少硬件软件和影片碟片。

和搬来前住处周边环境的整洁、有秩序、安静大为不同，这一带户外环境堪称拥挤、杂乱和喧闹，置身其间，你会感到眩晕烦躁，急于摆脱这一切，逃回家中，躲得远远的。尤其是服装市场一带商业区，交通标识形同虚设，行人车辆，都见缝插针乱走一气，在里面你随时要留意，不小心会给一辆斜刺里冲出来的运货三轮车蹭一下，或者踩上一块被谁乱扔的果皮。路边的小吃摊上，人们或坐或站，吃着烤肉串，切成块的瓜果，全不在乎旁边驶过的汽车扬起一阵尘土。治安不好，小偷小摸常有，楼下的马路边立着附近派出所的提示牌，提醒人们这里是"碰瓷儿"高发区——这个俚俗的用语被用在正式的告示上，我还是第一次看到。

但住久了，不知不觉中，却习惯了，甚至有几分喜欢上了那种氛围。换一个角度看，这种喧嚣嘈杂、散漫无序中间，其实充溢着一种蓬勃旺盛的生命活力。这种活力属于这个区域中的社会生活，它来自在这个广阔空间中活动生息的每一个人，又在彼此之间激荡和传递。这是一个巨大的能量场，仿佛感受到从大地深处传来的强韧有力的脉动。成千上万的人，操各地口音，着各种装束，有着各自的身份，从事各样的营生。尤其是大量来自最底层的劳动者，天桥旁拿着装修工具等待雇主的农民工，人行道上摆地摊给人擦鞋的中年妇女，都让人鲜明地感知到另外一种生活的真实性，意识到什么是存在的完整的面貌。

　　几年中，每天的必修课，是接送孩子上下学。学校远在七八公里外的和平门附近，又没有直达的公交车，因此别无选择。好在那时孩子是在读小学，课程较轻松，不用多费心。那时，妻子每天乘坐班车，准时上下班。晚饭后，经常一同下楼散步。周围显然不是适合散步的环境，但几年下来，我们却走遍了周边的街道和胡同。最热的时候，空气湿度接近饱和，衣服湿漉漉紧贴在身上，喘气都费力；最冷的时候，零下十几摄氏度，寒风凛冽强劲，只能缩脖弯腰，背顶着风逆行。这在别人眼里，该是一种自虐了。

　　一切都变动不居。

　　有一天刚出门，就陷进了停滞的车流，堵在辅道上近一个小时动弹不得，既进不去主路，也无法返回。忽然想到了刚搬来前后，附近新开盘的一处楼房做销售广告，将不堵车作为一个卖点，不由得好笑。事实上是，没有多久，这里就变得和其他地方一样堵了，而且由于交通设施陈旧和不健全，很快上升为全城有名的堵车地段。

我居住的那幢公寓楼，当年在数百米范围之内都是最高的，从远处看去，两幢姊妹楼并立，蓝色的楼顶，贴了白色瓷砖的楼身，十分醒目，曾被称作南三环的地标性建筑。我住在十八层，从朝北的阳台望去，目光毫无阻挡，能够望到天安门广场，天坛就更是清晰，郁郁葱葱的一大片松柏林，映衬着祈年殿和回音壁。天气晴好时，还能够望见西边和北边的山脉，一抹连绵的黛色，山巅处的白云仿佛凝滞了一样。

当然这样的描述指向的是过去。搬来几年中，周围起了不少新的高楼。北面那一片空地，原本是一家汽车货运公司的院落，也盖了几幢商品房，间距很小，从此以后，北面的视野基本被阻断了。东边不远处有一片不小的平房区，一直传说要拆迁，最让人高兴的一个说法是将改建成一个小公园，这一带正缺少一处像样的公共绿地和休闲场所。后来住户也确实迁走了，但很长时间内没有后续的行动，老屋陋巷兀自承受雨淋风蚀，仿佛被遗忘了。一直到了搬走快两年后，一次我行经附近，才看到好几台挖掘机正在挖很大的深坑，施工围布上写的项目名称是国际玩具城。当年的希望是破灭了，虽然已经搬离，我仍然感到一缕遗憾，但转念一想，又觉得这种结局实在是再正常不过了：这样一个物欲喧嚣的时代，在这样一种优越的地理位置，岂不正是资本顺理成章、堂而皇之地显现自己力量的场合？可以确定的是，将来周边会更加拥挤嘈杂了。

更多的变化体现在局部上。公寓楼地下二层的连锁超市，几年中先后换了几个招牌。东侧的汽车修理部兼停车场，也换了几茬老板。没有变化的，是一层物业部门旁边的一间美发室，为首的美发师是一个广东韶关来的小伙子，二十来岁，几年过去，外貌上看不出什么不同，但神情中显然多了些疲惫和淡漠，被掩饰在日渐娴熟的手艺和自如的应答中，虽然前去理发的许多人都是楼里的住户，也并不容易察觉。

几年中，经常去相距不远的方庄小区的一家饭馆就餐。饭馆建造成一艘帆船的形状，饭菜便宜实惠。差不多有一年多的时间，我经常会留意一个秀美的柜台收银员，一个四川口音的姑娘。她的神情中有一缕羞涩、幽怨的成分，和这个环境中服务人员惯常表现出的过分热情大相径庭，颇像西方古典派画家笔下的少女。但那年春节后，就再也没有看到，也许是回到原籍嫁人成家，不再出来了？这样的职业会让人联想到浮萍飘蓬。服务员则变动更为频繁，似乎每过几个月都换一拨新人，都是朴实的农家姑娘，除了年轻外没有任何的技艺和资本，进饭馆端盘子往往便是进入城市后的最适宜的选择，用青春换取一点儿微薄的收入，一有更好一点儿的机会就会离开这里。

佛教典籍中善于用比拟夸张的手法，强调万事万物皆在流转变化。《金刚经》里的这句话流布甚广："一切有为法，如梦幻泡影，如露亦如电，应作如是观。"近代科学大师弗洛伊德则用具体事例证实自己的理论：过去所发生的一切，都会在心灵中留下痕迹，而且这个痕迹永远不会消除。这两种看似颇为对立的观念，其实完全可以相互包孕并存。变化无时无处不在，旧的变成新的，很快又让位于更新的。但既然发生过，那么这一根永恒变动的大链条上的某个环节，可能就会影响到某个具体时空的某个人，并根据其性质的不同，根据接受者心理素质的不同，造成或显或隐、或直接或迂曲的影响。这样，对那一类敏感的人来讲，也许就愿意想象和勘探其中可能蕴含的某种深意。在某些时候，我不谦虚地把自己归入了这一类。那么，几年间周围所见所闻的一切，都曾给予了我什么呢？

有几件事情称得上刻骨铭心。一辆疾驰的汽车，撞飞了一个挣脱母亲的手、从人行道跑上辅道的幼童，孩子从一人多高的空中摔下，落地的声音沉闷滞重。那个年轻母亲先是木然呆立了大约半分钟，然后猛地发出一种非人类的、让人听来毛骨悚然的声音。几天后的深夜我从一个噩梦中惊醒，正是由于恍惚中又听到了那种声音。一个考试失利、失恋的高中生从十几层的阳台纵身跳下——这一桩悲剧就发生在我居住的那幢楼上，曾经多次和那个个头高大的男孩子同乘电梯上下，男孩儿很内向，从不正眼直视别人。还有，在楼下的一家小饭馆，与一位大学同学一家人聚会，为她的患骨癌的女儿在治疗一段时间后脸庞变得健康红润而举杯庆祝，庆幸终于摆脱了死神的魔爪——但我们都高兴得过早了。这种极端的状态，产生的是雷击一样的效果，让人猛然意识到生命的脆弱、命运的不可理喻，等等。在正常的生活状态下，我们往往无视或者根本想不到这些。"任何人的死亡都是我的死亡，丧钟为每个人而鸣响。"我是从这样的角度理解这个十分有名的诗句的：别人的死亡——以及相类似的极端状态——成为我们窥探生命中的幽昧深渊的触发点和契机。

但更为大量的，还是日常生活的细节和内容，它们凌乱琐细，并不具有事件的坚硬质感。曾经在短时间里好几次招待住在城市的另一端的一位老乡、中学同学，对其频亮红灯的婚姻，说些自己都觉得无效果也无意义的劝和的废话。也有收获，就是提醒自己引以为戒，正是每日间那些看似鸡毛蒜皮的龃龉，堆砌成一堵冷漠隔阂的厚墙。曾经为一位年逾四旬出国定居的朋友饯行，感受他对未来的向往和担忧。在年轻时，生活的不确定性更多体现为一种诱惑和挑战，让人隐隐地激动，但随着时光流逝，慢慢掺和进了许多复杂的成分。我和妹妹曾经为老父亲过七十岁生日，邀请了岳父母和妹妹的公公婆婆参加。父母终于在晚年告别了生活大半辈子的华北小县城，告别了多年间与儿女们聚少离多的日子，搬来京城住，兴奋之余，谈话中却又不经意间流露出一缕来日无多的感伤。这一类繁复纷纭但又是细微平淡的感慨，就是我们的情感河流中的一片片波浪，也支撑起我们对生命的理解。平淡是大多数人的生命基调，缺少大起大落，鲜有大悲大喜，琐细的牵挂，小小不言的满足，但并非不值一提。

住处西边不远，有一条名为凉水河的支流。从地图上看，弯弯曲曲一直通往北运河。搬来之前的多年前，有一次曾来附近办事，当时它还是一条较接近自然状态的河流，绿树掩映泥土堤岸，河水清澈，还有人垂钓。但搬来居住时，它已经变成了一条臭水沟。夏天从旁边经过时，尽管通常都是在车上疾驰而过，仍然能够闻到一股强烈的难闻的气味。旁边楼房的住户，都不敢打开朝向小河一方的窗户。居住那几年，一直盼望着尽快治理，报纸上也前后发过好几次消息，但行动却来得那么慢，到了搬走时仍然没有动静。

不过，不久前经过附近，发现它终于得到治理了。河水变清，浊臭的气味也没有了，当年的不堪已成为记忆中的一页。然而，记忆云云，也只是对于经历过的人而言。在那之后才来这一带居住、生活的人，他们不会想到这些。意义等等，只是经由具体的经验，才会产生和呈现。

掐指算来，在如今的住处，不觉也已经住满三年了。当初紧赶慢赶，好歹在孩子中学开学前几天搬了进来，装修的气味还没有消散。

当初买下这处房子，主要的考虑还是为了孩子上初中。那年春节过后不久的一个周末，偶然经过这里，看到售楼处的广告，就进去看了看，打听了周边的学校、交通等，两人一合计，当时就定下了，整个过程比买一套家具还快，第二天就来交了订金。当然，一直以来就有这样的想法。和原来住的地方比，这个区的教育资源、教育质量明显地要好，周围就有几所不错的学校。接下来便是两件事齐头并进，一是联系学校，二是办贷款、凑首付款等，心甘情愿地让自己当起了"房奴"。

孩子成了生活中的一大重心，成了许多行为和选择的重要原因和驱动力。这一点，倒退几年，要么没有想到过，要么虽然在别人提醒下意识到了，但却有些不以为意。然而今天，这些都变作了真切确凿的体验。这种转变，该与伴随年龄增长而来的对于责任的领悟有关。

生命延伸到一定的时段，一个人的意识会变得阔大。他的目光，过去更多是自我打量的，如今却不知不觉中投向种种外在的对象，投向更大的范围。他的灵魂中开始容纳更丰富的东西。就像某种程序，会在某个时间自动开启运行，其平滑顺畅的程度，连自己都会感到吃惊。被一条血缘的天然纽带维系着，在父母子女之间，这一点表露得就更为自然而突出。没有想到，当年不耐烦父母的事无巨细处处操心，如今自己却也变得絮絮叨叨，每天早晨女儿出门上学时都忘不了再三提醒注意交通安全，在孩子脸上，看到的也正是当年自己的那种厌烦的神态。生命中的循环性和神秘性，会在微不足道的事情上获得印证。

但也许还有另外一个更有力的理由，那便是对于人生的新的认识，对于愿望、目标等的重新定位。视角变换了，看到的风景自然也会不同。

沉静下来，检点一番，会发现生命旅途中，一直伴随了一缕幻灭的滋味。时光如水流淌，当年意识中仿佛唾手可得的目标，多数没有实现，而且似乎越来越遥远。那一份气干青云的自信，今天看来不过是不知深浅。洞悉了自己的局限，摈弃了不切实际的虚妄之念，如今越来越明白，做成一件事情并不容易。才华，意志，机缘，缺一不可。也许是因为实现无望，于是便变得不再紧要？就好像一个生下来五音不全的人，不会为成不了走红歌手而焦虑。

但幻灭之说未免令人沮丧，换一个积极些的表述，毋宁说是"不惑"，更能够让心情平和些。不必妄自菲薄，毕竟没有浑浑噩噩混日子，也一直在努力，并且因此有所收获，虽然不过尔尔，但毕竟带来一些慰藉，一些内心的安稳之感。谁说一定要有万人仰慕的建树才算不愧此生？那样的标准岂不是否定了绝大多数人的生存意义，未免过于残酷了。而且，你也无法论证出，成功、成就云云，就是生命的本质要求。这不过是一种个体性的价值诉求，却被渲染成了一个神话。

这种观念，会让人开始享受一些过去看不上眼的微小的成功，充分发掘和品味其间的趣味，并且，继续追求这样的小成功，而不再忐忑不安。这就仿佛一位因某种原因被困于半山腰上的游客，得知难以抵达峰巅观赏胜景后，无奈中开始打量眼前的风景，惊喜地发现山腰原来也不乏动人之处。

于是，一种波澜不惊的心境，便成了如今的主调。

搬家前的住处位于塔楼的阴面，阳光是奢侈品，新房子南北通透，大半天中，阳光都可以相伴相随。周边大环境比起原来已经安静了许多，我住的楼又在小区最里面，离马路最远，隔绝过滤了大部分的市声。有时候白天在家，阳光满屋，十分安静，完全不像当年，声音一波一波地袭来，无所逃遁。这时，翻着一本适意的书，心里会有一种感恩般的情绪冉冉升起。

如今学校离家近了，孩子上下学自己骑车。但作为家长并没有解脱，相反牵挂甚于以往。应试教育体制的力量是巨大的，大量的练习题，接连不断的测试，中考在即……置身其间谁也无法逃避，也无人能够代劳。做完作业往往已经深夜，第二天一早就又要起来。压力累积得多了，时常莫名地发泄一番。有时候想到她小时候无忧无虑的样子，顿感恍如隔世。没有办法，这是她必然要面对的一段人生。每个人，都会在时间流逝中变换人生角色、增加生命体验，都要接受——有时是忍受——与之而来的收获以及丧失。

似乎时间在以加速度飞驰。同样是一年，怎么只相当于过去感觉中的一半甚至更少？从什么时候起养成了一个习惯，每天晚上临睡前，在本子上简略记下这一天的大致内容。每到月底回顾一下，三十个日子如烟如水，虽然高度程式化的工作让每一天都显得大同小异、单调乏味，但总算留住了一星痕迹。一个月，也就换得本子上薄薄的几页，以及翻动时手指肚上的细微感觉。人生匆促之感，因此也变得具体而强烈。

往西边走上不到一千米，就是昆玉河了。当年的荒僻之地，如今也变为城市巨大躯体的一个部分。这几年，两岸新楼盘纷纷涌现，临碧水望西山，成了开发商们津津乐道的广告词。这个过程一直在持续，刚搬来时，从西边窗户望出去，楼群之间尚有大片空白之处，能望见西山峰脉的一抹深黛，如今视线却逐渐被一处处新起的建筑给阻挡了。

河边的变化更为明显。搬来后有一年多的时间,河边很幽静,面积颇宽广的斜坡上,长满观赏花卉和低矮的灌木丛,只有一条很窄的小马路,车很少。附近的居民来遛弯儿,牵着的狗拼命想挣脱绳索向树丛里跑,凑近另一条同类。很为有这样一个散步的好去处而庆幸,但好景不长,为了缓解交通压力,毁弃了草地,修建了一条市政马路,上下各有三条车道。同时,还建起了一座跨河的大桥,方便两边来往。

昆玉河是京密引水渠的一部分,它的源头是京城西北方向的密云水库,经过几十公里,穿越颐和园的昆明湖,一直通往玉渊潭公园。在大学时代,有一次,曾经和同学结伴,从颐和园僻静的南门外,一直沿着河岸走。两边是绵延的田野和树林,人迹稀少。当年,这条河的堤岸还没有用水泥衬砌,河水澄澈碧绿,两边树木茂盛,层叠交错,灌木和杂草比赛葳蕤,一派天然野趣,堪称绝妙的风景。记得我们的脚步声惊动了青草下面的青蛙,纷纷跳进水里,一路上扑通声此起彼伏。如今河道被整治得平整规矩,岸边是水泥斜坡,上有草坪,完全是一种人工化的盆景风格。还开设了一条从玉渊潭到昆明湖的所谓水上观光线路,时常有船行过,我也陪同外地的朋友乘坐了一次,但怎么看也寻找不到当年的感觉。两边都是绵延不尽的楼群,河边公路上汽车排成长队。繁茂的树木,无边的原野,都已经没有了,完全不是那么回事了。失去了那些造就了大自然活泼生机的要素,河流的美丽和浪漫被剥蚀殆尽,蜕变成了城市的一条排水道。

当时年少春衫薄，流动的河水，正应和了灵魂的激荡。河边万籁俱寂，大树在水面投下浓重的树影。一片树叶懒洋洋地流过，在一处露出草叶的水面旁飞快地打了个旋儿。偶尔有鱼儿浮上水面，漾起微小的水纹，还会有轻微的唼喋之声。望着静静流淌的河水，想到远处的大江和大河、江河边的人们和他们的生活，心情忽然莫名地激动。

这些曾经的浪漫，早就都被时间的流水给带走了。如今回忆起来，有一种凭吊般的情绪，在心头升腾缭绕。

住处附近的河边，新开辟的马路正在划车道线，很快就将开通，成为又一条交通干道。都市里少有的一处和大自然气息相通的地方，终于也将不复存在。这样做当然可以举出充分的理由。飞速膨胀的人口，急剧增加的车辆，给交通造成极大的压力，新道路的修建肯定会有所缓解。审美和功利的龃龉，随处可见，在当下的语境中，取胜的通常都是后者。想想被拆除的几百座四合院，被抹掉的上千条胡同……

那时候，不论是坐船行于水上，还是乘车走在河边，不会再有遐想。河水在道路和楼房的夹峙下流淌，缺少了土地、田野、树林的背景，它的诗意已丧失殆尽。

站在新建成的连接两岸的桥上俯瞰，我看见的不仅仅是深蓝色缓缓流动的河水，恍惚中还有万千闪烁不已的碎片。我知道，那是时间的幽灵，是时光蜕变后卸下的轻盈的壳。

公　园　记

来到北京后，到过的第一个公园是紫竹院公园。

那是四十年前，1980 年的 9 月上旬，入学后的第一个周末。从学校门口乘坐 332 路公交车，在白石桥站下车，走几步就到了公园的门口。同学们站成一圈，听班上的团支部书记介绍这次活动的具体安排。

这是第一次校园外的班级活动。

初秋时分，正是北京最好的季节，暑热已经稍稍减退，蓝天白云，阳光明亮，树叶熠熠闪光，清新得像被水洗过。今天时常袭扰京城的雾霾，那时还没有踪影。

团支书是一位北京女同学，端庄大方，一口好听的普通话，微笑着提示大家游园的注意事项，一点儿也没有我刚刚告别的家乡中学里的女同学们那种忸怩羞涩的样子，让我有一种新鲜的感觉。

类似的感受，其实这几天中已经反复出现过了。当时入学刚刚一周，除了住在同一宿舍的，大多数同学相互之间还叫不出名字。一帮十七八岁的少男少女，来自全国各地，在一个陌生的环境里开始了自己的新生活，看什么都新奇，兴奋活跃，还有几分懵懂。

这次班级活动也是如此。一进公园门就是大片的竹林，茂盛浓密，我还是头一次见到这种植物。往公园深处走去，小路曲折纵横，经过树林和小丘、长廊和亭台，眼前是一大片辽阔清澈的水面，微微泛着波浪，水岸边荷花绽放，远处湖面上小船摇晃……这些景观，是当时刚刚从小县城里走出来的我从来没有见过的。半天转下来，眼花缭乱，没有记住一处具体景点的名字，一路看到的那些风景画面，相互叠加起来，铺展开来，在脑海里交织成一大片跳荡的色彩，形成了一个鲜艳葱茏而又缤纷繁复的印象，让我眩晕。不久后，我有机会观看法国印象派画家的作品时，产生的也正是这样一种感受。

这种微醉般的情绪，还有另外一个更重要的来由。

在那时，一个人考取最高学府的荣耀感，今天难以想象。当时还是计划经济时代，高考几乎是青年学子拥有美好前景的仅有的可靠途径，因此竞争远比今天激烈。那些有幸考上的，都会被视作天之骄子。戴着白地红字的校徽，走在街上，迎面投来的都是极为羡慕的眼光。得意也好，虚荣心也好，对于当时还不满十七周岁的我来讲，这无疑是一种极大的满足。相信不少同学也和我一样，尽管努力装得若无其事，但时时会意识到左胸上方衣襟上那个长方形小铜牌的存在。

因此，今天回想起来，对于1980年秋天的我来说，来到京城后第一次走进的这个公园，就仿佛是他彼时生命的一个隐喻，存放了快乐和满足、梦幻与向往等，虽然那时自己还不能意识到。一个小地方的懵懂少年，因为幸运，一脚迈进了首都，进入了一种全新的生活，这种生活的魅力就像早晨天上的霞光一样闪耀。在这个秋天，他的生命刚刚绽放自己的春天。

那个年龄，正是最容易将可能性和事实混淆的年龄。我不知道也不曾想过，将来的生活会怎样展开，会是什么样的面貌，却深信一切都会十分美好，就像此刻映入眼帘中的风景，阳光明亮，绿意葱茏，碧波荡漾。这种信念甚至不是一种意识，而只是一种感觉。

我当然更不会想到，将近四十年后，我会频繁地走向它，在它的林间和水畔徘徊，被它的气息环绕裹挟。它将成为我的人生后半场的一个主要的陪伴者和见证者。

想象从这个地方拉出一条线，向东南方向延伸，穿过众多的街衢巷弄，止歇于陶然亭公园。它是第二个给我深刻记忆的京城公园。

这段距离其实并不算长，十公里出头。但当我的脚步到达那里时，已经是四年之后了。

毕业参加工作，单位的大楼是一座建于 20 世纪 50 年代的苏联风格的建筑，与对面的前门饭店、斜对面的工人俱乐部、东边的友谊医院（最早名为中苏友谊医院），成为一组风格相近的建筑群，在以平房为主的平民集聚区的南城，是一个特异的存在。站在报社六层的楼顶上，俯瞰远近广大区域内一片连绵的平房屋脊，喧嚣的市声仿佛尘土一样飘浮上来。

单位距公园不远，15 路公交车坐两站就到它的正门东门，但我更喜欢步行。更多的时候是穿过纵横交织的小胡同，从它的北门走进公园。这个过程持续了将近五年，一直到成家搬离集体宿舍。算起来，它应该是我去过次数最多的公园。那几年主要上夜班，晚上九点多钟开始工作，第二天凌晨一两点钟下班，白天有大量的时间可以自己支配。这种日子隐约有着某种虚幻的特质，连我自己有时都能感觉到，仿佛飘浮在这个城市的上空，与周遭的生活若即若离。

这样的状态，正适合在公园里置放和展开。

清代康熙年间，这里是南城外的郊野荒凉之处，一位朝廷官员在建于元代的慈悲庵旁，修建了一座亭子，命名为陶然亭，源自白居易的一联诗句："更待菊黄家酿熟，共君一醉一陶然。"此后便成为文人墨客聚会之所，因而各种诗文题咏留下了很多，我曾经有意识地搜集过一些，记在小本子上。像这一副楹联，"烟笼古寺无人到，树倚深堂有月来"，是光绪皇帝的老师翁同龢书写的，题写在陶然亭正面的抱柱上。还有几位不记得名字的诗人的和韵诗里的句子，如"萧萧芦荻四荒汀，寂寂城阙一古亭""斜日西风浅水汀，芦花如雪媚孤亭"等，很能渲染出一种孤寒荒僻的氛围。

到了民国时代，这里依然是外地来京文人们的必游之地。在俞平伯的名篇《陶然亭的雪》中，它还是那么荒凉，旷野之上，到处是累累荒冢，被茫茫落雪覆盖。而郁达夫在《故都的秋》中，谈到"陶然亭的芦花"时，是与"钓鱼台的柳影""西山的虫唱""玉泉的夜月""潭柘寺的钟声"相并称的。

当然这都是过去的事情了。今天这里已经是热闹异常，晨昏时分，许多周边居民来此运动健身。公园中亭子众多，山丘上，湖水边，走不多远就会遇到一座。记得当时一处名为"华夏名亭园"的园中园刚建成不久，汇聚了全国各地的历史名亭，完全按照相同的样式和大小建造，有兰亭、沧浪亭、醉翁亭、独醒亭、浸月亭……在它们之间行走，我时常会感觉到自己遁入了时间的深处。

与那些亭子上的楹联所透露的萧散气息相比，镌刻在20世纪30年代的年轻革命家高君宇墓碑上的文字，则完全是另一种精神气质。墓地位于将湖面分隔为东西两部分的湖心岛上，锦秋墩北麓的小松林旁侧。"我是宝剑，我是火花。我愿生如闪电之耀亮，我愿死如彗星之迅忽。"这一首他剖白心志的短诗，被石评梅刻在墓碑上，同时也刻上了自己的心声："君宇，我无力挽住迅忽如彗星之生命，我只有把剩下的泪流到你坟头，直到我不能来看你的时候。"因为悲伤过度，她不久后也撒手人寰，被安葬在高君宇墓旁。这一对恋人生前未能合卺，身后始得并葬。两座方锥形的大理石墓碑，紧紧相邻，仿佛两条伸出的手臂，向苍天指认他们的爱情。这样纯粹的、贯穿生死的爱，正适合那个年龄对于爱情的理解，又因为每次去岛上都要从墓地旁走过，因而对这个地方的印象也最为深刻。

但对于我来说，最真切的撞击来自那些刻在墓碑上的语句，它们激烈而悲壮，仿佛具有超越死亡的力量。某个时候我想到，他们的事迹固然可以镌刻于青史，但倘若不曾留下这样的文字，很难想象会有现在这样感人至深的效果。与这一理解同步，让自己的生涯与文字建立起关联，是那个时候开始逐渐明晰起来的信念。

我记得很清楚，那一年的春末夏初，坐在西湖北岸、澄怀亭东侧的一条长椅上，头上是一棵枝条披拂摇曳的垂柳，我读完了当时出版的沈从文的全部作品。眼前湖水潋滟的波光，让我的思绪飘向湘西，飘向那一条流入洞庭湖的、"美得让人心痛"的千里沅江。那么多残酷而美丽的故事，发生在这条河流的水边和船上。正是从这里，少年行伍的作者开始用自己的眼睛观察和体味这个世界，阅读"人生"这部大书。

那个年龄有着不知餍足的好胃口，域外同样也进入了我的阅读视野。印象最深刻的是两位俄罗斯作家的作品，帕乌斯托夫斯基的《金蔷薇》，还有蒲宁的《阿尔谢尼耶夫的一生》。这两部作品鲜明的感性风格启发了我，一向混沌粗糙的感受仿佛骤然间被磨亮了。在两个漫长的夏季，我仔细观察大自然的种种表现，涉及光和色、声音和气味，感官能够触碰的方方面面，并记在一个本子上，期望将来某一天以此为素材，写出一本书。"夏天的美丽"——我甚至连书名都想好了。

那时社会上已经开始了向市场经济的转型，周围一些机灵活泛的同事和朋友，开始议论下海之事，甚至有所行动。但一种自我封闭的禀性，却让我对这些视而不见，而沉湎于某些看起来虚无缥缈的事物，自得其乐。对于这样的气质，在种种可能的引诱中，文学显然极具优势。

来去公园的路上，经常会从中央芭蕾舞团的门口走过。这一间高雅艺术的最高殿堂，却是一座毫无艺术色彩的老旧楼房，矗立于一片杂乱的平房屋顶之上，让人不免有一种错位感。那些挺拔美丽的姑娘走过时，像一道阳光，瞬间照亮了逼仄黯淡的小巷，梦幻一般。在我那时的感知中，文学与生活的关系，就仿佛她们和这片街巷的关系一样。

玉渊潭有比陶然亭更为开阔的水面。

第一次来这里，是参加工作后不久。大学同宿舍的一位要好的同学，按照当时的政策，被派遣参加单位讲师团赴山西吕梁一年。临行前相约来到这里，租了一条小船划向湖面深处，一边吃着面包、火腿肠，喝着北冰洋牌汽水，一边交流工作以来的感受，勾勒未来的打算，一些今天看来充满理想主义色彩的梦想。事先向单位同事借了一台相机，拍照留念，照片上的自己清瘦黝黑，一头乱发，胡子茬儿好几天没有刮了。

再次来到这里，已经是几年后了。那时已经成家，住在西城区百万庄，妻子家提供的一间房子里。每天的生活轨迹，变为在城区西北与东南之间的往返。百万庄离玉渊潭公园不远，婚后头两年，没有拖累，时间充裕，因此每到周末，经常两个人结伴骑车来这里。

游泳是最主要的目的。这里水面阔大，没有障碍，吸引了众多野泳爱好者，一年四季都有他们的身影。和陶然亭公园一样，这里的湖面也被分作东西两部分。我通常是在东湖的北侧码头一带下水，每次游上大半个小时。有几次独自游到靠近湖中间的位置，平躺在水面上，肚皮被水草轻柔地摩挲着，十分惬意。四顾茫茫，空旷无际，感觉身体与水和天融为了一体，整个城市似乎都变得遥远虚幻。也曾经到什刹海游过泳，但在那里显然没有这种感觉。坐在岸边石头上等待的妻子担心了，站起身来摇晃手臂，要我游回去，身影望上去缩小了许多倍。

后来有了女儿，再来这里时更多是带她玩耍，与水有关的活动也改为坐鸭子船了。去得最多的地方，是东湖南侧码头后面的坡地，那里有一个儿童游乐场。年龄相仿的年轻爸爸妈妈，领着孩子滑滑梯、骑木马、荡秋千，表情中混合了开心骄傲和担心牵挂。

在这里我遇到了一位大学同学，另外一个系的，但有几门大课是一同上。一次坐在一起，交谈中得知彼此籍贯相邻，属同一地区，在那个渴望乡情慰藉的年龄，倍感亲近，此后多次去对方宿舍聊天。毕业后头两年还时常通个电话，后来联系就少了。上一次见面，还是几年前在琉璃厂秋季古籍书市上，记得各自都抱着一摞民国版万有文库丛书的散册，有些已经卷曲缺损，发散出一股霉味。这个细节之所以记得清楚，还因为这正是他的专业范围，当时围绕这套丛书他说了很多，神情陶醉。如今在这个场合见面，当然是出乎意料，互相问问工作和生活情况，相约多联系，但此后再无消息。又是近三十年过去了，不知他近况如何。

我们彼此成为对方人生中的过客。青年时期的那一抹记忆，很快被新的经历覆盖，如此层层叠叠，几十年时光呼啸而过。曾经鲜明的画面渐渐模糊漫漶，甚至踪影全无。生命旅途中遭逢的绝大多数的人和事，其实都是如此。

这个地方又经常被称为八一湖。据说周边部队机关较多，20世纪60年代清理湖中淤泥，他们贡献巨大，使环境大为改善。当时受最高领袖畅游长江影响，部队经常在公园中最南边的那个湖上进行游泳训练，它因此被命名为八一湖。曾经读到过一本部队大院子弟们写的回忆文章的结集，好几个人都写到小时候在这里游泳、打群架、摸鱼捉虾的往事，如今他们中最小的也已经步入花甲之年了。他们隔了多年后走进公园，觉得既熟悉又陌生。时光缓慢而不动声色地改变了许多，这里添加一点儿，那里抹去一点儿。

从西三环路上的公园西门到西湖北岸，有一大片樱花园。70年代初，中日关系解冻，当时访华的日本首相田中角荣，向周恩来总理赠送了上千株樱花，其中不少就种植于此地。其后数十年间又陆续引进了二十多个品种，树木多达几千株，成为公园的特色和亮点。每年的3月底4月初，在春天明亮的阳光下，盛开的樱花闪耀着梦幻一般的光彩，如同晴雪浮云，轻盈而灿烂。树下是蜂拥而至的游客，摩肩接踵。

樱花绚丽，但花期短暂，旬日之间即告凋零。一个有心人望着樱花飘坠，也许会想到这些：乐极生悲，热闹的事物难以持久，美的极致总是临近了毁灭，最炽热的爱让人窥见死亡的面容……天道和世情、物理和人心，原本相通相证。当然，赏花的人们大多数不会这样想，他们正忙着摆出各种拍照的姿态，表情夸张，笑声连连。天气已经有点儿热了，额头上很快就沁出了一些微汗。

这一座公园也是有历史的。它始建于辽金时代，是金中都城西北郊的游览胜地。《明一统志》这样记载："玉渊潭在府西一十里，元时郡人丁氏故池，柳堤环抱，景气萧爽，沙禽水鸟多翔集其间，为游赏佳丽之所。"数百年间，一代代的游客走过，然后消失。那么，如果依照博尔赫斯的观念，眼前这热闹非凡的景象，从本质上讲，也不过是同一幕场景的无数次再现之一，而今后这一过程也还将继续重复下去，无尽无休。

90年代中期之后，从公园中的任何地方向西面望去，都可以看到西三环旁边高耸的中央电视塔。它是整个西部城区的地标，也是当时北京城最高的建筑，有着一种慑人的气度。晴朗的日子，它投进湖水中的倒影，它后面更远处西山山脉灰黛色的影子，都在印证着这座城市雍容端庄的气质。

又过了十几年，北京地铁9号线开通，有一段就从东湖中间位置的地下穿过。单独地看，樱花、电视塔和地铁，这些数十年间次第出现的事物，当然都新奇而富于魅惑。但如果把它们放置在广漠的时间背景上看，对于这座自辽金时代就蹲伏于此的园林来说，这些变化，也无非是加在一大幅画面上的一道线条，一笔晕染。

不算不知道，又有好几年没有走进这座公园了，虽然每天上下班都要驾车经过西三环，望得到通往八一湖的昆玉河的粼粼波光。我还可能再回到东湖游泳吗？

这好像不是问题，只要我愿意。也没有听说过那里近来严格禁游。但肯定不会与二十多年前一样了。不仅仅是哲学意义上的"人不能两次踏入同一条河流"，更主要的是心境不同了。当年，我很佩服一拨六十岁上下的老人，每次去游泳时都能看到他们，言谈中有一种不服老的豪迈，而今天的我也很快就要是他们的年龄了。

我想象我可能遇到的情形。我仿佛看到，某一个年轻人，得意于自己充沛的体力，更为等待在前面的无限丰富的日子而隐隐激动。他用一种尊敬但略带怜悯的目光，看了正在做热身动作的我一会儿，然后转身跃入水中，向着湖心处游去。他的身体犁出了一道波浪。

十五年前，单位搬到了东北方向两公里外的地方，邻近著名的天坛公园，于是得以经常走进这座明清两朝皇家的园林。出单位门口，穿过马路，走上不到十分钟，就是公园的北门。

与前面几个公园相比，这座园林的功能决定了它的特殊气质和气势。进门后，沿着笔直的中线甬道向南边走，穿过或绕过北天门、皇乾殿、祈年殿、丹陛桥、成贞门、皇穹宇，一直走到圜丘坛。走过这段一千多米的漫长道路的时间，正是内心的敬畏感迅速产生和积聚的过程。这种效果，足以表明仪式的重要性。

祭祀皇天，祈祷五谷丰登，一代代专横暴戾的帝王只有在这里才稍稍显出些许谦卑虔诚。核心场所祈年殿、圜丘坛中的各种建筑，其数目都是九或九的倍数，象征着天的至大至高。世界上最大的祭天建筑群，世界文化遗产……这些桂冠不是轻易能够得到的。置身这样的地方，显然有助于获得对传统文化的具体而形象的认识。千百年来，与这座园林密切相关的许多知识和规制，其实是或显或隐地作用于每一位国人的生活的。

这些感慨更多是属于昨天的功课了。许多年前，曾经有几次独自或者陪同外地亲友来公园游览，为了不虚此行，仔细阅读过有关资料。但今天做了邻居朝夕相对，心情就变了，懒得再去思考它承载的意义，而更愿意将其当成一个日常生活的巨大容器。

天至高至大，祭天的场所自然也不能狭小。整个公园面积广阔，三百多万平方米。被南北轴线贯穿的建筑群落两侧，是一望无际的草木区域，规模之大让人惊叹。这么多年中，我每次来公园，都是进门后不久就拐向右边，沿着围墙内的第一条小路，走向西北园区的树林和草地。随着脚步迈动，游人越来越少，景观越来越清幽。

不像其他公园中的植物，一看就是经过了人工规划，天坛公园的树木明显呈现出自然的样貌。它们连同其下的杂草，都按照各自的物性滋生蔓延，茂密或疏朗都是天然的姿态，让人不由得想到了在乡野的阡陌田垄间的所见。这并非园林工人失职，而依然与承袭了历史文化传统有关，有意识地让其自然生长。历史上的祭祀大多在郊野中进行，故而有"郊祀"之说。

公园中有众多古柏树，树龄超过两百年的就有两千五百多棵，都挂着标牌，标注着各自的年份。而总的植物种类，据说超过三百种。在这里，我开始学习辨识一些草木，并有了不菲的收获，能够部分地读懂一本基础的植物分类学书籍。以树木为例，侧柏、圆柏、水杉、油松、银杏、粗榧、胡桃、枫杨……这些树种与这块土地一样古老，让我想到《诗经》里的吟诵。它们属于大自然，但是当转化为文化的符号后，也是其中最具美感的部分。

作为一名有些资历的养猫者，我的脚步总是被栖息在这片区域里的流浪猫拖住。这是一个数量庞大的群体，从品种到花色都称得上丰富。它们安心地享用着这一处皇家园林，不愁吃喝，总有游客给它们送来，更多的是住在附近的居民。它们大多都养得胖胖的，多了一种慵懒闲适，少了一份对人的提防。猫也和人一样，你会看到各种的模样和性格。

一年年过去，这些猫们已经换了多少拨。家猫可以活十几年，它们不能比，不过应该比别处无人喂食的流浪猫要好一些。时常会觉察到，某一只熟悉的猫某一天看不见了，此后就再无踪影。或许是去别处了，但也可能是死掉了。比较起来，植物界的夭亡最不引人注目。多少年来，这里的灌木、杂草连同它们的生长姿态，好像都是一个样子，没有丝毫变化，但实际上已然经历过多少次的枯荣了。

其实，人间的消息也是如此，如果不是刻意关注，很可能觉察不到那个熟悉的舞台上，已经几度幕布暗换。单位工会一年会组织几次活动，大都是来公园竞走，距离不长，时间不限，只要走到终点，就会得到一件纪念品，譬如一件运动衫、一双旅游鞋，实际上是变相的福利发放。这种活动带有娱乐性，也是不同业务部门的人之间不多的交往场合之一。记得有两三次，我意识到某一个人好久不见了，一打听，原来调到别的单位去了，或者已经退休几年了。

离开那些正在舔毛或者打盹的猫们，往西走然后再向南折，就看见公园的西门了。出门右转，紧挨着的就是北京自然博物馆。陈列在里面的那些巨大的恐龙骨架和小巧的鸟类化石，动辄以数亿、数千万年为标记单位。面对它们，无形的时间骤然具有了沉甸甸的重量，意识也在一瞬间变得既尖锐又邈远。

不免又要胡思乱想了：按照这样的尺度，这座公园悠久的历史，也不过是时间长河中的一刹那罢了。越来越觉得，商周秦汉，这些望过去云雾缥缈的朝代，其实也并非十分遥远。就说商代，起始于纪元前一千六百年，距今三千六百年了。如果按照常见的说法，以三十年为一代，这段时间相当于人世的一百二十代。以自己如今的年龄算，也不过是六十多度的递嬗轮回。这样的数字真的会让人惊诧吗？这种念头有些荒唐，也许还可笑，但却无端地让我感到受用。

因为史铁生的一篇《我与地坛》，地坛公园成为一处文学的胜地。但我每次读它时，脑海中却总是固执地浮现出天坛公园的画面。也许他描写的那个地方的整体格局，树木和草地、光线与气味，与这里有不少相似处。史铁生曾经设想有一位园神，与每天坐在轮椅上的他对话，开导他。我不妨也借用一下这个想象：如果此地的上方也有一位神灵的话，在它的视野里，在这片广阔的园林中或走动或歇憩的人们，该和一群群的蚂蚁差不多，倏忽来去，不留下丝毫的痕迹。

我通常在午后造访，寻找一种放松的感觉。结束了上半天的工作，来这里随意地走上大半个小时，在树荫下的长椅上坐坐，比窝在办公室里的椅子上打盹效果更好。阳光和煦，微风轻拂，树木投下淡淡的影子。这幅景象正适合映衬当下的中年心情：哀乐难侵，波澜不惊，很少再有大悲大喜的感觉。

如果哪一天提前到上午，我会在走出公园后，来到对面的街上，找一家饭馆解决午餐。与御膳饭庄、便宜坊烤鸭店等高档次饭店隔不多远，就是经营炸酱面、包子、炒肝、卤煮火烧、白水羊头等民间小吃的馆子，无意中构成了这座皇城的一个隐喻：金碧辉煌的紫禁城周边，就是寻常百姓的穷街陋巷。贵胄和平民，当然差别巨大，但有时也就那么一点儿的距离。实际上，每当王朝覆灭时，都会有一些皇亲国戚流落民间，隐姓埋名地生活下去。王谢堂前，乌衣巷口，这样的东晋故事，数百年后在这座城市也曾经一遍遍地上演。

世事浮沤，人生漂萍，在感知到幻灭的同时，内心深处却也品尝到了一种从容淡定。

与初次见面相隔将近四十年后，我开始频繁地走进紫竹院公园。

出小区门口，沿着昆玉河的支流双紫支渠，向东走到西三环辅路，跨过紫竹桥立交桥南边的那一架人行天桥，再向东不远，就是公园的西南门了。全程走下来一共十七八分钟。

十五年前，我就搬到了现在的住处，但这么多年中只来过寥寥几次。这两年有了充裕的时间，一个月中走进公园的次数，超过了过去十几年的总和。

这座公园，可以说是我京城生活的一个起点，一处生命梦想最初绽放的所在。四十年后，在接近退休年龄的时候，又回到了这里。首尾相衔，这让我想到了一个圆环。这里是开始，但也很可能是结束——如果没有不可预期的事情发生。而我现在看不到这种迹象。

记得当年读美国作家厄普代克的小说，对其中的一句话大感惊愕：那些二十四五岁、生命中已经没有多少可能性的人。在我当时的观念里，这个年龄生命的大幕才拉开不久，精彩还在后头呢。又过了多年，遭遇了一些坎坷蹭蹬，认识到许多乐观的期盼不过是一厢情愿时，回想起厄普代克的这句话，觉得理解了。是作家敏锐的洞察力，让他做出这样的判断。的确，年轻时固然可以描画关于未来的无穷想象，但真正能够实现的并没有多少。

阳光被树冠筛过后变得细碎，落在地面上，有轻微的晃动。新换的运动鞋透气性好，走起来轻便舒适。多少年不曾有这样酣畅的体验了——悠然，平静，没有牵挂，也无所羁绊。在卸除了职责名分等一干事务后，生活原来可以这般惬意。除了家人，不再需要别人，也不再被别人需要，更不觉得需要被别人需要。

荷花渡、菡萏亭、青莲岛、斑竹麓、箫声醉月、澄碧山房……我开始熟悉并记住了一个个景点的名字和位置。公园大致还是当年的样子，一些建筑和设施的增加与更新，并未影响到整体的格局。

但外面的世界就截然不同了。公园正门外那条中关村南大街，当年叫作白颐路，南北两端分别连接了白石桥和颐和园。路的两边有几排高大粗壮的钻天白杨，被一丛丛灌木间隔开，浓密的树荫将地面遮蔽得严严实实，颇有几分乡村道路的模样，下雨时走在下面也不会被淋湿。20世纪末，对道路进行大规模改造，几排大树被砍伐殆尽，为一条宽阔的城市主干道提供空间。道路两边飞速矗立起连绵的楼群，彻底隔断了往昔的记忆。

那么，这些曾经存在过的事物，只能指望依稀留存于当事人内心了，譬如曾经一同在那个秋日踏进这座公园的同学们。和我一样，当时他们自然不会想到这样的变化，也无从预知自己生命未来的方向。那位团支书女同学，毕业几年后就出国了，现在的身份是加拿大联邦政府税务局的高级电脑专家。她每年都会回国探望父母，在京的同学们有时也就借机见面——这也几乎是如今聚会的最主要的理由。这样的场合，每次的谈话总是散漫随意，但大致都会说到当年的校园往事，具体内容取决于餐桌上的某个随机的话题或疑问。她还会想起当年在公园门口，自己向陌生的新同学们所做的介绍吗？应该不会。记忆也是有选择的，在那些浩如烟海般的往事片段中，一个人只会记住些许对自己有意义的。

我走在湖边的小路上，努力把头脑放空。说不定在某个时刻，忽然间，会有某一件往事的影子浮现在脑海里，触动它的可能是映入眼帘的一个风景画面，飘进鼻孔的一种气味，树林深处练习声乐的人的一句歌声。在那个瞬间，过去和今天叠加在一起，带来一阵轻微的眩晕。

沿着湖边走路的人们，或顺或逆，有着各自的时针方向。有一天我忽然意识到，我的目光更多是投向那些迎面走来的年龄相仿的中年同性。这与在陶然亭公园时瞩目年轻女性，在玉渊潭公园时留意别人家的孩子，大不一样。目光在进行比较，心情也随之波动。有时得意，因为感到自己要比对方显得健康年轻；有时羡慕，因为对方的体魄活力明显超出自己。这让我越来越相信一个说法：我们的情感和思想，不过是身体状况的曲折表达。

第一次遭遇至亲的死亡，也与这里有关。那个春天的傍晚，正行走在湖北岸，接到母亲带着哭声的电话，正在看电视的父亲忽然不省人事。匆匆赶回家，叫了急救车送到医院，确诊是脑出血，马上实施手术抢救。但终因卧床时间过久得了并发症，导致多个器官衰竭，在住院五十天后，父亲离开了人世。

父母在，人生尚有来处；父母去，人生只有归途。对这句话中的沉痛悲凉的意味，我开始有了深切的体会。死亡是以最鲜明和最悖谬的面孔，显示时间的存在。于是自那以后，在公园中游憩时的感受中，又加入进去了新的成分，有了某种隐约的急迫感。仿佛一个贪吃的孩子，嘴里一边含着，一边数点兜里的糖果还剩多少块。

生老病死，成住坏空，最初，它是我们需要加以理解的事物，然后，它成为我们置身其间的日常状态，最后，我们又用自己的生命，完成一次对它们的阐释和印证，虽然并无新意，也没有人关注。

不过眼下更应该做的，还是仔细品赏一番眼前的秋色。又到了北京一年中最好的季节，尽管雾霾已经给它打了不少折扣。我从公园西南门走进来，沿着湖南岸一直向东，经过拱形的梅桥，又顺着中山岛南边伸进水中的白色石桥，走到南小湖北侧，望着湖中间那个被高大纷披的树木和灌木丛遮掩的袖珍小岛。小岛周边的水面上，长满了荷花和睡莲，风景极为清幽。

一只鸭子带着一群毛茸茸的小鸭子，看上去不足一个月，在荷叶下穿梭觅食，这里看看，那里啄啄。有一只扑棱着翅膀，竟然跳到了一片低矮的荷叶上，弄得荷叶摇晃起来。下面是睡莲的圆圆的叶子，密密麻麻地紧贴着水面，有成群的小鱼儿探出头来，唼喋有声，荡出微小的涟漪。

我盯着它们看，不觉忘记了时间。

海淀的公园

一

住在北京海淀区的一大好处，是可以充分享受山水林园之胜。

这一点渊源有自。海淀区所在的京城西边和西北一带，位于西山山脉和永定河冲积扇的接合部，擅山水之胜，林木茂盛，泉水丰沛，河渠纵横，海淀地名的由来，就是因为拥有众多的"浅湖水淀"。早在辽金时期，就开始建造皇家园林，到了清代达到鼎盛，颐和园、圆明园等众多行宫别苑，被山林水泽环抱着，逶迤绵亘，长达二十多里，蔚为大观。

这样一种邻近乡野的区位特点，不用说在年代久远的古代，即使是在城市体量尚未急速扩张的几十年前，也能突出地感受到。作为今天京城交通主干道的西三环路外侧，当时还是农田、林地、河道与湖塘的混合地带，村庄寥落，人烟稀少。20 世纪 80 年代初，已经来北京读了一年书的我，去中国人民大学看望一位刚刚考来的同乡，在他的宿舍坐了一会儿后，两人一同步行走到学校西门外。这一个如今商厦林立、高架桥穿越的繁华区域，当时还是一片空旷的菜地，刚下过一场大雨，满地烂泥，无处下脚，到处都是蠕动的蚂蟥。

其后数十年间，随着经济高速发展，这一片区域的面貌也发生了极大变化，与当年相比可谓有霄壤之别。但毕竟大自然的格局并没有根本的改变，因此，随着近年来人们环境生态意识的增强，对生活品质的看重，这一带的山水地利之便就得到了充分利用，新建扩建了很多公园，让生活在广阔空间里的人们，有了更多休憩游览的去处。

我住在西三环紫竹桥外面不远，周边走路即可到达的公园就有两个，多年来留下了不少履迹。

第一个是紫竹院公园。出了家门向东走，经过天桥穿过三环路，前行不远就到了公园西南门，全程不到二十分钟。它在海淀区的地面上，却是一座年代悠久的著名市立公园，设施完善，维护精良。公园中有十分广阔的湖面，水光潋滟，碧波荡漾，环湖台丘迤逦接续，到处林木荫翳，曲径通幽，亭台掩映。公园的特色是竹林遍布，据说种植了一百多种竹子，总数多达上百万棵。这些我无须过多介绍，各种资料诗文已经极为丰富。我最喜欢的去处，是公园的东北区域，这一带竹林最为茂盛，遮天蔽地，即使在阳光明亮炽热的日子，走在下面也会觉得凉意袭人。行经此处，每每仿佛走入了《红楼梦》中潇湘馆"凤尾森森、龙吟细细"那般的意境。

这是我来到北京后走进的第一个公园。大学里的第一次班集体活动，就是来这里游览。一帮正对新生活充满热望的少男少女，无不迷醉于它的动人景致，欢喜雀跃。四十年后的今天，我并未因为十分熟悉而疏远它，虽然对不少别的曾经的兴趣都已经感到淡然了。这固然可以归结于风景之美，但或许更应该说亲近山水林泉是人性的需要，是造物主在人的情感心理中设置的指令。

很长时间里，紫竹院公园是周边居民们唯一的休闲去处。但随着园林设施建设步伐的加快，近年来有了更多的选择。与它隔着西三环相望的南长河公园，就建成于七八年前，成为另一处我留下众多脚印的地方。

这个地方在住处正北，穿越一条东西方向的紫竹院路，再走过居民小区之间的道路，就到了公园。它的名字来自一条流经此地的南长河。河水自西边的昆玉河向东蜿蜒流淌，一直到西三环，长度为一千五百米左右。

这条水面宽五十多米的河流，曾经是皇家御河。河两边各有一排高大茁壮的柳树，印证着明清以来"天坛看松，长河看柳"的说法。沿南北两岸，依水修建了一个狭长形的带状公园。景观分成几个层次，紧挨着河堤的行道树下，是一条塑胶步行绿道，再向里面，是树木错杂的绿化带，多条小径蜿蜒交织，间或有一些休憩和健身设施，多是用山石、原木、树皮等自然原材料建造，有一种朴拙的风格。附近几个小区的高楼，掩映在后面更远处的绿树之中。

人烟稠密的居住区旁有这样一个水清木华的地方，实属难得。慢跑的中年人，相聚弈棋的老人，带着孩子的年轻父母，身着校服的旁边中小学的学生……或行或止，公园里总是有不少的人。那些点缀在公园各处的景点，名字都很有诗意，像水林间、知雨轩、柳岸春荫、曲苑听香等。走过北岸边的"春堤信步"，每次都能看到一群不再年轻的女子，身着民族服装跳舞，而隔着河，南岸斜对过儿的"别院笙歌"处，也总有一群岁数相仿的人，正在吹拉弹唱。他们都将晚年岁月交付给了自己的爱好。这里没有公园通常都会有的围墙栅栏，风景和街衢完全融为一体，因此那种城市山林之感，能够体验得更为强烈。

我喜欢迈下台阶，走到河边砖砌的甬道上，这里人更少一些。甬道外侧是斜坡，密密麻麻地缀满了地锦和藜草，内侧是青白色的石栏，下面就是清澈碧绿的河水。往来于颐和园和紫竹院之间的游船驶过时，会激起一波波的浪涌。时常有几只绿头鸭悠然游弋，有几次还看到过一对鸳鸯，该是从紫竹院公园里游出来的。总有一些人坐在小凳子上垂钓，但我几乎没看到过有什么收获。看他们气定神闲的样子，或许，这不过是一种享受安宁的方式。

这两个公园之外，城区范围内，我常去的还有海淀公园。

这个地方要远一些，我每次都开车过去。沿着昆玉河一直向北，到北四环后向东沿着辅路前行不远，左转穿过桥下，不久就看到了公园的西门。

海淀公园建在畅春园和西花园这两座清代皇家园林的旧址上，相比紫竹院公园，形态更为自然雅淡、开阔疏朗。进入正门不远，是一个甚为开阔的草坪，据说在京城公园中面积最大，可以容纳上万人，宽敞的空间给许多活动提供了便利。一顶顶露营帐篷散落在各处，像是草地上长出的蘑菇。踢足球的，打羽毛球的，掷飞盘的，各得其所。天空有各种造型的风筝，高高低低地飘飞。时常有风筝挂在高大的白杨树树梢上，仰头望去，会看到树杈间有不少鸟巢。公园西边部分则以水景取胜。发源于玉泉山的万泉河水被引入园区，水流清碧，汇聚成一个长方形湖泊，湖畔垂柳飘拂，水边蒲苇摇曳，水中荷花绽放，一派浓郁的江南风光。

城中的这几处公园，展现了日常生活中安闲恬适的一面，是世俗烟火中的一缕清凉。虽然墙外或旁侧就是疾驰的车辆，过路的人们行色匆匆，神情中显露出生存的压力和倦怠，但这里提供了一次短暂的休憩调整，让身心获得片刻的放松，然后重新投入紧张的竞逐。

位于城市和郊野的交界处，置身海淀公园，尤其能够感受到大自然的召唤。站在高处向西边望去，目光从一大片蒙络绵延的树冠上掠过，便望见了颐和园里的万寿山和倚身其间的佛香阁，矗立在碧蓝的天穹下，背景是远处层层叠叠的西山峰峦。

二

于是有一天，我的脚步向更远处走去，一直走到了万寿山佛香阁的背后。

车子依然是沿昆玉河边一直开到北四环上，不过方向改为向西，行驶一段距离后又拐入北坞村路。这条路边自南向北几座相连的公园，轮流着成为我的出行目的地。

如果说前面谈到的几个公园，是红尘喧嚣的都市生活中的一种补偿，某种程度上是大自然的摹本，那么这几个位于郊野的公园就是大自然本身。它们呈现出的，是真切完整的山野之美。

因为临近颐和园西门停车场，旁边的中坞公园我去的次数最多。它的前身是一个名为中坞的村子及所属的田地。坞，是舟船停泊之处。过去这一带泉眼密布，泉水涌流，与自玉泉山淌下的溪水汇聚，形成了一大片湖泊。与中坞公园紧邻，南边的船营公园，在明清时代就是造船的地方。其后漫长岁月中，随着水源逐渐减少，湖面也缩减蜕变为湿地。前些年，地方政府启动了郊野公园群建造工程，中坞公园即是其中之一。隔着一条马路，北面的北坞公园也是如此。它们都是依凭原本的地形地貌加以适当改造，自然天成，鲜见雕琢的痕迹。

这两个相邻的公园，具有十分相近的景观形态。前者更为开阔疏朗，后者略显错落迂回。中坞公园东边的小山丘，有着北方公园里罕见的梯田，初夏油菜花绽放出耀眼的金黄，在阳光下仿佛铺展开来的一地云锦。站在山顶最高处的亭阁上俯瞰，不仅整个园区尽收眼底，远处西山绵延的山脉也都历历在目。北坞公园的标志性景观则是湖光山影。进入公园不久，一个颇为宽阔的湖泊就映入眼帘。站在东岸望去，明镜般的水面被芦苇和树木环绕，视野的正前方，在一片葱茏茂密的林带后面，浮现出玉泉山圆润柔和的山形、玉峰塔挺拔秀丽的身姿。它们都在湖面投下了深黛色的倒影，晕染出无边的沉静。

从北坞公园北门出去，走过一道跨在小河上的拱形石桥，就进入两山公园的领地了。

两山公园的得名，源自它夹在西边的玉泉山和东边的万寿山之间。拥有两山之间的广阔区域，它比前两个公园面积更大，占地近两千亩。离山最近，因而它的借景效果也最好，从公园里任何角度望去，玉泉山和玉峰塔都仿佛近在咫尺，由天空、林木、山体这几种要素产生的任意一种组合，都是一幅绝美的画图。

因为开放得更晚，两山公园原初的乡野形态保存得更为完整和丰富。园内的道路繁复迂曲，伸延于田亩、树林和湖塘之间，在数不清的转角处被树木遮断了视线。我是走过很多次之后，才大致弄清楚了几条主要路径。广阔园区内，间隔置放着一些景点标志，"绿野风至""苇岸桑林""林疏峰遥""御道斜阳"等名称，分别对应和提示着周边的相关景致。与前面的公园一样，这些人工的建造都很简单朴素，毫不张扬，和谐地嵌入了自然环境中，仿佛一个低调谦逊的人，知道如何守着自己的本分。

说到水系的丰富，此地又要远胜过前面两个公园。走在园区，前后左右时常会有水体相伴。有多个湖泊，以一种天然野逸的姿态，分布在不同的区域，又通过沟渠相互连接。溪边湖畔，芦苇茂盛，禽鸟起落。由玉泉山泉水汇流而成的北长河，自公园北边穿过，一直流入颐和园中的昆明湖。公园的最东边，就是颐和园高大厚重的围墙。从不远处公园西门走进去，就看到了那一条自西北向东南逶迤的西堤，躺卧在昆明湖的万顷碧波之上。

这几个公园里，都种植了大片的水稻。这一带水源丰富，水质优良，土地肥沃，适合水稻生长，历史上是皇家御用稻田，收获专供皇室享用。据说所种植的水稻品种，是由一向重视稼穑的康熙皇帝南巡时带回，又加以亲手培育，命名为"京西稻"，所产稻米颗粒圆润晶莹，蒸出的米饭细嫩爽滑，民间有"一家煮饭半街香"的说法，乾隆皇帝也写下过这样的诗句："绿杨十里蝉声沸，飒爽风中馈粥香。"

迄今我尚无口福品尝这种稻米，但却完整见识了这一稻种生长的全过程。初夏时分新插下的禾苗鲜嫩纤细，到了仲夏，弥望中苗壮恣肆的稻秧绿意深浓，仿佛具有重量。深秋稻穗成熟时，空气中弥漫着沁人心脾的清香，然后是冬天，收割后剩下的一簇簇稻茬长久地守护着裸露的地面。在中坞公园和北坞公园的稻田中，一组以宫廷《耕织图》为素材制作的铁锈雕塑，矗立在田埂地垄之间，展现了水稻生产和收获的各个环节，让游客能够近距离地感知和想象一番已经日渐遥远生疏的农耕文化。

一年多的时间，我充分欣赏了这里的四季风光。

我的目光将这些画面悉数收藏：春天花开遍野，夏天浓荫匝地，秋天黄叶灼灼，冬天白雪皑皑。再缩小一下范围，仅仅以植物的花期为例，我记下了它们的各种消息：立春后不久，蜡梅和迎春花最先宣告季节的到来，3月连翘和榆叶梅缀满枝头，4月樱花和桃花笼罩树冠，5月鸢尾和月季成为最鲜亮的颜色，而进入6月份后，湖塘水面上碧绿的荷叶向远处伸延，各色荷花开放在漫长的时日中……花朵是大自然表情中最精微灵动的部分。

这几座郊野公园所在的地方，正是"三山五园"的核心区域。

所谓"三山五园"，指的是香山、万寿山、玉泉山和颐和园、静宜园、静明园、畅春园、圆明园，是清代皇家园林中最精华的部分。近年来，依托得天独厚的山水资源，在颐和园外围，北京市和海淀区建造了被称为"园外园"的一系列公园，总计十三个之多，成为一个郊野公园群，上述这几个公园就包括在里面。

这些公园，又被一条长达近四十公里的绿道连接贯通，供人们走路、慢跑或骑行。我走过其中的几段，想象不出有比它更好的步道了。朱砂红颜色的沥青路两旁，长满了许多品种的树木植物，葳蕤繁茂。绿色也是分层级的，乔木、灌木和地被植物，在属于自己的空间里生长得蓬勃恣肆。头顶上方高处树冠浓密，手平伸出去会触到交错的枝柯藤蔓，野草杂花仿佛一张没有尽头的毯子，遮住了步道外缘的地面，没有露出一点儿缝隙。行走于绿道间，对这一带"山水林田湖草"的完整自然格局便有了充分的感知。

这一个被统称为"一道十三园"的生态建设工程，堪称大手笔，是"人诗意地栖居在大地上"的理念的生动践行。气魄宏大的背后，有不断增长的经济和财富作为推力，但更应该归结于近年来人们环境生态意识的增强，对生活和幸福的理解更趋完整全面。是观念引向了行动。居住在这里的人们有福了。

穿行在这些公园里，我心中多次涌出一个想法，想写一点儿东西，借以稍稍存留住它们的美好。这也许是出自一个文字崇拜者难以根除的、多少有点儿可笑的癖好，不足为外人道。但等到想动笔了，又觉得很困难。它们体量巨大、形态丰富、蕴含丰厚，该如何落笔呢？自哪里开头，在何处结尾，怎样设置铺垫和转折，段落之间如何呼应和过渡？它的题旨应该包括哪些，又是怎样分布和落实在众多的局部中？

三

不过这件事并不着急。眼下更重要的，是好好地体验和享受它们的给予。

郊野的这几个公园，除了周末和节日，游客寥寥，安宁寂静，置身其间，四顾宽旷，感觉十分奢侈，不由得生出一种类似无功受禄般的情绪，感激中混合了惭愧。

起坐之际，行止之间，内心仿佛被彻底放空了。

虽然几公里之外就是都市的热闹喧嚣，但在这里，它们被遗忘至少是被忽略了。一些欲望和逐求，变得遥远和陌生。我比较过心中的感受，如果说在城内公园里的徜徉，就像一趟长路中途的歇脚，还惦记着继续前行，目标始终是闪现在脑海中的，那么在这里，催迫感稀薄到似有似无。不是推迟去做某些事情，而是觉得不需要去做了，与之相关的牵挂和顾虑都不复存在。目的不在别处，目的就在眼前脚下。

走久了，坐下来歇息一会儿，可以在树下的一把椅子上，也可以在田埂边的一块石头上。树影落在肩膀上，风吹在脸上，晒干了的花蕊从脚底下滑过，窸窸窣窣。这时候该有一本书读。是什么呢？想来想去，一册《陶渊明诗文集》最合适。"静念园林好，人间良可辞。""久在樊笼里，复得返自然。""纵浪大化中，不喜亦不惧。"在这样的地方，对作者那种无往不适的洒落，委运任化的达观，一定能够理解得更为深透。

在这些地方，我开始关注植物。

在这里的天空和大地之间，树木花草才是真正的主人，它们品类繁盛，千姿百态，构成了一个完整自足的世界，你无法漠视，也不忍心忽略。那种心理，类似去人家做客，看到热情的主人精心准备出一桌丰盛的佳肴。

想到以往很多年里，作文遇到写植物时，每每感到词穷，总是用"一些不知名的树木花草"之类句子藏拙。如今，拜技术进步所赐，借助下载到手机里的植物识别软件，了解它们变得容易了。在不长的时间里，我认识了很多树种，在过去知道的杨柳、松柏、银杏、黄栌、紫叶李等有数的几种之外，名单上又新添了这些名字：鹅掌枫、七叶树、紫叶矮樱、大叶女贞、水榆花楸……

目光沿着乔木高大的树干滑向下面，是一丛丛枝叶扶疏的灌木：鸡树条、锦带花、黄刺玫、平枝枸子、华北珍珠梅……藤本植物忍冬同时开出黄色和白色的花，我因此明白了它何以有着另外一个名字——金银木。

然后就要弯下腰或者蹲下来，为了辨认低处的杂花野草。马兰、玉簪、鸢尾花、鼠尾草、附地菜……密密麻麻地罩住了地面。如果是在春末夏初，路边田头会铺满一层细密的榆钱，指甲盖大小，阳光烘干了水分，风再把它们搬运到各处。我还发现，春末夏初紫色的花朵尤其多，高低大小深浅浓淡的一片，在微风中闪烁摇曳。

广阔的湿地区域，让水生植物同样滋生蔓延。芦苇、香蒲和水葱的茎秆修长通直，黄菖蒲叶形如剑，花色黄艳，花姿秀美。靠近岸边的一片接近凝滞的水面上，平铺了一层细小的浮萍，被同样微小的浮游生物搅动，荡起微微的涟漪。而稍远处一圈更大的波纹，应该来自鱼类的唼喋。

这样的辨识，还可以不断地进行下去，一步步缩小和细分，抵达无数的局部和细节。譬如，此刻我脚下是一丛蓬松的沿阶草，根系深扎在一个略略凹陷的土坑里，它的松软的土壤中，该会有多少的昆虫、虫卵和微生物？

这样推想下去，一片树林，一个水塘，一方草地，就仿佛是一个浩瀚的宇宙了，它们各自容纳了多少奥秘？看上去单调平凡的景物中，却涌动着大自然的蓬勃生机。宁静平和的表象之下，藏着合作和争斗、蜕变和进化，有着自己的新生和衰亡的宏大叙事。

这些内容，这些秘密，谁有资格知道得更多呢？此刻我正走在两山公园里，树林中不时飞起一群喜鹊，湖水边有几只野鸭游弋，它们是这里的住户，会了解得更多一些吗？中坞公园的樱桃园里那几条撒欢乱跑的狗，北坞公园湖北岸树下草丛中那一窝慵懒的流浪猫，会了解得更多一些吗？

我知道的是，相比植物，了解这里的动物显然要困难得多。它们来去倏忽，不给我仔细观看辨别的时间。麻雀像雨点一样落在灌木丛里，松鼠沿着松树树干蹿上蹿下，从头顶上钻天杨浓密的枝叶深处发出的粗哑叫声，来自哪一种鸟儿？一只土拨鼠忽然从一片侧柏林里冲出来，看到我后惊吓得直立起来，转身又逃了回去。

在这种地方待久了，你对于那些动物和植物，都会生出一种类似亲情的感觉。一些原本抽象的概念，譬如万物共生、生物多样性、生命共同体，也获得了生动形象的理解。你认识到，这一切原本就是天经地义。天地造物为万物安排好了秩序，共同生活，和谐相处，是再自然不过的事情。

思想的诞生和展开，往往依托于具体的环境。这种时刻，你会明白：梭罗何以在荒僻的瓦尔登湖畔，探究人在自然中的位置；利奥波德何以在威斯康星州的农场里，思考大地伦理。在这样的地方，一道被蒲草遮掩的溪流，一堆被小风归拢在一起的落叶，一颗松果落地的细微声响，一只苍鹭伫立在浅滩上的孤独身影，都仿佛一条道路，一个入口，通向那些深刻宏大的观念和范畴。

行走在这里，最常见到的是园林工人。他们修剪、除草、浇水、治虫、施肥，按照自然节令做着相关的工作。他们中的大多数都朴实沉默。在大自然中的长期劳作，让人不知不觉地浸润了土地的气息。

对于这些公园的建造者和管理者们来说，致力于生态良好，实现人与自然的高度和谐，正是他们始终念兹在兹的宗旨。"强化生物多样性保护，打造生命共同体格局"，"建设万物和谐的美丽家园"，诸如此类的表述，来自相关部门的工作资料，让我的评价获得了确认，而一句"世间万物就是我们的兄弟姐妹"，更显现了认识的深入和诚笃。不能不说，眼前的美好环境，与这样的理念被大力秉持和弘扬密不可分。

不知不觉中，又走到两山公园的西边了。京密引水渠流经这里的一段，水质清澈，流速缓慢，隔开了公园与外面。它的后面，是一条林草杂生的隔离过渡带，再后面就是北坞村路，车辆在树木的缝隙之间飞速掠过，悄无声息。玉泉山就在马路的后面，厚重的山体被浓密葱茏的树木簇拥，堆青叠翠，峰顶之上的玉峰塔，望上去格外清晰，玲珑而灵秀。

南北次第相接的这几个公园，都位于北坞村路的东边，尽管已经让我觉得广阔无际了，仍然只是海淀公园群中的一部分。北坞村路的西边，一直到西山，还有石渠公园、妙云寺公园、功德寺公园，以及"一道十三园"之外的北京植物园等。和此处一样，它们都是树木葱郁，草长莺飞，大自然恣肆无羁地展露着自身的美和力。但因为它们大都离山脉更近，甚至就位于山间，因此风景中也应该被赋予了某种山的风格气质。层峦叠嶂之间，峰与谷的跌宕，石与泉的交响，霞与雾的变奏，会形成属于自己的个性。

我将目光投向那一片烟云弥漫之地。我想象将来的一天，脚步走进里面的感觉。

远方

摘苹果的时候

我喜欢的陕北民歌中，有一首是这样唱的：

> 对面面的那个圪梁梁上那是一个谁，
> 那就是咱那要命的二妹妹。
> 二妹妹我在圪梁梁上哥哥你在那个沟，
> 看见了那个哥哥妹子我就摆一下手。
> 东山上那个点灯呀西山上的那个明，
> 一马马那个平川呀暸不见个人
> …………

这是《圪梁梁》，广泛流传在陕晋两省北部的黄河两岸。质朴真挚的歌词，高亢悠长的旋律，诉说着一对恋人炽热而忧伤的爱情。

听到这首歌时，眼前浮现出的，每每会是一些相关的影视画面以及摄影图片，或者是它们的拼接和重叠。像20世纪

80 年代中期，由陈凯歌导演、张艺谋摄影的《黄土地》，强烈的画面感令人震撼。辽阔的视野中，是风沙侵蚀而形成的千沟万壑，空旷荒凉，光秃秃的山梁上，漫天飞扬的黄土中，兀立着一棵树，孤独而凄凉。那些镜头深深镌刻在记忆深处，凝固成为我对于陕北高原的想象。更晚一些时候，那首风靡大江南北的流行歌曲《黄土高坡》，又进一步强化了这种印象："我家住在黄土高坡，大风从坡上刮过。"大风裹挟着黄土，日复一日地肆虐，天地间一片浑黄。

然而不久前的一次陕北之行，却彻底颠覆了我的这种印象。

几天中，我们十多位来自全国各地的作家，乘坐一辆面包车，走进了延安市的宝塔区、延川县、延长县等地的一些村庄和田间。车有时行驶在平川上，两侧是厚重重叠的山梁，时常会有河流与道路平行，水面不宽，水流舒缓；更多的时候，是在山路上盘旋环绕，忽上忽下。朝车窗外望去，不论是仰视、平视还是俯瞰，千峰万壑，塬上塬下，到处都是层层叠叠的树木、灌木和草地，翁郁连绵。浓淡各异、深浅不一的绿色，把地面遮蔽得严严实实，几乎看不到裸露的黄土。虽然不断听说近年来陕北的生态环境有了很大变化，心中已经做了一些铺垫，但身临其境，仍然感到出乎意料。眼前所见的一切，与脑海中已经固化了的想象实在是反差巨大，让人不由得感叹不已。

同车的一位南方作家，比我更有理由感叹，因为他有对比。他谈到，20 世纪 90 年代初期曾经来过陕北，那时整整一面山坡上都看不到几棵树，炽烈的阳光下，一望无际的黄土将眼睛炙烤得难受。脚踩下去，经常会扬起一片浮土，迷了眼睛，鼻孔里也是一股土腥气。现在，隔了将近三十年故地重游，他说自己不禁有些恍惚了：这真的是自己曾经到过的地方吗？

当然不会错。起伏错落的梁峁沟塬，高低纵横的复杂地貌，都是陕北高原特有的景观。一路上，一位兼任陪同和向导的延安本地作家，多次唱起了地道的陕北民歌，包括我喜欢的那首《圪梁梁》。听到熟悉的旋律，我自然倍感亲切，但不料忽然产生了一个新的想法：这样的情歌，显然与当年的荒凉贫瘠的自然生态有关。那时植被稀疏，远近尽收眼底，毫无遮拦，才能让站在山梁上的妹妹，能够一眼望见山沟那面的哥哥，才能让歌声没有遮挡地传递到对方的耳朵里。倘若是在今天这样的环境，到处草木茂密，蒙络披拂，目光投出去不远即被阻隔，哥哥和妹妹，恐怕要用别的方式和词汇来表达感情了。

从当年的黄土漫天到此刻的青翠盈目，这中间有着怎样的故事？

我的思绪也像民歌摇曳的腔调一样，被拉向遥远。包括延安地区在内的陕北高原，历史上也曾经是森林密布，水草丰美，气候温暖湿润。但早自秦汉时期就开始大规模地砍伐森林，此后又经过多个朝代的无节制的屯田垦荒，加上战乱频仍，过度放牧，导致生态平衡遭到极大破坏，水土流失严重。这样的民谣便是生动的写照："春种一面坡，秋收一袋粮。""山是和尚头，沟是干丘丘，三年两头旱，十种九难收。"好不容易盼来了一场雨，但因为山上植被稀疏，难以涵养水分，很容易引发山洪，挟裹着大量沙石的洪水骤然而至，瞬间就吞噬了人们的家园、财产甚至生命。到了 20 世纪末，生态已经恶化到难以负载人们的日常生活。联合国粮农组织专家考察延安后曾经断言："这里不具备人类生存的基本条件。"

是生存还是死亡？这个尖锐的问题，真切地摆在陕北人民面前。20 世纪 90 年代中期，从吴起县开始，在各级政府的主导下，一场保护和改善生态环境的战役在延安全境内大规模地展开。封山禁牧、植树种草、林木主导等发展战略的有力贯彻实施，彻底改变了已经沿袭千年的生产方式，挽救了濒于崩溃的生态环境。

日积月累，久久为功，于是便有了这些让我们惊叹不已的巨大变化。

随着采访的深入，感受也越来越鲜活生动。变化体现在每一个地方，每一道塬上，每一座崖畔，每一列山梁的脊背上，每一条溪流的转弯处。听当地人讲，因为植被茂密，空气中水分明显增多，有雾的天气也越来越常见了，这可是祖祖辈辈的先人们没有说起过的现象。的确，几天中我们呼吸到的都是清新润泽的空气，有人半开玩笑地说有一点儿失望，本来想体验一下黄土呛鼻子的味道，看来难以实现了。树木多了，各种禽鸟和动物迅速增多，一些绝迹多年的珍稀动物也重新出现，像野生金钱豹近年来就多次被人看到。

延安今天的生态环境，正是对于人和自然关系的最生动的阐释：尊重和呵护大自然，就会得到大自然的回馈。

相对于几千年有记载的历史，几十年只相当于瞬间。但就是在这短短的二三十年间，却实实在在地发生了堪称奇迹的巨变。参加延安采风的我们，也都成为奇迹的见证者。

也是在这里，我了解到，今年是国家退耕还林战略实施二十周年。二十年前，正是在深入考察并充分肯定了吴起县等地退耕还林的做法后，在延安市宝塔区燕沟流域的一座山坡上，国务院领导人提出了"退耕还林、封山绿化、以粮代赈、个体承包"的十六字方针。于是，一次必将镌刻于史册中的绿色生态建设运动，从曾经的红色革命圣地开始，向全国各地推广开去。追溯起来，今天神州大地遮天蔽日的苍翠中，有一抹色彩，是来自当初黄土地上那一缕缕绿色火苗的映照。

电影《黄土地》中，光秃秃的山峁上那一棵孤零零的杜梨树，成为当年陕北生态的象征，那么，如果也用一幅画面来表达今天的延安，应该选取什么内容呢？

对于我来说，最有表现力的画面，应该是塬地上的一大片苹果树，映衬着周遭的高峰深壑，云起云落。

在北京时，最喜欢吃的就是洛川苹果。虽然价格要略高于别的品种，但个头儿均匀，口感脆甜，水分丰沛，多花几个钱值当。当时以为只是产于洛川县，来到后才发现，其实延安地区的多个县都有种植。这里的黄土土质疏松深厚，光照充足，昼夜温差大，无霜期、年均降雨量、年均温度等各项指标，都适合种植苹果。因此苹果种植成为延安的第一大主导性农业产业，形成了"苹果大产业，农民大脱贫"的产业扶贫模式，种植面积将近四百万亩。的确，几天的行程中，时常可以望见一片片的苹果园。

在延长县一个叫作阿青村的地方，我们下了车，走进路边的一处苹果园，在果树夹出的小道间穿行。树干不算很高，但树冠四处伸展，繁茂的枝叶间缀满了苹果，有一些青色的果子上套着一个个牛皮纸袋，但大多数都已经红了，累累垂垂，将树枝压得下坠。刚刚落过一阵小雨，苹果上挂满了晶莹露珠。我留意到，好几株果树下铺了一长条银色的薄膜，向果园的主人打听，得知是为了折射日光，给果实背光的一面增色。

我想到了头一天晚餐时，一边吃着脆甜的苹果，一边听延安市委主要领导介绍苹果种植的过程。没有想到一个苹果的成熟要经过那么多道工序：刻芽、疏花、疏果、套装、拉枝、环割、除袋、转果、增色……要跨越好几个季节。他说起这些时如数家珍，神情中闪现着一种投入和陶醉。

而上述这些工作，还只是收获前的环节。苹果摘下之后，要做的事情还有很多：分级分选、冷藏冷链、品牌包装、精深加工、市场营销……这些更多靠的是政府的引导和支持。

由这里的苹果产业，我想到了一个更大的问题。这样广阔的一片土地，要彻底改变贫穷落后的面貌，重建林密草茂山川秀美，要做的工作涉及众多方面。封山禁牧、产业规划、移民搬迁、治沟造地、引进良种、技术培训……其中每一项工作，都包括多少个环节、多少道工序？匆匆数日之间，我们只能是走马观花，难以做更为深入细致的了解，但呈现在我们视野中的种种景象却无疑说明，一切都在扎实笃定地进行中，并取得了令人鼓舞的成效。

还是回到眼前吧。摘苹果的时候到了，果农憨厚质朴的脸上挂着笑容。他说，这片果园每年都能够收入二十多万元，今年又是一个丰收年。那种发自内心深处的喜悦，也感染了我们。

黄土地上生长的苹果，硕大红艳，香甜可口。它分明正在成为现实生活的一个隐喻。

兰溪日子

在浙江兰溪的日子，以李渔家宴作为开端。

美食永远是一个地方的卖点，倘若能够与名人搭上关系，就更让人难忘，像太白鸭、东坡肉，因为和李白、苏轼有了纠缠，味蕾的记忆中便又添上了独特的滋味。兰溪人李渔，这位明清之际的才子名士，曾将对家乡馔饮的品赏发挥到了极致，这一场以其名字命名的晚宴，自然少不了相关的渲染。十多位身着古装的男女，从舞台侧旁的门廊鱼贯而出，手里举着的菜名牌上，是一道道菜肴的名字：太极八卦羹、笠翁品香蟹、李渔神仙炖、李渔八珍面等，让我们这些外来客目不暇接，举箸端杯，大快朵颐。

但不会有人因此仅仅把李渔看作一位美食家。作为明清之际的大文学家、戏剧家、戏剧理论家、美学家，李渔实在太有名了。晚宴的同时，舞台上演奏着当地的婺剧经典片段，如高亢激越的器乐协奏《花头台》，独出机杼的《白蛇传》选段《断桥》等，让人鲜明地意识到了此刻所置身的这一方土地的浓郁人文氛围。

来到兰溪，是参加当地举办的"李渔文化周"活动。因此这场接风晚宴，主打元素也是围绕这位文艺巨擘而设置的。舞台侧方的大幅幕布上，投影仪打出了几个字"兰溪日子，有戏有味"，很艺术地排列着。这句话仿佛正是对眼前情境的描绘——这舞台上的演出，这桌上的佳肴，端的是"戏""味"兼备啊。

四十年前，我就知道了兰溪的名字。那时刚刚读大学，迷恋古诗词，读到唐代诗人戴叔伦的《兰溪棹歌》，至今还能够一字不差地背诵："凉月如眉挂柳湾，越中山色镜中看。兰溪三日桃花雨，半夜鲤鱼来上滩。"当时心想，这是多么美好的地方。同样是因为喜爱古典文学，那时一度考虑过以古文学研究为志业，买回了不少诗话词话一类的书籍，其中就有胡应麟的《诗薮》。但这次我才知道，他也是兰溪人。

穿过兰溪旧城区一条明清时代的窄巷，眼前便是复建的胡应麟故居，一座粉墙黛瓦的徽式两层建筑。故居当年有一个响亮的名字"二酉山房"，是天下驰名的藏书楼，聚书四万余卷，据称当时与宁波天一阁媲美。这座书城的主人胡应麟，明代万历年间举人，生性淡泊，厌薄名利官场，终身以学问自娱，乐此不疲，记诵淹博，著述宏富，是明代中叶著名诗人、文艺批评家、史学家、版本学家，堪称一代学术巨匠。除了生平事迹介绍，故居中陈列摆放的，更多是不同时代刊印的他的各种著作版本。

不过对于大多数游客来说，去县城几十公里外的游埠镇吃早茶，显然更有吸引力。游埠被列入浙江四大古镇之一，迄今已有一千三百多年历史，因为临近衢江，自唐代起就是水陆码头，逐渐发展成浙中商埠重镇，明清时代曾经商铺林立，商贾云集。虽然现在已经繁华不再，但喝早茶的习惯却保留下来，有"江南第一早茶街"之称，早点店每天早晨四点多钟就开始营业了。

走在游埠古旧的老街上，青石板路面，木板房和雕花窗，处处散发着古老江南的韵味，令人恍若走入过去的时光。街两旁的小店门口，摆放着一排排朴拙的条桌条凳，把本来就不宽的小街挤得越发逼仄。食客大都是镇上或附近地方的人，多数是老人，几个人围坐在一张泛着油光的桌子旁，气定神闲地喝着茶，偶尔抬头瞥一眼兴奋得大呼小叫的游客，一副见怪不怪的神情。身后是一口煮馄饨的大锅，升腾着浓浓的雾气。

又是一次惹动馋涎、味蕾偾张的难忘体验。我一边品尝，一边努力在手机记事本上记下小吃的名字：鸡子馃，一种用鸡蛋、肉馅、碎葱叶拌成的馅饼，皮薄肉厚，在平底锅热油煎熟，鲜嫩滑口，入口即化，香气扑鼻；豆腐汤圆，一碗漂着葱花香菜末的排骨高汤里，浮着几块老豆腐，包裹着肉粒，晶莹光滑。还有水米糕、角带酥、牛杂煲、鸡肠面……我忽然想到了来兰溪第一天晚上看到的那句"兰溪日子，有戏有味"，此刻，箸下盘中的种种美食，分明正是对"有味"的生动注解。

地方美食的形成，不是一朝一夕的事。因此，李渔对家乡的这些名特小吃一定很熟悉，相信他在诗文中抒发的食事之乐，他创制的种种馔饮，他对色香味的精心讲究，也会与眼前这些吃食有关。

在中国古代戏曲史上，李渔举足轻重。他写剧本，有《笠翁十种曲》等传世，他的《闲情偶寄》，则是古代戏剧理论的高峰。他还是多面手，吟诗作文，写通俗小说，披阅《三国志》，改定《金瓶梅》，刊印《芥子园画谱》，毕生著述逾五百万字，真正是高产多能。但他与其他文人的大为不同之处，就在于他还是一位生活美学的大力倡导者。《闲情偶寄》分为词曲、演习、声容、居室、器玩、饮馔、种植、颐养等八个部分，在谈论戏曲心得之外，所涉至为丰富，大略可归结为"行乐"二字，对日常的衣食住行进行审美设计，追求艺术化情趣化，务求精致细腻。林语堂曾评论此书是"专事谈论人生娱乐的方法，是中国人生活艺术的指南"。明代中期以降，社会生活、欣赏趣味日渐世俗化，李渔的生活美学正是迎合了这样的时代思潮，所以在当时就大受欢迎。

这一次李渔文化周的重头戏，是李渔诞辰410周年祭祀大典。来到李渔故里夏李村，李渔墓前，一场祭祖典礼正在举行。祭台上供奉着时令鲜果，祭台后一排条石上刻写着李渔的经典剧名。锣鼓敲响，红烛点燃，身着鲜艳戏装的婺剧男女演员，与一众夏李村民手持黄菊，叩拜先祖。阳光炽烈，气温高达三十五摄氏度，我们这些旁观者很快就衣衫湿透，但他们却一丝不苟，行礼如仪，虔诚的神态中，是对故乡贤达的景仰敬慕。

参加完典礼，在夏李村的李渔大剧院就餐。村子里的戏班"李渔家班"成立的揭牌仪式，特意安排在这一天。剪彩完毕，演出开始。主客一边品尝传统茶点，一边欣赏李渔经典折子戏《喜迁莺》，此时情境，让我想到来到兰溪的第一天，接风晚宴上的场景。更相同的，是又一次看到了那个牌子："兰溪日子，有戏有味"。

不能不说，兰溪的这个宣传口号很有味道，聚焦于当地的特色美食和戏剧，是成功的广告策划。有美食可以品尝，有好戏可以观赏，这样的日子，岂不是足以让人羡慕？这样的地方当然令人向往。

不过若进一步想下去，对这句话似还不应完全做字面上的理解，以为就是尝当地美食，赏李渔戏剧。这固然也是这句话里的意思，甚至应该也是策划者的本意，但若延伸开来，实在还包含着一种带有普遍性的对人生要义的揭示。人生在世，所欲良多，西方马斯洛的需求层次理论对此有详细的言说。欲望得到满足，就会感到惬意快适。以此尺度检测李渔平生，显然具有标杆般的意义。作为美食家，他充分地满足了口腹之嗜，而对文学艺术的追求和成就，则给他的灵魂带来了无限快慰。

同样，这种精神的愉悦感，应该也是可以移来摹写胡应麟的。他未必像李渔一样追逐口腹之嗜，但他从学问研究中获得的快乐，却是明确记录在案的。胡应麟故居的墙上，镶嵌着他为自己的藏书楼撰写的《二酉山房记》，其中有这等夫子自道的句子："意所独得，神与天游，陶然羲皇，万虑旷绝，即南面之荣、梵天之乐，弗愿易也。"读书之乐，帝王佛祖都不换。

就我此次步履所至而言，类似的场景和感受，还出现在以摄影大师郎静山命名的博物馆里，出现在文史大家曹聚仁的故居里。他们都是从兰溪山水间走向世界的人物，创建了卓越不凡的事业。他们所倾情的艺术和学问，让自己的人生充实完满，更给观赏阅读他们作品的人们带来了莫大的精神享受。

夏李村村口有一个亭子，名为"且停亭"，是一向关心公益事业的李渔筹资修建的，供村人及过路行人歇脚乘凉。楹柱上的对联也出自李渔之手："名乎利乎道路奔波休碌碌，来者往者溪山清静且停停。"浅显醒豁的语句，指出的正是通往那种理想生活境界的路径。放缓脚步，淡看名利，寄情自然和艺术，李渔也正是凭借这种方式，才成就了他的滋味丰厚的人生。

兰溪日子，有戏有味。这是兰溪人对自己生活的写照，或者更多的是期许。这样的念想，其实也是适合每一个地方，适合所有的日子。

霍斛数簇傍崖岩

我嗜饮绿茶，霍山黄芽是最喜欢的几个品种之一，因此很早就知道了霍山这个地名。不久前，有机会来到安徽六安辖属的这一处县域，才知道此地还有另一种大有名气的出产：霍山石斛。

要说此前毫无了解，也不准确。曾经收到过安徽朋友寄赠的一小盒霍山石斛，一颗颗黄绿色的椭圆形草状物，拇指大小，样子像螺旋，又像弹簧。友人短信告知此物是珍贵保健品，不应浪费。我便在沏茶时，拈几根放进去，两泡或者三泡后，连同茶叶一起倒掉。来到霍山后，我将此事告诉了陪同的当地人，对方一迭声地说太可惜了，石斛可以连续沏泡好几天，最热的天气也不会变质，最后还可以吃进去。

看来我过去的食用方式，确实是暴殄天物了。不过这也引发出了我的一份好奇心：这种看上去并不起眼的物品，何以珍贵？

时维仲秋，位于大别山腹地的霍山，正是金桂飘香的时节，行走在路边田畔，时常会有一阵桂花香倏忽飘来，馥郁的气息沁入鼻孔，带给人一缕恍惚的醉意。两日的行程里，目接神驰中，霍山石斛都成了第一主角。

参观的第一站，是位于县城边的大别山霍斛文化馆。它由当地一家颇有实力的民营企业建造并经营，详细展示了霍山石斛的性状和历史。走进宽敞的大厅，眼前云雾缭绕，溪流迂曲，岩石嶙峋，一阵水汽扑面而来。这正是野生石斛生长环境的模拟再现。大厅里栽种了分布于全国各地的多个石斛属品种，形态各异，高矮不一，像云南的几个品种就很茁壮，茎秆高大，叶片宽展，绿意盎然。

转过几个弯，最后才走到了霍山石斛展区，却很感意外：这个被誉为珍稀无比的品种，却原来这般不起眼！但见几簇低矮的植株，趴伏在湿漉漉的岩石上，窄叶短茎，根须裸露，体量微小，几乎一只手掌就能够罩住。如果事先不了解，即使在野外遇到它们，也八成不会留意，只会看作一丛普通的野草。

但不可貌相的不仅仅是人，也包括植物。霍山石斛的珍贵渊源有自。植物学中有个术语叫作"生境"，指的是某一物种赖以生存的生态环境。相比其他石斛品种，霍山石斛对生境的要求最为严苛。它属于未进化的气生兰科植物，大多生长于深山中的沟溪旁、峭壁上的岩石缝隙间，简单地说，就是"山谷、水旁、林下、石上"，靠气根从空气中汲取营养。它喜通风，畏暴晒，最适宜云雾缭绕、温暖湿润的小环境。它的野生产量极为稀少，是国家一级保护植物，也是中国特有的植物，被列为"极小种群"。

要俯身端详，才能看清楚这一罕见的石斛品种的模样。霍山石斛有一个别称，叫作"龙头凤尾草"，差可比拟它的相貌。它的茎秆从下到上逐渐变细，其形状酷似蚱蜢腿，最粗的底部，也只仿佛儿童的手指肚，而最细的顶端，则好像萝卜上的根须，或者一根灯芯。

这一簇堪称袖珍的珍稀植物，有着漫长的生长期，通常五年才能成熟。它的枝条是一节一节的，每根枝条基本上有五节，每年只长一节，而一节只有半厘米长，鼓鼓的，仿佛一颗米粒，因而它又有一个名字"米斛"。

这种情形，恰好应了那个"小的是美好的"的说法。尽管这句话原本指代的是经济学中的有关范畴，但移用到这里也似无不可。唐本《道藏》将霍山石斛列为"九大仙草"之首，位于雪莲、人参、灵芝等珍品之前。它更被历代医家奉为药中上品，从汉代《名医别录》，到唐代《千金翼方》，再到清代《本草纲目拾遗》《百草镜》，众多的医药典籍中，关于药用石斛的记载，无不强调以"生六安"或"出霍山"的霍山石斛为最佳。

霍斛含有多种微量元素，具备生津益胃、养阴清热、降压抗癌等作用，能够有效地增强身体的免疫力，因而享有"不死草""还魂草"等美称。清代乾隆皇帝长寿，据称秘诀之一就是长期服用霍山石斛。据史料记载，乾隆为庆贺自己的80寿辰，曾设"千叟宴"招待百岁以上老人，菜品中就有一道石斛炖汤。

这座霍斛文化馆中有一个展室，专门陈列各种石斛制品，我看到了一个玻璃瓶中，盛放着友人寄给我的那一种。它被称为"枫斗"，是将提炼纯化后的石斛鲜条，低温烘烤祛除水分，再加以软化、弯曲、缠绕和加固，前后经过十几道工序，才成为眼前螺蛳形状的模样。

这种汇聚了天地自然灵气的仙草，自从有史料记载以来，在山陬水畔、石罅岩隙，寂寞地生长了数千年，直到今天才真正焕发出生机。绿色理念的普及，技术手段的进步，让它有了批量生产的可能。地方政府把石斛种植作为一项支柱产业，给予多方面的支持，成为百姓增收致富的一条捷径。

在博物馆里看展示，毕竟不如实地踏访。第二天，我们乘车前往太平畈乡，那里是霍山米斛的种源地和主产区。自住处出发，前行不久，就看到一条宽阔的河流，水流清碧，波光闪烁，这是淮河的支流淠河。继续前行，地势由丘陵逐渐变为山地，峰高谷深，丛林灌木葱茏葳蕤，大片的绿色中偶或闪过一簇黄叶，一枝红花，望去倍感赏心悦目。

目的地到了。我们跟着石斛种植基地的主人，沿着一条狭窄的石径，走到一个小山坡上。这里是一处石斛育种园。山路旁，一排松林下面，几道垄沟之间，是一片布满碎石的坡地，一簇簇石斛均匀地散布着，上面覆盖了密密一层灰褐色的松针。

弯腰仍嫌看不清楚，我干脆蹲下来，将头尽量凑近地面。

拨开遮盖着的松针，便有一根根细小的石斛枝条露了出来，柔弱秀美，淡黄中又有一抹绿色。每一簇种苗旁，都插着一张小纸片，写着编号。有几根枝条的顶端，是一只小小的果荚，其形状仿佛缩小了多少倍的橄榄果。据说一颗这样的种子就值几千元，因而有"一粒米斛一粒金"之说。

掉头沿斜坡下行不远，又看到了几间温室大棚，里面全是绿油油的石斛幼苗，一畦畦地排列着，密密麻麻。这些都是人工培育出的试管苗，要在里面培植一段时间，等到适应外界的自然环境后，再取出栽种到地里。这个过程叫作"炼苗"。此后再经过数年，才能成熟。亲睹之下，我们真切了解了石斛生长的艰难，也因而愈发知晓其珍贵。艰难困苦玉汝于成的说法，看来也不仅仅是适用于人类。

结束行旅，我踏上六安开往北京的高铁。在玻璃杯中沏上一撮霍山黄芽，放在车窗窗沿上，茶水浅黄淡绿的颜色，让我想到了几天中多次品尝过的鲜萃石斛饮料。喝进嘴里，齿颊间有一种清淡的草香味道，还有一点略带黏稠的胶质感。一时兴起，顺口诌出了几句韵语：

半日迢遥京皖间，
黄芽几泡汤犹鲜。
片时淠河波入梦，
霍斛数簇傍崖岩。

观 背 村 记

观背村，岭南的一个普通村庄。据说这一带原来有一座唐代道观，因村庄坐落于其背后，遂有此名。观背村归罗阳镇，罗阳镇属博罗县，博罗县则是惠州市的辖地。

不过这些行政区划概念，都不如提起它身旁的罗浮山，更能够让人产生印象。它因东晋道士葛洪隐居炼丹而为人所知，后世文人的反复吟诵更是使其声名远播。苏东坡的"日啖荔枝三百颗，不辞长作岭南人"无人不晓，而这首绝句的前两句，就是"罗浮山下四时春，卢橘杨梅次第新"。位于这座岭南名山的襟抱中，又有东江从不远处流过，山环水绕，让这个不算很大的村子，充分沾溉了大自然的青葱灵秀之气。刚刚走近村口，充盈视野的绿树鲜花就让人强烈地感受到这一点。

造化的钟灵毓秀，天长地久。但今天的观背村，却展现了人类的情感智慧创造出的一种魅力。它发生在一个不长的时间段中，归根结底是一种时代的赐予。

曾经到过天南海北的许多有名的乡村，但观背村仍然让我印象深刻。一走进村子，就看到了村街两旁墙上的大幅彩色壁画，让人眼睛一亮。这些长达千米的墙绘，或色彩浓艳，或笔调淡雅，风格各异，表达的内容也颇为丰富，后羿射日、嫦娥奔月、卧薪尝胆、学富五车、程门立雪、孟母三迁……神话传奇、人物传说、成语故事等，兼收并蓄，用生动可感的方式，传播历史知识或者道德训诫。除了这些来自传统文化的题材，也有弘扬社会主义核心价值观的宣传画，还有抵制毒品、远离邪教等普法教育的内容。走入旁边的街道，壁画又是另一番天地：客家风情、生活小智慧、唐诗宋词元曲、博罗著名历史文化人物等。脚步向前迈动，画面也随着延伸，可谓移步换景。据称全村共有壁画五百多幅，匆匆浏览中，感觉琳琅满目，美不胜收。

街道两旁，是一株株一簇簇茂盛的树木和花卉，摇曳多姿，与白云蓝天一道，将这些彩绘映衬得鲜亮热烈。每天从这里经过的村民，还有他们的孩子，一定会从这些画面中受到潜移默化的影响，明白什么行为属于美和善的领地，什么事情与丑恶和罪孽相邻，从而把握好自己的人生方向。

绘满彩画的围墙后面，一排排房舍错落排列。大多是两层，有一些是村民自居，但更多的还是挂着各种协会或团体标牌的办公场所，以及一间间客栈旅店等。房屋依然是原来村舍的格局框架，但经过了现代化的设施改造，舒适惬意。到处拾掇得洁净雅致，窗口悬挂着盆栽，竹篱架设了花架，井台缠绕着藤萝，自然天成中显示出细致和匠心。这里同时呈现了时光的不同维度，在古旧的建筑器物的背景上，展现着时尚鲜活的现代生活。那种感觉，就好像在一堵斑驳漫漶的老墙前面，一簇鲜花在怒放摇曳。像一处名为"小时候客舍"的民宿小院，白墙上绘着一幅儿童跳绳的画面，孩子们身上厚厚的显得臃肿的棉袄棉裤，让我油然忆起在北方农村度过的童年。挂在墙上的竹编斗笠，不曾油漆过的布满疤结的条凳，散发着朴素纯正的原生态的气息。

如果不是导游介绍，我不会想到，几年前的村容完全不是眼前的样子。当时由于拆迁等原因，大部分村民都搬走了，只剩下破败不堪、基本被废弃了的老房子。环境脏、秩序乱、社会治安差，观背村成为一个出了名的藏污纳垢之地。

观背村村委会决心改变村子残破落后的面貌。经过认真考察和商议，决定利用村子毗邻县城的优势，吸引各种文化类协会、团体来村里租住院落，改建后作为办公和交流的场所，借助艺术家们的创造性思维，为村庄带来蜕变。为了得到村民们的理解和支持，当时的观背村第一书记陈湘，苦口婆心地做工作，反复解释。有一处的墙壁上，就记载着当时他对村民们掏心窝子说出的话，其中就有这样的一段："让我们的孩子在浓郁的艺术氛围里成长，潜移默化，等同于从小就让他们开阔了眼界，增加了学问。熟悉琴棋书画，待人温文尔雅，难道就不比满嘴污言秽语、日夜麻将声强？"肺腑之言，诚挚恳切，基层农村干部的桑梓深情和长远思虑，令人动容和起敬。最末一行是他讲这番话的时间：2015 年 3 月 26 日。

实践证明，这个具有战略目光的创意大获成功，不长的时间内，就吸引了六十多家书画、音乐、弈棋、陶艺等文艺类的协会、组织纷纷进驻这里，并催生了多种文化产业，一个兼具古朴和时尚意味、精神和经济功能的"观背村文化部落"，就这样形成了。

一步走对，步步畅通，一顺百顺，良性循环。文艺协会的入驻，文化产业的兴起，让村里的环境氛围大为改观，提升了知名度，吸引了更多的人来观光旅游。如今一年的游客多达三十万人。很多村民的破房陋屋，也借机改造成别具乡野情趣的宜居民宿，租金翻了好多倍。现任村支书如数家珍地介绍着种种明显的变化，最后加重语气，用一句话感慨系之："让观背村获得重生的就是文化！"

在这样焕然一新的环境中，人的心气自然就不一样了。有道是"仓廪实而知礼节，衣食足而知荣辱"，从迎面走来的村民们从容明朗的笑容中，从他们与人交谈时那种谦恭坦荡的表情中，你会感觉到，这一点得到了确凿的印证。

各种荣誉也接踵而至，准确的说法应该是"实至名归"，是瓜熟蒂落，是水到渠成。广东省文化和旅游特色村、第五届全国文明村镇……一顶顶桂冠，赐予了这个短短几年即化蛹成蝶的普通乡村。它的华丽转身，为当下的新农村建设提供了一个样本，一种可资借鉴的思路。

两个小时走下来，感官充塞了众多画面和印象，只能过后再慢慢消化了。不觉中又来到村子的另一边，走进一处长方形的平房，白墙上挂着"博罗县美术家协会创作交流基地"的牌子，外屋是客厅兼茶室，里屋一张大桌子上摆放着笔墨纸砚，墙上挂满了风景和花卉画作。同行的湖南老作家谭谈挥毫泼墨，写下一条横幅："变脸的观背，腾飞的新村。"文字拙朴，却生动地概括了乡村的巨变，赢得一片叫好声。

趁着同行者们在饮茶聊天，我走到外面。面前是一条小河，一座双孔石拱桥跨在河面上。仔细辨认桥头石碑上镌刻的文字，得知此桥名为保宁桥，建于南宋德祐元年，是惠州的市级保护文物。在行旅不便的当年，这座桥曾经是唯一的通道，东到惠州，西去广州，都要从桥上走过。七百多年过去了，这座桥依然坚固，还在使用，半月状桥拱和古朴的外形，展现着农耕时代与古老工艺之美，仿佛是富有生命力的传统的象征。河岸边，几丛芭蕉树疏阔纷披的叶子投影在水里，绿油油的，一种岭南特有的丰茂的韵致。

一座房子的右侧，村道与河岸之间，有一棵高大茂盛的杨桃树，不少黄中泛绿的菱形果实落在地上，捡起来嗅嗅，有酸涩的甜味。树干上密密地绑着十几个指示牌，箭头指着不同的方向。刚才在街上行走时，每个拐角处都会看到这种牌子。我自上而下依次看下来："手有余香""老树私房菜""观背书吧""天使之家烘焙餐吧""寒舍料理""驴吧""创享家""米澜印象装饰"……有的刚才参观过或者从旁边经过，其他的通过文字大致可以知晓其行当。

文字没有声响，但显然在诉说着一种兴旺丰饶。忽然意识到，将它们连缀起来看，便生出了一种隐喻的效果。衣食住行，琴棋书画，口腹嗜好，精神享受，都被收纳于这些店铺招牌之中。位于珠三角大地上的惠州，是一块经济的热土，也是精神文化葳蕤生长的地方。因其良好的自然生态，因葛洪修炼丹道的影响，这里自古以来就承传和弥漫了一种乐生的氛围。但只有到了今天，一代代人们所追求的高质量生活的模样，才真正开始变得真切和清晰。

于是，这个叫作观背村的中国南方普通乡村，便分明成为正在蓬勃发展的新生活的一个缩影。

金海湖的来去

　　一个地方的山川风物，如果与历史沾上边，不管是信史还是传说，都会被赋予某种意蕴或者滋味。这些属于历史范畴的因素未必有多重要，也许不过是一些残屑碎末，但仍然会产生一些影响，给天地之间氤氲出某种特别的东西，仿佛瓷器上一道闪亮的釉彩。

　　在北京平谷区金海湖镇，这种想法又一次得到了印证。

　　镇子名字的来历，当是因为此处有一个金海湖。它早已经被列为北京的一处著名旅游景区。金海湖水域面积寥廓，将近七平方公里，万顷碧波，被层峦叠嶂的青山三面环绕，山间水畔，林木浓密，绿草如茵，鸟语花香，风景至为美丽。

　　金海湖最早起源于一次大地震。清代康熙十八年（1679年），此地和相邻的河北三河县发生了大地震，形成一道沟河峡谷。1959 年，依托沟河峡谷在此修建了一座水库，后经几次扩建，于 80 年代初成为一座大型水库。它北邻盛产黄金的金山，南边有一个海子村，故名金海湖水库，后来更名为金海湖风景区。从人工水库变为旅游区，这样的情况不少，像闻名天下的浙江千岛湖，前身就是当年建造新安江大坝形成的巨型水库。

在码头登上一艘游船，向着水面深处驶去。翁郁青翠的峰峦倒映在湛蓝清澈的水面上，与天光云影相交融。一艘快艇从旁边飞速掠过，船尾犁出一道长长的波浪，溅起的白色水珠仿佛千万粒晶莹的珍珠。游船周边的水面漾荡不已，稍远处则是波平浪静。近观远眺，大口呼吸，心情变得格外畅快。

游船靠上了一个小岛。沿着一条迂曲的石径，拾级而上。盛夏溽热，等到七折八拐爬到最高处，已经气喘吁吁，汗如雨下。朝四面望去，整个湖区尽收眼底。俯瞰下方，是一个狭长的半岛，长数百米，半岛顶端伸入湖水的地方，便是刚才游船靠岸之处。那次大地震震掉了半座山，形成了一道绵亘狭窄的山脉，一侧岩壁陡峭，刀削斧劈一样，数十个大小峰峦紧紧相连，状如锯齿，因此得名"锯齿崖"。大自然的造化让人惊叹，但搜索一番脑海中的语词库存，仍然感觉词穷，还是只有那个已经熟烂的成语勉强可以摹状：鬼斧神工。

湖畔有一座金代皇家公主墓，给此处明丽的风光染上了一抹凄婉的色彩。

从小岛上下来，沿着水边前行不远，就走到了水库大坝。大坝中间位置东侧一个伸向湖中的小小半岛上，是金花公主墓。旁边有一座呈双体边脊状的碑亭，中间立有一块汉白玉石碑，记述着金花公主的传说。

金花公主是金章宗的女儿，聪明伶俐，相貌姣好，擅长骑射。当时，金国已将国都南迁至燕京，改名中都，即今天的北京。平谷一带属于京畿之地，公主经常陪同父皇来此狩猎。不料她患上不治的重病，年仅十八岁的生命香消玉殒。章宗十分悲恸，遣人凿山为穴，以四铜环悬棺于内。据明代曹学佺《舆地名胜志》记载："金花公主墓在（平谷）东三十里之马家庄。金花公主，俗传金章宗女也。其墓两山相抱，自崖口凿石穴，施四铜环，棺木悬空，引海子水流入内，其深莫测。"这是一种奇特的墓葬方式，据说是为了防止盗墓。修水库时，民工清理出金簪、红缨等公主墓中的遗物，都是属于女孩儿的饰物。墓穴已经被淹没在水面之下，如今的墓地是三十多年前重建的。

圆丘状的墓地上，是一座金花公主骑马雕像，马头高昂，嘴巴大张，仿佛在长啸，两只前蹄高高扬起，粗大的马尾末端飘散开来，一副正在奔跑的姿态。骑马的少女，稳稳地坐在马鞍上，扭身朝向侧面，面容饱满稚气。她身着紧身窄袖的女真民族服装，左手握弓，右手控弦，英姿飒爽，背后的披风也被风吹得飞扬起来。

金花艳丽雍容，不易败落，是古典诗词中常见的意象。北周庾信的《玉帐山铭》中有这样的句子："玉策难移，金花不落。"唐代诗人王建《宫中调笑词》咏叹道："胡蝶，胡蝶，飞上金花枝叶。"这些词句都带给人美丽、高贵而奢华的感受。金花公主的名字，也该是与这些意蕴有关？然而，在死神挥舞的镰刀面前，没有任何人可以逃遁，哪怕贵为皇亲国戚，哪怕美如金枝玉叶。

八百年光阴流逝，金花公主化作了不老的传说。生命过早夭亡，仿佛一朵蓓蕾尚未绽放即告凋萎，自然令人痛惜，何况又贵为皇家千金。罕有其匹的出身，本来拥有无上的幸运，但未待成年而殁，又不及寻常百姓家的儿女。命运的诡谲难言，实在让人无语，万千感慨只能化作一声叹息。

但这种情绪，不久后就被另外的想法冲淡了。

离开湖区，乘车赶往下一个地方。正值盛夏时节，视野中是一望无际的绿色，浓郁恣肆。车行不远，就到了一个叫作黑水湾的山村。这里距金海湖只有几公里，但却将金花公主的传说带给意识里的年代感，骤然向前推进了数百年。

这一带有明代长城的遗址。平谷三面环山，长城蜿蜒于东北部，是明代长城进入北京境内的最东起点。黑水湾村北面四千米，就是金山长城的西口子，抬头远眺，山岭上仍然可以看到一段蜿蜒起伏的墙垣遗迹，长度约三千米，轮廓清晰。

一时间，脑海里跳出了若干古人吟咏长城的诗句。此地明代属于蓟州，是京师门户，抵御北元和女真入侵的东北边防重地。我想到了一首绝句，描绘的正是从此地延伸向东北方向山海关一带的长城："榆关千里塞云横，一夜移师右北平、辽海西来山渐险，更教骠骑作干城。"作者陈子龙是明末重要诗人，曾官至刑部、工部主事，他在诗中勉励获得升迁的友人恪尽职守，勠力守边。而他在偏安南京的南明小朝廷覆亡之后，仍然组织江南太湖一带的民众抗击清军，被俘后英勇不屈，投水殉节。

黑水湾村的前身，是一座依托长城而筑的城堡，始建于永乐年间，作为屯兵之所。城堡的城墙高达丈余，墙外有同等宽度的马道，上设岗楼，每天有兵士骑马巡夜。斗转星移，城堡逐渐演变成为一个村落。岁月风雨侵蚀之下，城堡的布局已经模糊难辨，但尚有一处保存完好的古民居。它能够历经数百年之久，有赖于所用的建筑材料，砌墙的灰浆是用黄米熬浆，再拌上石灰等，让墙体坚固无比。

我们走进了古民居小院。厚实宽大的青色墙砖，看上去依然结实牢靠。木门的门槛几乎被脚步磨平了，无数个年头已经从它上面漫过。厅堂中间，煮饭的灶头犹在，走进里屋，宽大的土炕也依然齐整。宽大的窗户上，木窗棂呈现出横竖及圆形的多种窗格图案。被岁月风雨剥蚀，窗棂颜色黯淡，墙壁和地面也都是烟熏火燎后的漫漶样貌，共同诉说着时光的无情。

目光在屋子里挪移，想象也获得了具体的形象。漫长的岁月里，一代代戍边的士兵，大多都该是普通的平民子弟，二十来岁，正当思念家乡到要哭的年龄，也被远方的父母牵挂。那些年龄稍长一些的，更会遥想家里的妻儿。月夜霜晨，四野孤寂，空气寒冽，身上沉重的铠甲结满了霜花，城头画角发出凄凉的声音。那一口颇大的灶头旁边，该是围坐了许多兵士，烤火取暖，说说家常，借以排遣内心的哀愁吧？

我忽然产生了一个颇为怪异的想法。在同一片土地上，几百年前，金花公主陪同父亲来此田猎，禁卫仆从前呼后拥，猎鹰猎犬翻飞追逐，那时他们的心情，应该是惬意快适的，与被迫在此戍边的将士们的悲苦心情，完全没有可比性。二者分属于差别巨大的阶层，生活的展开与感受也完全不同。朝代更替，并不会改变这种基本的人间秩序。

我由此又想到了清代诗人袁枚的绝句《马嵬》："莫唱当年长恨歌，人间亦自有银河。石壕村里夫妻别，泪比长生殿上多。"唐明皇杨贵妃的爱情悲剧在舞台上传诵不已，但真正值得人们为之落泪的，是杜甫笔下安史之乱中普通百姓的苦难遭遇。相比高贵的皇家千金，这些普通的戍边士兵是沉默的大多数，他们的情感和命运，其实更值得关注和思量。

当然，时间最终泯灭了一切差异。高贵和卑微，都被时间的墓穴吞噬，留下遗迹让后来人凭吊，生发出一些或浓或淡的感慨。

盛夏白昼很长，走出古民居时，下午时分已经过半，阳光依然炽热明亮，瞬间驱散了内心中因沉浸于历史的悬想而产生的一缕阴冷之感。迈出院门，走下斜坡，来到街道上站住，再一次回望这一处遗迹，权当对这次匆匆的金海湖镇之行作一次告别。目光从屋顶古旧黯淡的瓦片上掠过，向远处缓缓滑去。视野的尽头，是连绵不断的青翠群峰，映衬着碧蓝澄澈的天空，一直延伸到黛绿浅灰的天际之处。

衡水湖二日

我也算是衡水人，但过去很长时间里，却并不知道衡水湖。

这不能完全怪我无知，因为衡水湖这个名字的历史并不长。我倒是很早就知道了它曾经的名字——千顷洼水库。那时我才十几岁，在家乡的县城读初中，当时的衡水还是地区建制，家乡是它的下辖县。虽然老家离水库只有一百来里路，却从来没有去过。这些年来衡水湖名气越来越大，不但经常见之于报刊，在京的老乡同学见面时，也时常会有人说到回老家时去了衡水湖游览，风光美不胜收。一开始我还以为是新景点，后来才知道它就是当年的千顷洼水库，但已经今非昔比。既然这般众口赞誉，看来没有理由不去看它一眼了。

于是在今年国庆假期的最后一天，自北京驱车三百公里，直奔衡水湖边，到一间事先预订的临湖酒店住下。先期到达的一对友人夫妇，已经备好了午餐迎候。友人祖籍也是衡水，已经退休，自称衡水湖是自家的后花园，来过多次了，还考虑在湖边买一套房子，以便时常回来住些日子。

吃过午餐，友人开车在前面引路，做环湖之游，据说全程有五十多公里。近年来颇有影响的衡水湖国际马拉松赛，就是以环湖公路为赛道。车一路开得很快，路两旁林木繁茂浓密，从枝叶交错的缝隙间，能望见湖面，时而开阔，时而逼仄，水光潋滟，随着车轮的疾驰，或隐或现，一路向前延伸，仿佛没有尽头。在几处风景绝佳的地点，我们想下车观赏，却一直找不到地方停车，据说是为了保护湖区环境，有意如此设计的。好不容易才看到一个临湖村庄，便将车子拐进村口路边停下，徒步走下湖边大堤。

呈现在眼前的，正是典型的湿地景观。走下大堤斜坡，穿过几排高大粗壮的白杨树，向前走几步，便到了湖边，脚下的土地松软潮湿。临岸处的湖水清浅凝滞，数种水生植物滋生蔓延，高矮不一，一派芜杂。其间的主角是芦苇，根壮叶茂，向四面八方伸展，连绵一片，密密实实，如墙如垛，极有气势。浅黄色的苇穗随风摇曳，有一种鲜明的剪影感，可描可画。再向里面，百米开外，才是无遮无挡的湖面，波光闪耀，一望无际，让人顿感神清气爽，胸襟不由得豁然扩张。沿着水边恋恋不舍地走了半天，才掉头走回到停车的地方。路边有几家摊位，卖的是湖里的水产，有白鲢、鲫鱼、青虾、螃蟹、甲鱼等，装在盛水的铁皮桶里，不停地游动蹦跳。

望着这样一片浩荡大水，会很自然地想到去追溯它的往昔。北魏郦道元的《水经注》中，它被称为"博广池"，物产丰富，"美蟹佳虾，岁贡王朝，以充膳府"。它还有冀州海子、冀衡大洼等民间名字，因为水域的大部分，位于同属衡水市的冀州境内。地理学家则指出了它的起源。在漫长岁月中，这一带曾经分别是黄河、漳河、滏阳河、滹沱河等多条古河流的故道，水势最盛时，是一个烟波浩渺的大湖。物换星移，河流改道后，上游活水几近断绝，这片亘古大泽逐渐萎缩，近代以来更是退化为一片广袤的积水洼地，专业的名称是"浅碟形洼淀"。

这一片区域，很早就有了被开发的记录。据史料记载，早在隋代就曾经开凿水渠，引湖水灌溉农田。清代乾隆年间后，从直隶总督到冀州知州，几任当时的地方官员都先后在湖区挖河排沥，旨在开湖造田。清末曾经丈量湖内土地面积，这正是千顷洼名称的由来。新中国成立后的第一个机械化农场冀衡农场，就建在这片洼地中，将排水造田推向了高潮。其后几经变迁，到了 20 世纪 70 年代，又改建成为一个引水蓄水排水结合、功能齐备的大型平原水库。当时，在县委工作的父亲去地区开会，目睹了建造水库的壮观场面，工地上人山人海，小推车川流不息，到处红旗招展，高音喇叭声声震耳。这也是那个时代常见的集体劳动场景。他回来后讲给家里人听，让少年的我向往不已。进入 80 年代后，又引黄河水注入水库，从此衡水湖保持了长期稳定的蓄水状态。

随着生态意识的增强，人们越来越认识到，在广袤干涸的华北平原上，拥有这样一个湿地湖泊，是多么珍贵。近二十年间，为了尽快退耕还湖、退耕还湿，地方政府采取一系列强有力的措施，让湖区面貌发生了巨大变化。像实施生态补水工程，大幅度增加入湖水量，沿湖建造万亩森林公园，保持了水域面积的阔大，也使湿地功能逐渐得到恢复。如今，在整个华北地区，衡水湖是唯一的保持了沼泽、水域、滩涂、草甸和森林等完整元素的湿地生态系统，是国家级自然保护区，也是华北平原第二大淡水湖，水面面积仅次于白洋淀。

从开湖造田到退田还湖，这一逆向的变化历程映射出的是时代意识的发展，人类生态观念的深化，对自身与大自然关系的再认识。

开车绕湖一周下来，天已黄昏。湖面从夕阳照耀下的浮光跃金，渐渐转入暮色笼罩，混茫一片。回到酒店稍事休息，又跟着友人走出酒店，来到不远处一家农家饭馆，吃了这里的特色菜铁锅柴火炖鱼。鱼是从湖里打上来的白鲢鱼，贴在铁锅内沿上的玉米饼子被烤得焦黄，都是久违了的故乡味道。

第二天早上醒来，看到玻璃上蒙了一层水雾，显然是因为湖中水汽浓重所致。推窗远眺，晨霭中的湖面，轻雾飘荡，凝重空旷，又是另一种风致。早饭后，开车前行不远，就到了衡水湖湿地公园的门口。这里是衡水湖的外缘水面，开阔疏朗，水面密匝匝地覆盖了大片莲叶，满目碧绿，四面延展开去，莲叶间绽放着不同品种的荷花，浅红嫩粉，其华灼灼。

向更里面行走到尽头，便到了大湖堤岸边，这里有一座椭圆体的三层观景台，钢制结构，远处望去仿佛一枚竖立的鸭蛋。沿着盘旋的阶梯上到最高层，凭栏远眺，将目光左右远近移动收放，整个衡水湖尽收眼底。事先我曾经看过资料，它的水域面积相当于 11 个杭州西湖。果然此言不虚，湖面浩渺无际，中间错杂分布着几个长方形的岛屿，树木丰茂蒙络，此外便毫无遮挡，一直延伸到水天相交之处。我曾经登上过好几座南方大江大湖之畔的楼阁，它们因为历代文人的题咏而闻名天下，但此处风光的气魄格局，分毫不弱于它们，我甚至要说更强，因为身边没有攒动的人头，视野中也罕见林立的楼宇，而是一派纯正的天然景色，一种质朴的原初风貌。

历史上，华北平原曾经有不少的湖泊，在衡水湖的周边，就曾经有宁晋泊、大陆泽、扶柳泽等大湖，但如今都已踪影杳然。衡水湖幸运地存留至今，是上天的恩赐，更要归功于人类的呵护。为了保护好它的生态，当地政府采取了一系列行动，诸如封堵污水入湖口，取缔数百家沿湖工厂，禁止网箱、拦网、围埝养殖等。特别值得提出的一项大手笔，是将繁忙的南北交通大动脉 106 国道改道了几公里，移出了保护区域。

我倚靠着观景台栏杆，准备以湖面为背景拍照留念，忽然有一阵扑棱棱的声音由远而近，一只个头儿颇大的鸟儿，从眼前一两米处飞掠而过，把人吓了一跳，扭头去看时，它已经飞临到湖面上，缩小成了一个黑点，须臾之间又踪影全无。

两天来，在游览的过程中，随时随处，都能够看到大小各种鸟儿的身影。衡水湖的地理位置和优质水体，孕育了丰富的多样性物种。这里栖息的鸟类就多达三百多种，其中有多种珍稀品种，如丹顶鹤、白鹤、黑鹤、金雕、大鸨等，是国家一级保护鸟类。每年在这里筑巢繁衍的夏候鸟有数十万只，越冬的雁类有数万只。鸟类对环境有着苛刻的要求，因此这种现象强有力地表明，这一片广阔的湿地湖泊，的确起到了良好的生态涵养作用。

这一切当然不是白来的，背后有着大量心血的投注。我从网上看到过一份当地政府颁布的文件，内容是加强衡水湖生态保护和综合治理，其中的"恢复鸟类栖息地"一个单项，就有如下具体要求："依托原有人工养殖鱼塘，通过地形改造、植被恢复、蓄水调节、周边觅食区营造等措施，恢复成鸟类栖息地，成为芦苇沼泽、芦苇苔草沼泽、草甸、翅碱蓬盐沼和裸滩、觅食地等多样性生境类型，以满足湿地水禽多样化生境需求，分别为鹤类（灰鹤）、鹭类、雁鸭类、鸻鹬类、鸥类等创造各自理想的觅食和栖息生境。"后面列出了具体的责任单位名称。列入这份文件中的其他项目，如加强蓝藻预警工作、开展蒲草平衡收割、实施生态浮岛项目等，也都是十分具体细致。

可见只要有清醒的认识，有强烈的决心，并诉诸笃实有效的行动，就一定会有收获。大自然的报答，就更会是如期而至，毫厘不爽。你不由得愿意想象，大自然也仿佛具备某种人格，对人类给予的呵护关爱，会用自己的方式予以感谢。眼前这些梦幻般的美景，就是它践诺的体现。

走出湿地公园，便踏上了返京的路。匆匆二日，严格地讲只是两个半天，尽管不过是浮光掠影，却足以成为我内心长久的萦系。车轮疾驰，衡水湖的美丽风光落在后面，但并没有消失，而是牢牢地收藏在了心中，镂刻一样。桑梓之情，故园之思，因为这一片泱泱大水，而被唤起，被强化。今后的日子里，我一定会再来，一次次地走进它的千顷碧波、万亩芦荡，走进它的朝晖夕照、大美气象。

南漳的前世今生

在鄂西北南漳县，我走入了汉语成语的一处源头。

历史文化名城襄阳辖下的这个地方，是楚国的发源地。公元前一千年左右，西周王室封熊绎为楚子，都城荆山丹阳，据考证地点就在今天的县城外不远。几代之后，随着部族实力加强，开始不断开疆拓土，逐步灭掉了周边的多个诸侯国，数百年间，从受封之初一处极其狭小的区域，出荆山，越汉水，崛起为"地方五千里、带甲百万"的泱泱大国，跻身春秋五霸、战国七雄。一直到楚文王迁都郢之前，楚国八百年的时光，有三百五十年是以此地作为中心，十七代国君都在这个"荆棘围而城之"的简陋之处，教民稼穑，筹谋攻伐。如果以人生作为譬喻，这一时期的楚国历史，仿佛一个人从幼年成长为青年。

感受是认识的基础。来到一个陌生的地方，身临其境，感官被种种具体的物象包围裹挟，更容易获得对该地独有的氛围情调的感知。我们此刻就站在一座被叫作鲤鱼山的山脊之上，在一个古老山寨的断壁残垣之间，极目远眺。弥望中是几道起伏逶迤的山脉，层层叠叠，山上树木浓密蓊郁，自近而远，颜色渐次变幻，由碧绿变作灰蓝，深浓化为浅淡，在峰峦融入天际之处，呈现为一片浑茫。在这片古楚国的土地上，想象已然变得荒忽渺邈的历史，有一种此前阅读相关史书时不曾体验到的感觉。

这一处楚国立国的封邑，当年是穷乡僻壤，自然环境恶劣。《左传·昭公十二年》中这样记载："昔我先王熊绎，辟在荆山，筚路蓝缕，以处草莽。跋涉山川，以事天子，唯是桃弧、棘矢，以共御王事。"被周成王封居丹阳的熊绎，坐在用柴棘编织的车辆上，身着破旧的衣衫，带领部众开发这一片荒蛮之地，还要向周王室贡献被视为神物的"桃弧棘矢"，即用桃木制的弓，用棘枝做的箭。作为后世人们常用的一个成语，"筚路蓝缕"最初却是楚国先民艰辛的生存境况的写照。

就在上山的途中，我的一个知识点方面的疑惑获得了解答。

古代典籍史书包括诗词文赋里，谈及今天湖北一带地域时，经常荆、楚不分，又每每二字并称。我对其词源学上的流变一直不甚了了，但也没有特意去做过了解。陪同游览的一位当地长者，学识渊博，谈起本地历史人文如数家珍。他指着身旁一种伸展出一串串紫色花朵的灌木，介绍说这叫作牡荆，简称荆，贯穿县境的荆山山脉，名字的由来就与长满了这种植物有关。牡荆在《诗经》中又被称为"楚"。《春秋左传正义》说："荆、楚一木二名，故以为国号，亦得二名。"我想到了曾经背诵过的《诗经·商颂》中的句子，"维女荆楚，居国南乡"，忽然间感到一种亲切的意味。

战国群雄逐鹿，楚国最终还是被更为强大的秦国剪灭。一条流经县境的百里长渠，见证了秦楚之间的争逐征战。南漳之行的第一天，我们来到了武安镇谢家台，这里就是长渠的渠首。从县城赶到这里的路上，很长的一段距离中，十几米宽的水渠一直在车窗外闪现。它贯穿绿野平畴，水流湍急，一路串起了很多堰塘，当地陪同的工作人员介绍说这叫作"长藤结瓜"，颇为形象。

长渠又称白起渠，以当时秦国最高军事首领白起的名字命名，他率大军攻打百里之外的楚国鄢郢，久攻不下，便在此处的蛮河河段上筑坝挖渠，引水破鄢。北魏郦道元的《水经注》中记载了这场残酷的战争："水溃城东北角，百姓随水流死于城东者数十万……"十几年后，秦国与赵国爆发长平之战，作为秦军统帅的白起再次显露了他的残暴，坑杀赵国降卒四十万，震惊天下，赵国也自此走向衰亡。

就开凿时间而言，白起渠比号称秦代三大水利工程的都江堰、郑国渠和灵渠都要早。时光移易，曾经戕害无数生灵的军事工程，在此后世代中变成了一条效益良好的灌渠，造福流域内一代代的百姓。干戈化为玉帛，历史又一次显现了其吊诡之处。新中国成立后的第一项重大水利工程，就是整修恢复白起渠，让自晚清以来逐渐荒废的古渠重新焕发了活力。就在几年前，它还入选了"世界灌溉工程遗产名录"。

时值仲夏，南方炽热的阳光喷洒下来，人们汗流浃背。停下脚步稍作歇息，手扶在身边墙垛粗糙坚硬的条石上，目光投向一河之隔的对面山峰。青翠蓊郁的坡面仿佛一面巨大的屏风，又在下方幽深清澈的河水中投下倒影，绿意沉沉，望上去心中似乎骤然被注入了一丝清凉。

这个地方，是一个叫作春秋寨的古寨。崇山峻岭，地势险峻，让南漳拥有多达上千座古山寨，集防御与居住功能于一体。春秋寨据称最早筑建于楚国时代，现存遗址为明清时当地山民为躲避战乱重建，主体结构保存尚好，有一百五十多间石头房屋，城门、碉楼、祠堂、居室、瞭望台等依次排列，清晰可辨。寨子依鲤鱼山山脊走势迂回而建，呈条形布局，长约一公里，一面临山，三面被茅坪河环绕，从高处寨墙垛口探头俯瞰，但见断崖陡立，绝壁如削，令人胆寒。我没有想到的是，在如此逼仄的空间中，却有两间石屋被作为学堂，大约分别相当于初级班和提高班，教老幼寨民乡亲识字习文，通书达礼。可见在至为艰苦的境遇中，文化和伦理在人们心中也一直占据着极其崇高的位置。

隔着一条茅坪河，对面山巅处矗立着一座巨大的关公塑像。相传三国时关羽曾经在这里苦读《春秋》，春秋寨名由此得来。这个中国民间最为知名的战神的名字，将我的思绪又向后推进了一千多年，历史的眉目更为清晰。

襄阳这一带，是公元三世纪三国时代群雄角逐的重要战场，而南漳可以说是三国故事的源头。在县城外不远的玉溪山下，一个地方叫作水镜庄，名士司马徽当年就在此隐居和讲学。他向前来拜访的刘备举荐了自己的弟子诸葛亮和庞统，称许两人为"卧龙"和"凤雏"。得到良才辅佐，刘备羽翼日渐丰满，终于得以三分天下有其一。如今的水镜庄遗址始建于清乾隆年间，背倚一面数仞高的陡壁，浓荫匝地，流水潺潺，清幽绝尘。庭院内分布着荐贤堂、水镜祠、三国故事碑廊等汉代建筑风格的景点，附会着史书里的种种记载。"天下英雄谁敌手？曹刘。"想象着当年发生于这一片土地上的故事，南宋辛弃疾的一句词蓦地跳入了脑海。

往事越千年。金戈铁马的英雄争斗，已经化作了传说。故国登临，那一缕思古的幽情，在身边如火如荼地展开的生活面前，每每会被稀释，仿佛此刻视野尽头那一抹淡青色的雾霭。

登山眺远并非只有这一次。此前，我们还到过一处天池山景区。山顶有一个泉水涌出形成的方形池塘，不管旱季雨季，水位始终不变，堪称神奇。山上种植了油茶、板栗、冬桃、高山茶等，都是通过了有机认证的产品。绿肥红瘦的时节，只有萱草和菊花红黄相间的艳丽花朵，点缀在万绿丛中，火苗一样亮眼。从山顶观景台上望去，四围皆是鄂西北的连绵群山，起伏蜿蜒，翠峰如簇。我们被告知，在与这些峰峦相接的某一处山麓，有一道叫作抱璞岩的岩壁，两千七百年前楚国人卞和正是在此发现了一块璞玉，加工雕琢出的和氏璧成为国宝，闻名天下。

抱璞岩远在视野之外，但我们却可以清晰地望见两条平行的高速公路从前方山腰处穿越。圆柱体的高架桥桥墩，等距离地排列着，高高地耸立在半空中，托起一条纤细的银色玉带。美玉是大自然的出产，建造高速公路的钢材和石材等，也来自天地之间贮藏的元素，被人类的智慧和力量加工，仿佛火苗点燃了薪柴。高速公路，还有高铁，新时代的交通利器让旅行变得极其迅捷。值得一提的是，我们一行是在高铁南漳站开通的第三天，从北京乘车来到这里的。从燕赵北地到荆楚南国，仅仅用了五个小时，这是三国时代的人们做梦都想不到的。《三国演义》中，关羽的坐骑赤兔马日行千里、夜行八百，已经是古人关于速度的极限想象了。

几天中不间断的行走，让有关变化的感受变得具体而寻常。头一天，在春秋寨所在地的东巩镇，我们参观了一个占地约三百亩的食用菌种植基地，一眼望不到头的温室大棚中，一截截大小尺寸相同的椴木菌棒，被整齐地排列好，层层叠叠摞放在一个个木架上，鳞次栉比，横平竖直，仿佛一垄垄的庄稼。距此不远，是这家菌业公司的加工车间，所生产的干制香菇、干制黑木耳、食用菌酱等，大部分都外销东南亚。主人端出烘烤的香菇请大家品尝，拈起一颗投进嘴里，酥脆可口，香味浓郁醇厚。

如果不是听人介绍，我们无法想象，眼前秀丽恬静的田园景色，曾经千疮百孔，伤痕累累。这里煤炭资源丰富，采矿曾经长期作为镇上的支柱产业。很多年中，裸露的矿坑仿佛是一张张漆黑的大口，吞噬了周边的山林农田。近年来，生态环保理念的大力践行，催生了食用菌种植等绿色产业。转型发展带来的好处，以真切生动的方式呈现在我们眼前，印证了"绿水青山就是金山银山"这一颠扑不破的理念。

走在后面的同行者跟了上来，拍照合影的笑声，把我的思绪拉回到眼前。下山的道路较为平缓顺畅，不久就回到了春秋寨寨门处。时间已近中午，寨门前的广场上空旷无人，一片寂静。但我的眼前，却分明幻化出一幕难以忘怀的场景。

那是几个小时前，我们从车上下来，走到春秋寨大门口时。一场被列入全国非物质文化遗产项目的表演正在进行，作为迎接我们这些远方来客的仪式。身着明黄色演出服的村民，脚踩在一米高的木跷上，表演以特技造型见长的东巩高跷，先后做出多个颇为惊险的高难度动作，诸如"仙人过肚""张果老骑驴"等。其中"五子登科"尤其精彩。四个人层层叠高，将一个头戴状元帽、模样俊美的小姑娘托举到半空，转着圈儿向观众拱手作揖。

但更让人印象深刻的是鸣音喇叭。

它在当地俗称为"巫音"，产生于春秋时代，本是楚国宫廷音乐，后来流传到民间。因为历史悠久，被称为楚国音乐的活化石。吹奏者是七位老人，列成一排，看年龄都在六十岁以上了。他们口中或手里是不同的乐器：长号、喇叭、边鼓、包锣、大钹、小镲、钩锣……它们发出的各种音色的声音，交织成一片幽暗、神秘而诡异的声响，缭绕回荡，让人仿佛置身屈原《山鬼》中惝恍迷离的意境。这是降神和娱神的声音，是"信巫鬼重淫祀"的楚俗的显现，恍惚中，仿佛楚地天空中的诸神，在雷鸣电闪、风雨如晦中降临，享受着人们丰盛的祭祀。

荆山楚源。在楚文明的发祥地，自远古穿越岁月烟云飘荡过来的奇异声响，传递着一种独特的精神情韵和文化血脉，源远流长，不绝如缕。

在日照遥想刘勰

刘勰来到莒县浮来山时，心境应该是清寂湛然的。

那时正是南北朝的梁朝。刘勰奉梁武帝萧衍之命，在南京钟山的定林寺中整理编撰佛经，任务完成后，他便上书请求辞职出家。《梁书·刘勰传》记载："有敕与慧震沙门于定林寺撰经。证功毕，遂启求出家，先燔鬓发以自誓。敕许之……"皇帝下谕恩准，他于是离开了效力多年的宫廷，原地转换身份，成了寺院中的一名僧人，一直到去世。

南北朝时期，正是佛教大举进入中土的鼎盛岁月。"南朝四百八十寺，多少楼台烟雨中"，唐代诗人杜牧的这两句广为传诵的名句，描述的就是当时寺庙林立的胜景。不少帝王都笃信佛教，尤以梁代开国皇帝梁武帝萧衍为甚，他虔诚敬佛，以致到了佞佛的地步，放着皇帝不当，几次舍身入寺院，害得群臣们只好向寺院捐了大量的钱财将他赎回。

据说，刘勰在定林寺期间，中间有几年回到了祖籍东莞莒县，即今天山东莒县，在浮来山中修建了一座寺庙，也取了与南京寺院同样的名字定林寺,在一幢石头砌成的校经楼中整理佛教经典。

浮来山山色蓊郁,环境清幽,人烟隔绝。遁迹此间,长日无事,他得以从容地校勘撰述。眼睛倦怠了,从上下两层的校经楼里抬头望出去,他会看到一棵银杏树的巨大的树冠。

这棵树被称为银杏之王,树龄已经将近四千年,在刘勰生活的时代也已经有两千几百岁了。老树树干粗壮,周长约十六米,要七八个人才能环抱,树冠繁茂仿佛一座山丘,冠幅达到九百多平方米,荫蔽了其下数亩的地面。即便眼睛不去看,也会听到它发出的声音,根据风力的大小,有时龙吟细细,有时如泣如诉,有时则呼啸咆哮。一棵树太古老了,真实和虚幻的边界便会模糊,会发生许多神奇灵异的事情。

刘勰学识渊博,他应该知道围绕这棵树的故事。莒县春秋时代称莒国,是西周时由周天子分封的一个诸侯国,曾经和相邻的齐鲁争雄,国力盛极一时,史书称"莒虽小国,东夷之雄者也"。《左传》记载,公元前 715 年农历九月,鲁隐公与莒子在这棵银杏树下盟誓,保证了两国间长久的和平。同时,莒国也是齐鲁两国失势的王室成员的避难之地。齐襄王时国政混乱,公子小白在鲍叔牙陪同下逃到这里避难,后来回到齐国当上了王,也就是后来在管仲辅佐下成就霸业的齐桓公。处境顺遂了,行事便未免有些张狂,鲍叔牙便借祝寿之机,进言"使公毋忘出奔在于莒也",不要忘记当年流亡莒国时的艰难困窘。"勿忘在莒",已经成为一个汉语成语,与越王勾践的"卧薪尝胆"一样,提醒人要时刻居安思危,不忘初心。

一个古老的地方,历史的意味浓郁深厚,适合做种种深长悠远的思考。这棵老树构成的场域,显然十分适合一位修行者。作为思想者,刘勰的一生,其实也是一次与跨越时光的事物的漫长的对话。

居住在浮来山定林寺的数年间,刘勰都想过什么呢?

这时的刘勰,生命已经进入晚年,应该与多数的老人一样,喜欢怀旧,思绪不知不觉中会浸入岁月烟云。他的脑海中不时地闪现出自己生命历程的某些片断,如同银杏树的落叶从眼前飘过。

首先应该是他早年寄身寺院十年之久的日子。"勰早孤,笃志好学。家贫,不婚娶,依沙门僧祐,与之居处;积十余年,遂博通经论,因区别部类,录而序之。今定林寺经藏,勰所定也。"关于刘勰生平的资料很少,我看到的只有《梁书·刘勰传》这一篇。文字简短,最主要的信息是他精研佛学,造诣深厚,贡献巨大。他不但对佛经整理分类,连寺院收藏哪些经卷,都是他定下的,可见其话语权十分了得。

不过刘勰最初的人生抱负,也和那个时代的文士一样是政治上的,期盼济世安民,建功立业。他在《文心雕龙》的《程器》篇中就说:"安有丈夫学文,而不达于政事哉?"这部著作立论的起点就是"文原于道",主张写作必须学习儒家圣贤经典,并以儒家思想解释和指导文学创作,从书中的"原道""征圣""宗经"等篇名，就足以见到他受儒家影响之深。

　　但南北朝是士族门阀一统天下，"上品无寒门，下品无士族"，刘勰祖上虽然荣耀过，但父亲一辈已经中落，他出身寒微，没有仕进的可能。他便在青年时代进入南京钟山定林寺，跟随名僧僧祐学习十多年。这在当时佛教高僧大德备受尊崇的背景下，也是一种"曲线救国"之路。因此，他虽然深居寺院多年，但并不曾出家。帝室一家人都拜僧祐为师，萧衍即帝位后，僧祐备受礼遇，刘勰也连带着被征用，出仕为官，被临川王萧宏引为记室，后改任车骑仓曹参军，再后来又为南康王萧绩记室，并兼昭明太子萧统的东宫通事舍人。

　　其实这些都是官阶低微的角色，掌管文书章奏、粮食和兵器的出入账目等，但可能多少满足了他用世的夙愿。尤其在萧统身边的日子，他感到很惬意，因为萧统醉心文学，识才爱才，与刘勰惺惺相惜，史载"昭明太子好文学，深爱接之"。

　　他后来决计离开庙堂殿陛，重返伽蓝山林，有一种说法与萧统的去世有关，但时间上并不吻合。更大的可能，是他已经了悟了自己的天命之所系。他本来天性淡泊，出仕之前，他曾深居寺院多年，深研佛理并卓然有成，必须心意诚笃才能做到。虽说那时尚有世俗功利的考虑，但他对佛经的深入沉浸却是真切的。有了这样的铺垫，当目睹了宫廷的残酷权力争斗，经历了世事的反复无常，佛教理念就得到了印证，对缘生缘灭、成住坏空的感悟变得具体而真切，心性开始转向，儒家的进取心和释家的退隐志此消彼长。他上书梁武帝请求出家时，为了能够顺利遂愿，烧去了头发以表明心志，可见此时他已经是矢志不渝。

从此以后，他更是心如止水，神凝志笃地献身于佛经的整理。青灯黄卷的日子枯燥乏味，但在他却是有着深湛的滋味。他的佛学造诣愈发无与伦比，声誉隆盛，京城的寺塔和名僧身后的碑文，一定都会请他来写。

《文心雕龙》这部伟大著作的诞生，也与其寺院生涯有关。据考证书的完成当在南齐末年，也即他出仕之前在定林寺中的时候。那时他还不到四十岁。虽然该书以儒家思想为基调，但可以见到佛学的影响，行文中不但使用了"般若""圆通"等佛经里的概念，而且在论述方法和逻辑体系的严整缜密上，更是明显地体现了佛学思维方式的影响。

在浮来山的时候，《文心雕龙》早已经是过去完成时，但一个勤奋的思想者是不会停止思索的。在寺院周边峰峦四时山色的环抱中，他是否会重读他早年的这部作品，并有所增删修订？年龄和阅历的增加，会改变一个人的想法和认知。眼前的风景，是不是也会以某种方式激发他的灵感和思路？譬如在最后一篇《序志》中，他提出了一个重要观点，即"振叶以寻根，观澜而索源"，讲的是面对作品要寻根究底，探求本源，也可以引申为把感性认识上升为理性认识，抓住事物的本质和规律。那么，与他朝夕晤对的这棵银杏树，参天而立，枝繁叶茂，至少会以其超卓不凡的形态，深化他的这种观念。

这些都是有可能的。艺术家有衰年变法的说法，思想家的理论，也有很多是以晚年的版本为准。

当然，以上这些都是我的猜测。对于自己喜欢的事物，心仪的对象，一个人有权利做出哪怕是依据阙如的想象。

但想象赖以生发的原点却是确凿的，就譬如风筝飞得再高，也总有一只拉住线绳的手。尽管浮来山上的云雾缭绕飘忽，但山下寺院里天下第一银杏树的存在却是坚实真切的。作为文本而固定存留下来的《文心雕龙》，比它的作者的生命消息更为真实清晰。

被银杏树巨大树冠荫蔽的校经楼，如今已经辟为刘勰生平陈列馆，里面陈列着《文心雕龙》的众多版本以及历代的研究文献，印证着这部巨著的不朽地位。

《文心雕龙》"体大思精"，包罗万象，融通文史哲，兼蓄儒道释，围绕文体、创作、批评诸多方面，展开了广阔而深入的陈说阐发。它对齐梁之前文学创作的经验和文学理论批评的成果，做了全面系统的总结，提出了一个完整的文学理论体系。南北朝是中国古代文学理论大发展的时代，这部著作更仿佛是一座兀立的高峰。此后历朝历代的一系列文论著作都受到了它的影响，许多文学理论发展中的重要问题，都可以在其中找到它们的雏形。

可以说，整个中国古代文学理论批评史，没有一部著作可以与《文心雕龙》相比。对它的研究也从未间断，形成了蔚为壮观的"龙学"。鲁迅先生论人衡文的眼光一向很苛刻，但在

《论诗题记》中高度评价它："篇章既富，评骘遂生。东则有刘彦和之《文心》，西则有亚里士多德之《诗学》，解析神质，包举洪纤，开源发流，为世楷式。"

关于它的丰富博大的内容，不是轻易能够穷尽的。这里只想拈出一点，即它对文学价值的全力托举。这无疑正是整部著作的出发点。

在以经世致用为至高价值的传统思想中，很长的时间里，文学一直被低看，在统治者眼里文人只是俳优弄臣般的角色。甚至文人也自惭形秽，汉赋大家扬雄就说过作赋不过是"雕虫小技，壮士不为"。此种观念一直到后世曹魏时代犹然，即使极具文采的曹植，都认为"辞赋小道"，而他的志向是："勠力上国，流惠下民，建永世之业，流金石之功，岂徒以翰墨为勋绩，辞赋为君子哉！"

但转折毕竟发生了。曹植的哥哥、后来成为魏文帝的曹丕，深刻地认识到文学的价值。他在《典论·论文》中，把文学写作即立言提到了比立德、立功更重要的地位，认为只有文章才真正能够给人带来永生。"盖文章，经国之大业，不朽之盛事。年寿有时而尽，荣乐止乎其身，二者必至之常期，未若文章之无穷。"这是中国历史上第一篇文学专论。

刘勰当然了解这些。从魏晋到南北朝，文学的地位也大幅提升，像南梁王朝的皇帝父子都是出色的作家。他所效力依附的昭明太子萧统，更是视文学胜过皇位。萧统为了编撰著名的历代诗文总集《昭明文选》，呕心沥血，焚膏继晷。对仁厚儒雅的他来说，宫廷争斗云谲波诡，权力追逐导致骨肉相残，怎么比得上文章带给人的愉悦和慰藉？

刘勰一定是充分地了解文学的意义和价值，才愿意将生命投入这种研究，探讨和揭示文学写作的奥秘和规律。如果说曹丕的论文仿佛一棵大树钻出的第一个新芽，其后约三百年间不同作者的众多论述则是次第生出的片片绿叶，那么到了刘勰，则是进入了快速生长期，突然间就绽放了一树繁花。

凭借一部不朽的《文心雕龙》，刘勰奠定了自己的历史地位。这部巨著托举了他，仿佛众多的信徒托举了佛祖一样，让他被历史记忆，为后世仰望。他就像浮来山定林寺中的这一棵银杏树，历经数千载光阴，依然生命健旺。而与出身和职位都十分卑微的他相比，多少高官显爵、名门望族，都早已无人知晓，就仿佛银杏树的一片片落叶。

当然，上面的种种想象，是建立在刘勰来过这里并停留数年的前提之上。但银杏树下真的印下过他的足迹、校经楼里真的留下过他的身影吗？会不会是故乡人出于对前辈乡贤的敬爱，而做出的善意的附会演绎呢？

史书中对他在南京定林寺出家后的记载很少，只有寥寥几句："乃于寺变服，改名慧地。未期而卒。"字句中的意思很明确，取了法名慧地的刘勰不到一年就去世了，应该是在公元 522 年前后。范文澜《文心雕龙注》里采用的就是这种说法。倘若如此，刘勰是绝无可能来到北方的。当然，史书文字的准确也未必就是事实的准确，传主生活的年代距今已经足够久远，极大地扩展了不确定性的空间。同样是文史大家，在杨明照的《文心雕龙校注》中，刘勰的离世时间则向后推了十几年，是在公元538年后。那样的话，他倒是有可能来到这里的。

但不管他是否来过，有一些事实是确凿的。这里是他的祖籍，其祖先在永嘉之乱后移居江南，一直居住在京口，即今天的江苏镇江。更重要的是，他的著作不朽。有了这一点，他的生平行踪疑案是否一定需要破解，就不是很重要了。

走进被几棵青桐和古槐掩映的校经楼里，正面墙壁前就是一尊刘勰塑像。他发冠高束，凭几端坐，手持狼毫，神色沉静笃定，目光平视着前方。

他的目光驻留之处，就是那棵巨大的银杏树。阅尽沧桑的老树应该知道答案，但它缄默无语。四千年了，它仍然生机勃勃，枝繁叶茂。树和人，见证着彼此的不朽。

莒县位于山东省南部，今天隶属于日照。日照地名的由来，源自其邻近黄海，是"日出初光先照"之地。刘勰的《文心雕龙》，也是投向中国古代文艺理论和文艺批评的辽阔田野中的最强的光。

光亮至今熠熠闪光，并将永久如斯。

故乡匆匆

一

上了车，点开手机上的导航，输入故乡县城的地名，无论"高德"还是"百度"，推荐的都是京台高速，一条我不曾听说过的道路，而不是预想的大广高速或者京沪高速，这因此让我有了一种隐约的期待——出乎意料总是容易牵引出好奇心。

导航显示，目的地距我在北京西三环的家 308 公里，车程约四个小时。经西三环拐入南三环再右转驶入南四环，一直向东，在一个叫作榴乡桥的地方，拐入了京台高速，路边的标识牌上方的 G3，是它在国家高速公路网中的编号。规划中，它将于福建平潭穿越海峡，在新竹与台湾公路网相连，终点是台北。一个让人浮想联翩的宏大构想。

8 月上旬，正值盛夏，视野里，一望无际的平坦的华北大平原上，绿色浓郁厚实，仿佛堆叠的油彩，但因为不像南方田野中那样有满眼的花朵点染，色彩便显得多少有些单调。这条路看来开通不久，车不多，因此开得很快，不知不觉中，导航仪已经提示该驶出高速了。自收费站出去，前面就是被称为杂技之乡的吴桥县县城。从无边的绿野马上转入连绵的房屋建筑，一种没有过渡的衔接，略略感到有些不适。穿过运河，就进入故乡景县的地界了，一直向西，县城就在十多公里外。

从早晨出来，一路上，道路向后退去，风景迎面撞来，连绵不绝。但是从此刻开始，持续的新鲜感被一种隐约的期待替代了——完全熟悉或者彻底陌生，都难以产生这种感受。

"近乡情更怯，不敢问来人。"这是唐代诗人宋之问的名句。自忖这种情感倒是没有。古人安土重迁，外出远行常常出于不得已。间隔多年后踏上返乡之路，内心难免忐忑：家人情况如何？有没有人生病，甚至更坏的情形？当年音问不便，这些很难得知，诗情便酝酿而生，也打动了众多有同样遭际的人们。但在今天，资讯高度发达，信息的泛滥无度让你只想设法躲避，这一块悬疑的成分，便被从文学领地中轻松地剥离了。那么，构成我的这种期待感的又应该是什么呢？

地点也像人，扮演的角色是会变化的。自四十年前去北京求学起，故乡小城对我来说就成为一处驿站。读书时还好，寒暑假期能回去住上较长时间，工作后就只有中秋、春节短短的几天。又过了二十年，20世纪的最后一年，父母搬来北京居住，回去就更少了。屈指可数的几次，也都是带着父母去办有关手续，或者探望生病的亲戚，最多住上一两夜，有时当天就返回。这样，称之为驿站都显得勉强了。

上一次回来，还是 2007 年，距今整整十二年了。一个甲子的时间不算短，肯定会有不少变化，尤其在日新月异的中国的土地上。但尽管有一定心理准备，眼中所见还是颇超出我的意料。

车驶过运河上的老桥，便是县境内最东边的小镇安陵。连接县城和此处的县道，叫作景安公路。路不宽，两边的树木却颇为高大茁壮，仿佛纤细的腰肢被粗壮的臂膀箍住。前行不久，面前出现了一大片楼宇，分明是城市的模样，但周边环境却和记忆对不上号。我一时有些恍惚，努力辨认这是哪里，却不得而知。又前行一段，看到一处熟悉的地方，这才意识到，刚才经过的那一段道路是后来修建的，那一片楼宇所在之地，原本是一片低洼的庄稼地。失去了参照物，所以我才会有不知置身何处之感。

对比储存在脑海中的记忆，这些显然是属于增量了，我有陌生感乃至惊讶感都不奇怪。不过即使是那些熟悉的地方，那些存量部分，变化也的确十分明显。车子驶入了县城，左顾右盼，大多数地方都能够与记忆衔接和叠加，虽然要稍微经过大脑换算的程序。脚下那条横贯整个县城的东西街，如今仍然是主街，道路轮廓尚在，但被拓宽了不少，两旁的建筑物却是更新换代了。原来的平房大都被拆除，原址上盖起了楼房。上次来时，处于街道北面、县城中间位置的县委和县政府，还是两个相邻的平房院落，大致还是 20 世纪七八十年代的格局，如今则是两栋多层楼房了。因为当年父亲是县委干部，我的少年时代大多数时间是在县委大院里度过的，熟悉它的每个角落就像熟悉自己的脚指头。一排排的青砖房屋，房屋之间是树丛和菜畦。走进大门不远，甬道旁边有一棵石榴树，夏天开出火红的花朵；礼堂前面有一片地，密麻麻地种满了洋姜，每到秋天县委食堂的大师傅刨出块茎腌制成酱菜，吃起来很脆；礼堂后面有一棵绒花树，开花时仿佛满树粉红色的云霞，花朵纤细的茸毛拂在脸上痒痒的，有股淡淡的又香又甜的味道。多年后，我才知道它在别的地方还被叫作合欢树、马缨花等。如今，这些树木植物显然都不会有了。这幢办公楼的后面，是否还有当年大院的某些遗存？

更为明显的是，在它的东边矗立起了一幢十几层的购物中心，成为整个县城的地标。虽然在别的地方，不论是沿海还是内地，这样高大的建筑随处可见，稀松平常，但它出现在故乡的小城中，仍然让我有意外之感。县城的往昔是由街道、平房和大小院落组成的横平竖直的格局，它是水平方向展开的，而今天的楼房是朝向高处的，这就是不同的维度和秩序了。商场正面几乎半个楼面大的广告牌是最新款的手机，周边各种餐饮、电信、美容养生店铺一应俱全。除了像我这样的知情人，谁能知道这一带几十年前的模样？

家乡经济较为落后，不说与沿海地区相比，连本省的许多地方都不如。但跟自己相比，几十年过去，变化还是明显的。改革开放的大浪奔涌于大邑通衢间，也将水花飞沫溅到更为广阔的地方。因为兴奋，我嘴里不觉冒出了不少感叹词，说话语调想来也是抑扬顿挫，惹得副驾驶座位上的妻子嘲笑。她上一次来还是二十几年前，那次三口一同回县城，三岁的女儿上了一次家属院公共厕所，出来时神色惊恐，原来被蹲坑里蠕动的蛆虫吓坏了，后来父亲只好带着她去单位上厕所。前后两次间隔的时间更长，因此妻子的感觉比我还强烈，将手机伸出车窗外拍了不少照片，说要发到朋友圈里。

这下轮到我来揶揄她不该大惊小怪了，话说出口时意识到其实也是说的自己。我看到的这些变化，难道有什么不正常吗？天南海北游历过的每个地方，不是大都如此吗？为什么轮到自己故乡，感受就会格外明显，就会释放出远为强烈的冲击力？

二

上面这些零散杂乱的感受，都是开车跑在县城街巷中时纷至沓来的。到达县城是在中午，匆匆吃过饭，从导航地图上找了一家酒店办了入住手续，便去办事，先后跑了三个部门。毕竟是小地方，相互距离都在两公里之内，这点儿路程开车不算什么，且来之前已经做过充分沟通，因此事情办得很顺畅，赶在下班前就全部完成。心情轻松了，接下来自然想到要去各处转转。夏天白昼长，还有好几个小时可供消遣。

最先要看的自然是景州塔。这座建于北魏年代的古塔，是本地第一名胜，与赵州石拱桥、正定隆兴寺、沧州铁狮子一道，被列入"河北四大古迹"。将车停在路边停车场上，走下一道斜坡，来到一个颇为宽阔的广场上，古塔就矗立在广场中间。"文革"时被拆除的千佛阁和无梁殿也恢复重建了，加上树林和绿地，占地很多，当年塔周围的不少房屋都被拆除。四十年前我就读的景县中学的校园也在塔下，如今除了保留着一座墙壁上涂着"文革"标语的礼堂外，其他都已荡然无存。还有我当年位于西城墙内侧的家，填平一个坑塘后盖起的县委家属院，被住户们自称"小洼村"的地方，现在是古塔西边的一排仿古商业建筑，塔的共同体的一部分。当年父母搬到北京后，知道不会再回去了，90年代初，父亲专门回去一趟，把房子卖了七万元，这在当时算得上一大笔钱。

在广场上四处溜达拍照，不觉又回到临近停车场的地方。我意识到，此刻我站着的地方，是当年转业军人居住的干休所，马路对面那一个不小的花园，是当年县医院和家属院的所在地。这两个地方，住着我不少小学和初中的同学，那些门洞、过道和房间，我曾经反复穿过和进出。一些遗忘已久的记忆忽然浮现了：小学时同一个小组的几个小伙伴，到其中一个同学家写作业，他当医生的妈妈端来一盘桑葚给大家吃，我是第一次吃到这种东西；另一个同学的姐姐，有一双又粗又长的大辫子，脸上雪花膏的味道很好闻，每次去他家，我都忍不住地翕动鼻孔，想多吸进去一些香味。这些地方如今都变成了坚硬的水泥地面，那些故事和气息，也都被牢牢地封存和埋葬了。

离开广场时，再次停下脚望一次古塔。与我当年在它下面读书时相比，这座十三层高的古塔似乎老旧了不少。这应该是错觉，相对于它一千五百多岁的年龄，四十年的光阴太短暂了，不足以带来什么实质性的改变。或者是因为我如今这个年龄，更容易感知衰颓残破的事物？当年古塔无人管理，可以随便进入，从小学到中学，我不知爬上去多少次。一直到高考前两天，还与一个要好的同学登上六十多米的最高层，俯瞰县城鳞次栉比的屋顶，公路穿过县城向东西两个方向伸展，像一条细长的浅黄色布带。天地交融的远处，有游丝一样的东西在荡漾颤动。那时的心情紧张、亢奋而又带些焦虑，对未来生活的向往，也是既强烈又模糊。

走出古塔广场，沿着县城主街一直向东走。步行比起坐车，当然会看得更仔细。那些不熟悉的地方，停住脚步多看两眼，也就辨认出来了。毕竟在这里生活了十几年。购物中心的斜对过儿，一条向南拐的小街，路牌上写着商业街，正是当年那条通往百货商场的路，和它挨着的还有理发馆、五金店、副食店等，但它怎么变得这么狭窄？马上就明白过来了，不是街道变窄了，而是我的记忆发生了变形。继续向东走，又来到一道水渠边，窄窄的水面被两旁的多排楼房簇拥着，显得逼仄局促。在短暂的恍惚后我意识到，这正是东城墙外边的那条小河。四十年前，它的两边都是庄稼地，毫无遮挡，十分空旷。从上小学时，我就在这条河里游泳，当年河水清澈干净，渴了就直接喝上几口，沙土的河床底，脚窝里能摸到鲫鱼。此刻脚下的这条路，那时高出两边田野差不多有两人高，骑自行车不敢靠边，怕摔下去，而如今它们都变作县城中的一个区域了。

这条孱弱疲惫的水流，此刻闪着病恹恹的光亮，却仍然残存了唤起记忆的功能。一个十几岁的少年，开始憧憬未来，迷恋文学便是再自然不过的事情。记得是在一个秋夜，我独自来到这里，倚在水泥的栏杆上，望着桥下被朗朗月光照着的流水，一些缥缈的想象和莫名的忧伤，在心中升起和弥漫。旁边庄稼地黑黝黝的一片，远处村子里传来一两声犬吠，十分安静。回去后写了一篇散文，描写秋夜的景色，一个初学写作者都会喜欢的题材，幼稚当然不用说，但真诚而纯粹，和笨拙的初恋一样。

当年肯定想不到，公路下面原来那一排老柳树的位置，变成了今天密集排开的一串店铺的地基。不远的距离中，就有两家川味烧烤店，里面都坐满了食客，虽然这从来不是家乡的风味。这个时代的一体化特质，总是通过这样确凿的事物来证实，让你无话可说。我望见身着外卖制服的年轻人，从店里取了打包的饭菜，骑上摩托车给客户送去，就像我在北京的街道上每天看到的情形。如果虚化背景，过滤口音，我看不出眼前的景象与我在北京居住的小区、与天南海北的城市街巷有什么不同。

但味蕾却是忠诚的，执拗地保留着当年的记忆，并急切地找寻。这一天中的午餐和晚餐，分别吃的是馅儿饼和饺子。馅儿饼尝了鸡蛋韭菜和鸡蛋茴香两种，饺子也是，猪肉大葱和猪肉西葫芦各要了一盘，每盘二十几个，个头儿饱满，却只要十元钱。价格当然是要匹配本地的收入水平。旁边座位上的两个中年人，看模样是干力气活儿的，光着上身，嚼着蒜瓣，举止显然不够文明，但我并不觉得有何不妥，他们浓重的乡音反而让我感到一种亲切。

看看时间差不多了，便原路返回停车场，开车回酒店。路上，我看到在原来的长途汽车站以东的地方，是县医院的高楼，当年这里也是一片低洼的庄稼地。附近有个村子叫王家埝，初中时有几位同学就是这个村里的，当时很同情他们，每天要走这么远的路进城上学。其实最多也只有两公里，还不到我现在每天走路步数的一半。忽然就想到家在这个村子的一位同学，初中毕业前去当兵了，我们几个与他要好的同学在县城照相馆一起合影留念。记着这件事，是因为在父母刚从老家搬到北京时，整理他们带来的东西，看到了这张照片，不知是怎么保存下来的。他如今怎么样了？从那以后就没有音讯了。照片上其他几人也多年不曾联系，听说有一位几年前突发心梗去世了。一缕伤感的情绪刚刚露头，又被一张笑盈盈地浮现出来的脸给盖住了。一位也住这个村子的女同学，名字叫作张春英或者王春英，对谁都友好得要命，鹅蛋形的脸稍稍有些黑，总是挂着微笑。但在我们那个年龄，出于一种奇怪的心理，心里越是觉得谁不错，越要做出一些顽劣的恶作剧。记得有一次做过头了，让她委屈得大哭，用一种惊诧哀怨的眼神看着几个淘气的肇事者。不像那张合影照片，这个女同学和这一幕情景，不曾留下任何的证据，此前也从来没有想起过，但在数十年后的今天，却格外鲜明地浮现在眼前。

长途汽车站仍然在原来的地方，当然看上去已经面目全非。这时我才意识到，我订的这家酒店，原来就位于当年通往山东德州的那条公路边上。家乡位于冀东南，紧邻山东，80年代初读大学的那几年，都是从县城乘长途客车到德州，再坐火车到北京。那时这条公路还只是一条土路，汽车驶过，尘土飞扬。当时酒店周边，完全是一望无际的庄稼地。大学一年级的暑假，我在汽车站旁遇见一个低我一级的县中的同学，是我老家那个村子的邻村人，他刚刚拿到中山大学的录取通知书。想到要去广州那么遥远的地方，他有些茫然不安。我那时已经在大城市生活了一年，便以一种见多识广的口气，告诉他一点儿也不用担心。记得是在一条通向县城北边几个公社的土路的斜坡上，他推着一辆借来的笨重的自行车，车架是用铁管焊制的。几年后他大学毕业分到北京，报上到后，去找的第一个老乡就是我。一个纯粹的农家子弟，如今已经是一家大型国企的负责人。这个记忆并不是刚刚浮现的，这么多年中的聚会时，曾不止一次和他说起过这个场景，彼此都感叹一番时光匆促。

暮色渐渐浓重，视野中的景物变得模糊。奔波了一天，显然感到倦怠，回到酒店，冲个澡就睡了，一夜无比香甜，梦都没有一个。

三

第二天起来后，在酒店大厅旁的永和快餐店用过早点。在京城这是我常去的餐馆，没想到故乡也有了。一体化的影响的确无处不在。

结完房费，又开车驶进县城。发现好几条街道，是用县里的历史名人命名的。经济发展会带动文化意识的提升，这一个普遍性的规律，在这里也得到了印证。故乡今天虽然乏善可陈，但历史悠久文化厚重，元代时就已经是州的建制，曾经出现过不少名人，像汉代大儒董仲舒、汉代车骑将军周亚夫、唐代边塞诗人高适等，每一个名字都是响当当的，这是我向别人介绍故乡时最感到自豪的地方。

返程前还来得及看一个地方，便去了城西的周亚夫墓。周亚夫是西汉开国功勋周勃之子，善于治军领兵，军纪严明，《史记》"绛侯周勃世家"一章中有"周亚夫军细柳"的故事，上中学时就在语文课本里读过。汉景帝时，周亚夫率兵平定吴楚七国之乱，挽救了汉室，后被任命为丞相，但因为个性耿直，最终被皇帝疏远，受奸佞陷害入狱，绝食抗议，吐血而殁。他曾被封为蓧侯，封地就在县内。据说听到他惨死的消息后，本地百姓自发地聚集起来，每人一抔土，为他筑起一座衣冠冢。因为是在平原上，很远就能望见一个高高突起的土丘，本地人都称为"大冢子"。

少年时，除了登塔，最喜欢的就是爬大冢子。土丘上到处都是一簇簇没膝深的灌木，秋天衰草飒飒，可以摘到酸甜的酸枣。这里是两条公路的分岔口，把土丘夹在中间，我经常骑车走前面那条路，去十多里外的杜桥村的姥姥家。如今，墓地周边很大范围都被围了起来，有了一个堂皇的名字"周亚夫公园"，周边种树栽花，茂盛葳蕤，还将西侧的洼地改建成一个小湖，芦苇浓密。衣冠冢已经用青砖砌起了一圈围墙，半人多高，上方有木栅栏，禁止进入攀爬。每隔一定的距离，墙体上就镶嵌了一块仿制的汉代砖画，线条刚劲沉稳，颇能烘托气氛。当年周边没有任何建筑物，而如今，那两条呈斜角交叉的公路边，也都是密密麻麻的房屋店铺，使得这里也成为一个城中公园，就像城东边的小河一样，不由得又让我感慨。

公园里有不少老年人，唱戏的，练气功的，扎堆聊天的，被轮椅推着走动的，我很注意地看，却没有见到一个认识的人。父母当年的同事，大都已经八十以上，不少人已经去世，健在的估计也很少出门了。父亲大半辈子体质较弱，退休后日常起居十分在意，反而好了许多，因此多年来他引以自豪的一件事情，就是许多比他身体好的同事和邻居，都先他而去了，他还能撑下来。

但父亲如今也故去了。三个月之前，他突发脑出血，住院五十天后，终于不治。我这次回来，正是为了办理他的身后诸事。整整二十年前，他离开县城搬到北京，住在儿女身边，如今又到了另一个地方，等待我们将来重新与他相聚。这么多年，我看着他从精神健旺，渐渐变得步履蹒跚目光黯淡，时光的漫长稀释了这种变化的明显程度。

"少小离家老大回，乡音无改鬓毛衰。"在眼前，这个我几十年前离开的地方，体量扩大了好几倍，住户增加得更多，连农村两个舅舅家的表弟表妹，都在县城里买了房子住。在这些人眼中，我无疑是一位异乡人了。这次行程中唯一认识的人，是派出所户籍科的一个女民警。在注销父亲户口时，她问起母亲现在怎样，原来她也是在县委家属院长大的。我这才恍惚想起，当年有时在小院的南北甬道上碰到她，一个瘦弱的小女孩儿，总是低头躲着人，从来没有说过话。

算算时间差不多了，便在中午前踏上了返京的路程，距离昨天到达这里，尚不足二十四个小时。没有更充足的时间来发酵，每一种感受都是粗糙的、未完成的，仿佛一粒种子被风随意吹落到某一个地方，有可能发芽成活吗？

走的还是来时的路。自西向东穿过县城，再一次经过古塔广场，县委、县政府办公楼，购物中心大楼，跨在小河上的桥，树木田野迎面而来，反光镜中的房屋迅速后退和缩小。走出几公里后，见路边大树下有农妇摆摊卖桃子，她身后就是一大片桃林，便停下车买了一袋子，是本地的品种，十块钱六斤，个头儿不很大，但味道很好。这些桃子后来吃了几天，每次都恍惚回到儿时故乡的某种情境中，该和品尝小玛德琳蛋糕让普鲁斯特想起了童年一样。味道是唤起记忆的最有效的方式。

再行驶不到半个小时，就到了县界。一座简陋陈旧的水泥桥下面，就是大运河故道。运河流经上千公里后来到这里，和江南的浩大丰沛已是霄壤之别，就像大声嘶喊后的余音，气息微弱。狭窄的河道里，只有一脉细小的水流，望上去几乎是静止的，被树木野草杂乱地遮掩着。但它毕竟有着一个响亮的名字，有过甚为荣耀的历史，让人不敢小觑。仿佛一位迟暮的美人，尽管粗服乱头，依稀能够辨识出一些当年的绰约风姿。

跨过这座桥，就是吴桥县的县城了，它有个颇具诗意的名字叫桑园，总是让我想到读过的某个中篇小说。几十年前，它就比故乡县城要大很多，今天凭借邻近铁路和高速公路的便利，更是充分地扩展，完全没有一点儿记忆中的模样了。上初中时，学会骑自行车后的第一次远征，就是和一位同学结伴来这里，为了看火车。津浦线就从县城穿过。当看到一列绿皮火车喷着白烟从身边飞驰而过，车轮碾过铁轨发出铿锵有力的声音，那一刻内心的激动难以表达。那时地理概念还很模糊，但知道火车通往的是南方。那时的少年梦想，对未来生活的憧憬，都与遥远陌生的地方相连。远方和诗，我当年就隐约感知到了二者之间的关联。

当然，那时更多的东西他是猜想不出的，譬如生活将会以何种面貌展开、他会走上一条什么样的道路。他自然更不会想到，几十年后，他会再次站在这个地方，回忆起当年的情形。即将开始和临近结束，在他的意识中衔接成为一个圆环，无形而可感。

也许是因为此刻正站在大运河旁，我想到了西方哲人的一句话：人不能两次踏进同一条河流。

一座小城与一所大学

一

这是有关一所大学的故事，展开在长达七年的时光中。

淡淡的雾气笼罩着清晨的湄潭县城。沿着一条名为浙大东路的大街前行不远，就进入了一个不大的广场，入口处的标牌上写着"浙大西迁文化广场"，一些老人在晨练。在这座遥远的西南小城，这样的地名显然就是一个故事的引子。自西向东穿过广场，我在尽头的湄潭文庙前停住脚步。对我来说，这个故事起始于这一座文庙。

从广场地面走上十多级陡峭的台阶，来到文庙的正门大成门。文庙是一座始建于明代万历年间的古建筑，坐东朝西，典雅庄重，颇有气势。门口右侧悬挂着黑色的匾牌，镌刻着一行金色的大字"浙江大学西迁历史陈列馆"，为著名数学家苏步青手书。

抗战烽火中，从1940年到1946年，浙江大学曾经西迁贵州遵义、湄潭、永兴办学，度过了七载春秋。此处便是当时的浙江大学办公室和图书馆的旧址。

迈过大成门的台阶，进入一个正方形的天井。地面用大块方石板砌成，被岁月风雨侵蚀，已经是黯淡斑驳。周边摆满了各种盆栽，郁郁葱葱。从这里，可以望见建筑的整体格局——大成门、南北庑、钟鼓楼、大成殿、崇圣寺，沿着一条中轴线分别建于五级平台上，依着后面的山势而次第升高。向前走几步，便是正殿大成殿，上方匾额上的字是"万世师表"。这里到处是雕梁画栋，屋脊上的飞檐和宝瓶，檐柱上的花草祥兽木雕，柱础部位的鱼龙石雕，无不精致而典雅。

陈列馆共分六个展厅，分布于南北两庑和大成殿中。一面面墙壁上的图片和文字，一个个玻璃柜中的实物，再现了一段令人难忘的峥嵘岁月。

1937 年 7 月 7 日，日军挑起卢沟桥事变，抗日战争全面爆发。12 月，侵华日军自杭州湾登陆，浙江危急。为了给国家保留一批知识精英，时任浙江大学校长竺可桢毅然率领全校一千多名师生和家属，携带两千多箱图书和仪器，踏上西迁流亡办学的艰辛历程。在辗转六省、数易校址后，最终落脚在遵义、湄潭及永兴三地。

于是，在长达七年的岁月中，弦诵之声响彻了湄潭县城的湄江河两岸。

阅读有关浙大西迁湄潭的资料时，我曾经读到这样一段描写，仿佛看到了当年的小城风景：

黄昏时分，一大片一大片的小青瓦，由南北二街和西街组成的丁字形的、被弯环如眉的湄江河轻轻环抱着的湄潭县城，桐油灯次第亮起来，一盏一盏的，一户一户的，闪烁着，闪烁着，倒映在静静流淌的河水里，交相辉映，如梦如幻，形成了一座无比灿烂的历史的天空……

二

我驻足于竺可桢校长的照片前。

照片上看，竺可桢个头儿不高，身材瘦弱，一双眼睛明亮而含着笑意，炯炯有神。这位籍贯浙江绍兴的哈佛大学气象学博士，和他的乡亲鲁迅一样，骨头是硬的，和蔼儒雅的外表后有着刚强执拗的意志。

竺可桢的名字是与浙江大学连在一起的。这不仅仅是说他是那一时期的浙大校长，而是整个浙江大学的今天都与他密切相关。

竺可桢担任浙江大学校长，也是受命于危难之际。当时已经闻名世界科学界的他，本意是希望倾注全力于自己的学术研究领域，但实在推辞不了社会各界对他的殷切期望。上任伊始，他就礼聘到三十多位教授，到当时尚属寂寂无闻的浙大任教。他认为，教授是一所大学的灵魂，教授人才的充实是治校之首要。而他的清廉人品、广博学识和至诚的情谊，也是教授们愿意前来的重要原因。

竺可桢上任还不满一年，抗战全面爆发。北大、清华、南开、复旦等一批国立重点大学，奉国民政府之命，由中央财政拨款，迁往大后方比较安全的地带。浙大并没有被列入这个名单，办学经费极为有限。当时有不少大学解散，浙江大学也可以选择这条路，但竺可桢和同事们一致认为要坚持办下去。他们决定将浙大迁到那些从未接触过大学的城镇乃至乡村，使大学教育与内地开发有机地结合，为日后这些地方的经济发展和社会进步播下科学文化的种子。在这种战略性理念的引领下，他们踏上了漫长的西迁之路。

浙大西迁的历程，可以写成一部厚厚的书。西迁不是一步完成的，而是分成几个阶段，浙大曾经在不同的地方落脚：迁离杭州后，首先来到浙皖交界的西天目山、建德；第二次西迁，至江西吉安、泰和；第三次西迁，到了广西北部的宜山……随着战局的变化，日寇的步步紧逼，不得已一次次朝着更为遥远的大后方迈开脚步。

一路颠沛流离，饱经磨难。要躲避敌机轰炸，要照顾老弱妇孺，要保护图书仪器……师生们饥寒交迫，备尝艰辛。因为条件差，缺医少药，一些普通的疾病也可以致命。竺可桢的妻子张侠魂和次子竺衡，就是因为在迁徙途中患上痢疾而不幸去世，成为他内心巨大的创痛，贯穿了此后数十年岁月。但在整个西迁过程中，他却以一种超常的精神力量，支撑了、引领着这支队伍的前行。

浙大师生们克服千难万险，在两年半的时间里，几经辗转迁徙，横穿江南六省，行程 2600 公里，最终自 1940 年 5 月起，先后在贵州北部遵义、湄潭、永兴三个相邻的地方立足。这一个艰苦卓绝的壮举，因为其线路和几年前中央主力红军长征的前半段线路基本重合，数十年后被人们誉为"文军长征"。

浙大在黔北扎下根后，整整七年中，为了教学和科研工作的正常运作和不断发展，竺可桢殚精竭虑，费尽心血。浙大人生活的依靠，人身安全的保障，都被他羸弱的身躯顽强地承担起来。当进步学生被国民党军警特务抓捕后，他承受着当局的压力，想尽办法前去营救，保护他们不受伤害。

他高尚的人格魅力、渊博的知识和治学理念、勇于任事和担当的精神、对人的信任和爱护等，形成一种巨大的凝聚力，把全校师生员工和家属紧紧团结在一起，众志成城，所向披靡，最终取得了辉煌的成就。

一位校长，就是一座大学的灵魂。他的气度和襟怀，决定了大学的格局和品位。

三

这是茶的故乡，空气里仿佛都弥漫着茶的香气。

获得过诺贝尔物理学奖的李政道，曾经是浙大的学生，他的记忆里就有湄江河边的茶馆。几十年后他回忆说："我在浙大的学习条件十分艰苦。物理实验是在破庙里做的。白天到茶馆看书、做习题，泡上一杯茶，目的是买一个座位，看一天书，茶馆再闹也不管。"茶馆里坐满了各色茶客，说书声、聊天声、笑骂声，嘈杂盈耳，而李政道丝毫不受干扰，埋头沉浸在自己的物理学世界中。

他的老师们，这个时期过的日子也好不了多少。浙大教授们住的大都是破旧的庙宇、楼房，没有电灯，点的是桐油灯。家具极少，无非几套破旧的桌椅。没有自来水，只能去江边或井里打水。

陈列馆中的一个展厅里，有一张照片，是苏步青教授和他的七个子女。全家人住在一个叫作朝贺寺的破庙里，在旁边开出一片荒地，种了半亩的庄稼，收获的红薯蘸着盐水吃。苏步青曾赋诗写照，其中有这样的句子："半亩向阳地，全家仰菜根。曲渠通雨水，密栅远鸡豚。"

王淦昌教授也是一大家子人，夫人吴月琴喂养了一只山羊，挤奶给丈夫和孩子们增加营养。王淦昌出门上班时，经常牵着它，放在山坡上吃草，自己则在实验室里教学和科研，因此被学生们戏称为"牧羊教授"。有一天，山羊在野外吃草时，被野狼叼走了。学生和当地百姓到处寻找未果，凑钱又买了一只。

让目光以此为基点，再向前回溯。1938 年 11 月 19 日，对浙大是个重要的日子。当时学校尚在广西宜山安营扎寨，还没有搬来湄潭。这一天的校务会议上做出决定：将"求是"作为浙江大学校训。这两个字是竺可桢校长多次强调过的。几个月后，他在对浙大一年级新生做讲演时，对此做出了明确的阐释："求是的路径，中庸说得最好，就是'博学之、审问之、慎思之、明辨之、笃行之'。""求是精神，就是奋斗精神、牺牲精神、革命精神和科学精神，这是科学家应有的言行标准"。

在那样烽火连天、险难迭出的时刻，他们何以会有心思研究并决定这样一个看起来是"务虚"的议题？随着对那一段校史的深入了解，我想我越来越理解了：黑云压城般的日子，尤其需要寻找一种支撑的力量。

也是在这次校务会议上，国学大师马一浮和音乐家应尚能创作了浙大校歌，为全校师生共同高唱。歌词颇长，语词古雅。"大不自多，海纳江河。惟学无际，际于天地。"开头两句，有对学子们的殷殷期待，而结尾的一句"树我邦国，天下来同"，则联系着国家强盛的伟大梦想。

这样的校歌，从西迁途中唱起，一直唱到黔北的山和水之间。就像好钢必须经过淬火一样，这种艰难的处境，锤炼了浙大师生们的精神魂魄。正是凭借着这样的精神，他们度过了最为艰难的岁月。两千多公里的云和月，七个寒暑的风与霜，是不断的历练，是反复的加持，让他们的人格更加强壮超拔。

于是，在歌声缭绕的田野上，一粒粒种子发芽、抽枝、长叶，终于生长为一棵棵茁壮葳蕤的大树，树冠庞大，枝叶纷披，生机盎然。

四

几十年后回顾起来，李政道愈发感激这段时光。在湄江河边的这座小城里，他夯实了自己作为一座世界级学术楼厦的地基。

在获得 1957 年度诺贝尔物理学奖之后，李政道多次提到：我最早接受的启蒙光源，就是来自束星北教授。因为早早显示出了物理学天赋，他得到了著名物理学家束星北及时的关怀指导。他记得，住在县城西边物理系所在地双修寺时，束北星多个晚上来找他聊天，鼓励他在学科领域深入研究："政道，物理学上有许多奇迹等你去创造，努力吧！"他永远记着恩师这些充满期待的话，连同他高大的个头儿，一口洪亮的苏北口音，这让他不论走在哪里都备受瞩目。

同样深深地感激束星北教授的，还有原子核物理学家程开甲。在束星北的指导下，程开甲完成了毕业论文《相对论的 STARK 效应》，那年他才 23 岁。毕业后他当了束星北的助手，并连续在英国著名科学杂志上发表论文。正是在湄潭，他建立了家庭，并为大女儿取名"小湄"，纪念这个给他带来幸福的地方。多年后的 1960 年，他接受秘密使命，扎根西北大漠数十年之久，为新中国第一颗原子弹和氢弹试验成功，作出了巨大的贡献。在置身荒凉干燥的无边瀚海的漫长岁月中，他一定会经常回忆起那一座西南小城的青翠湿润。

那一片广袤的西北沙漠里，也留下了程开甲当年的老师、曾任浙大物理系教授和系主任的王淦昌的足迹。王淦昌和束星北被并称为浙大物理系两大台柱，束星北喜欢在课堂上与人争论，经常同王淦昌争得面红耳赤。但观点的分歧，丝毫不影响两人深厚的情谊。

在湄潭期间，王淦昌潜心研究，写下了一篇名为《关于探测中微子的建议》的论文，1941年10月寄到美国《物理学报》。几个月后，美国教授阿伦根据这一建议进行了实验，获得巨大成功，被国际物理学界公认为是1942年最重要的成就之一，命名为"王淦昌·阿伦实验"。此后，有"原子弹之父"之称的美国科学家奥本海默教授，根据这个成功的实验，制造出世界上第一颗原子弹。

新中国成立后，王淦昌于1955年当选为中国科学院院士，并成为我国核武器研究的主要奠基人之一，在将近二十年时间内，隐姓埋名，断绝与外界的联系，全身心投入研制工作中。他和曾经的学生程开甲都获得新中国"两弹一星"功勋奖章，受到隆重表彰。

浙大物理系的另一位名教授、著名理论物理和核物理学家卢鹤绂，1942年就发表了重要论文《重原子核内之潜能及其利用》。1945年8月，美国在日本广岛投下原子弹的消息传来，卢鹤绂当即向师生们讲述"从铀分裂到原子弹"的原理。次年，他正式发表《从原子能到原子弹》一文。由于原子弹的研制是在极端机密的状态下进行的，没有蛛丝马迹向外透露，因此他被外国学者称为"第一个揭示原子弹秘密的科学家"。

西迁时期的科研成果，并不限于物理学领域，各个学科都有着卓越的贡献。这是随手拈来的一系列著述，作者名字和课题内容都足够响亮：数学系苏步青的《影射曲线概论》，陈建功的《三角级数论》；生物系谈家桢的《亚洲瓢虫色斑嵌镶显性遗传理论》，贝时璋的《丰年虫及细胞学研究》；工学院钱令希的《悬索桥理论和余能定理的应用》；农学院卢守耕的《水稻多收栽培法》……

学术成就，是衡量一所高校的办学质量的重要指标。七年间，在远离战火、相对安静的黔北山区，在十分艰苦的条件中，秉持"教育救国、科学兴邦"的理念，浙大取得了巨大进步，凭借其惊人的学术成就，异军突起，由一所普通高校变为著名学府，成为中国现代高等教育事业的一座丰碑。

展厅之一的一面墙上，有两张醒目的照片，让参观者们停下脚步，举目凝视。照片分别题为"时为教师的两院院士"和"时为学生的两院院士"，是亲历过西迁办学、后来成为中国科学院和中国工程院院士的教师和学生的名单，照片上一边是每人的头像，一边是简要介绍。我数了一下，一共有54位，一个令人惊叹的数字。

我久久地望着。目光与照片之间，一米多的距离中，横亘了数十年的岁月烟云。

五

在贵州的山野间行走，其山重水复的独特地貌，往往会让人忽略了距离。自县城乘车出发，没有多长时间，就到了郊外的一个处所。几排古旧的青砖房屋，久经风雨剥蚀，墙壁色彩黯淡，记载着岁月的沧桑。连接房屋的水泥道路，不少地方虽然被修补过，仍然难以掩饰破碎的痕迹。

这里是一个"中国茶工业博物馆"，陈列了多种数十年间制作和加工茶叶的工具和设备。它的前身，便是民国时期的中央实验茶场。

湄潭的地理环境和气候条件适合种植茶叶，自古就以盛产好茶而名世，有上万亩茶海。当年国民政府经过考察，在此地建立了中国第一个中央实验茶场。浙大迁来后，也将它作为一个重要的教学与科研基地，培植新品种，研制茶叶制作的工艺，并专门从杭州请来制茶师傅。湄潭茶叶能够成为今日贵州的一大名牌产品，享誉全国，与浙大在此期间的工作密不可分。

这是当年浙大师生写下的有关茶叶的学术论文：《湄潭茶树土壤之化学研究》《湄潭茶树病害之研究》《采摘期与采摘方式对茶叶含单宁量之影响》……涉及茶树栽培、病虫害防治、茶叶品种研究和茶叶加工制作、茶叶生化成分测定、茶园土壤矿物质元素分析等众多方面。在核物理学等高精尖的学科之外，浙大对民生领域更是贡献突出。

除了茶叶外，浙大对当地的水稻、蔬菜、玉米、棉花、水果种植等都有切实的扶持。在湄潭城郊建立了200亩浙大农场，在湄潭和永兴分别建立畜牧试验场等，真正做到了学以致用。"教育救国、科学兴邦"的浙大理想，得到了实实在在的践行，促进了当地经济及各项事业的发展。

这一点，仍然可以追溯到浙大校训"求是"的宗旨。校长竺可桢要求学生毕业后，"不求地位之高，不谋报酬之厚，不惮地区的辽远和困苦"，用自己的学问和本领，担当大任，服务社会。所有这些科研和劳作，都是对于这种崇高理念的生动印证。

中央实验茶场的场长刘淦芝，也是浙大农学院兼职教授。在公余或新茶试制成功时，他经常邀请竺可桢校长和一些教授来茶场小聚，或品茶赋诗，或评论时局，兴之所至，海阔天空。茶场也培育出了"龙井"茶叶，碧绿醇香，与西湖龙井不相上下，一盏在手，让浙大教授们有置身钱塘江畔的感觉。他们组织了"湄江吟社"，旨在陶冶性情，切磋诗艺，相互砥砺，抒发感情。

诗言志。他们分韵赋诗，写下了许多诗篇，其中有品尝新茶的感受，有苦中作乐的豁达，有对本地风光民俗的赞美，有对时局动荡的忧虑，有对东海之滨校园故地的思念。

我从当时的一些七言律诗中，撷取出如下句子：

遁迹黔中爱此邦，来从亭上瞰湄江。（祝廉先）

山中酒醒烽仍炽，湄曲峦青意自便。（郑晓沧）

闻到银针香胜酒，尝来玉露气如春。（刘淦芝）

异地韶光凡五度，江山未复愤何如。（张鸿谟）

东海何年洗兵甲，鲈鱼风起返乡同。（钱宝琮）

待到六桥泛诗舸，追怀往事总如何？（江问渔）

…………

这些出色的诗句，是另一种形式的精神情感档案。真切诚挚的情感，寄寓在高超的诗艺中。在艰难困苦的环境中，他们不但成就了巨大的事功，还培育涵养了自己卓越的人格魅力。这种魅力，仿佛一缕清幽的茶香，氤氲飘荡，沁人心脾。

六

位于湄潭县城北面的湄江河上，有一座清代乾隆年间修建的石桥。桥长一百多米，有七个券孔桥洞，故名七孔桥。桥下面，有一处状如柳叶的狭长的江心岛，被称为白鹤洲。岛上浓荫蔽日，茂竹万竿。每当夕阳西下时分，便有成千上万的白鹤、鹳雀等从四面八方飞来，盘旋，栖息在枝丫上过夜，第二天一早又成群结队飞走。当年，浙大师生们经常伫立桥上，观察百鸟归林的奇景。

毕业于浙大研究院生物学部、后又执教于浙大附中的周本湘，在为浙大附中创作《毕业歌》时，触景生情，写下了一首《江城子》：

> 骊歌一曲别情长，藕丝香，燕飞忙。回首春风，桃李又成行。天下兴亡俱有责，愿此去，莫彷徨。
>
> 云程健翮及时翔，应难忘，耀炎黄。缺补金瓯，重聚在钱塘。留得他年寻旧梦，随百鸟，到湄江。

这首词，抒发了历届毕业于湄潭浙大附中的同学们浓烈的爱国、奋进和惜别之情，因此广为传唱。

抗战胜利，1946年秋天，浙大师生离开他们称为"第二故乡"的遵义、湄潭、永兴，回到离别多年的西子湖畔。岁月的脚步匆匆不息，过往的日子如同烟云飘散，但在黔北山野中度过的每一天，都会在每一位亲历者那里，留下深深的记忆。那些青春的梦想和激情、奋斗和拼搏，已经化作他们生命的浓重底色，成为他们人生征程中的不竭动力。

我读到一册资料汇编，是当年的浙大学生数十年后对那段生活的回忆。这些文章作者，如今分散于全国各地，其中不少人居住在欧美多国，但田垄间怒放的野花、竹林里飘散的炊烟、晚霞中金光荡漾的河水、教室里激情澎湃的吟诵和歌唱，却成为他们共同的美好记忆，镌刻在灵魂深处，永远不会褪色。

在湄潭，我数次看到三五成群的浙大年轻学生，十分活跃地交谈讨论，甚至是激烈地争论。从谈话的内容得知，他们是来这里进行暑期调研和实习的。

望着他们，我想到当年生活在这里的他们的前辈们。在我眼前，历史和现实，昨日的光荣和今天的梦想，通过一张张年轻的面孔，接续和叠加起来。

第四辑

书香

藏书的形成

一个读书人是如何聚集起他的图书的？为什么是这些而不是那些？他和他的藏书之间是一种什么样的关系？这个话题或许并不重要，但或早或迟，它会浮现在一个爱书人面前，引发出某种思考。

许多人书柜里的内容丰富驳杂，林林总总，外人乍看上去会感觉眼花缭乱，难以推测其主人的专业，然而这种情形，通常正可以看作是其主人值得信赖的标志。因为某种知识、学问必然要仰仗其他学科的支撑、滋养和启迪，它们之间的区分只是表面的、相对的，而联系则是绝对的、无条件的，就像七色光谱，红橙黄绿蓝靛紫，在互相包孕中达到舒缓的递进。不管是任何一个知识领域的跋涉者，只要有一定的、也许应该说是基本的悟性，早晚总会把脚步迈进相邻的领域，让目光渗透进另外一片风景。而且，随着功夫的精进，伸延的幅度会越来越大，也越能抵达对象的纵深地带。这完全是一种正比函数关系。相反，如果谁的藏书整齐划一，可以很方便地归类，我们倒是有理由对其当下和未来生发忧虑。难道他不曾在某个时间感到过局促一隅的支绌和困惑？难道世界的整体性从来就没有对他展现过魅力？这方面的从一而终并不值得褒奖，就像不应该称赞瞽者的目不斜视、聋人的耳根清净。

在以往知识综合的时代，大师们都是一身而数任，像文艺复兴时期的达·芬奇，著名画家、雕刻家之外，其成就涉及天文、地质、力学、几何学等领域。今天每个学科都被细分为众多分支，这样的念头，单是想一想就觉得奢侈。然而即使如此，不同学科间沟通连接的渠道仍然是存在的。因为它们虽然是存在的本质的不同侧面的映现，反映的却是同一个本体。文史哲揭示了精神文化的血脉与走向，数理化展现了物质的构造膝理与运动形式，这种融合是共同的，缺少哪个方面都不完整，因而相互之间难以隔断。即使一些似乎界限分明的学科之间，其实也有不少的勾连。经济学的许多术语、模型让人畏惧，但某些学者以随笔的方式，将诸如机会成本、投资和受益等概念引入对现实人生的选择与筹划上，却能够给我们别具只眼、耳目一新的感受，是读多少作家的哲理散文都得不到的。建筑和音乐，乍看风马牛不相及，但如果一个人熟谙音乐，当能够从建筑物轮廓的起伏、线条的抑扬、色彩的搭配，感知到一种藏身于土木砖石间的韵律和节拍，自然不难理解何以"建筑是凝固的音乐"了。

所以，书籍间的联系是天然的、天经地义的，因为世界就是如此。不但大师们都深刻洞察了这种广阔联系，并在其作品中予以展现，任何一个人，只要欲在某个特定领域做出成就，他也必须心有旁骛才行。甚至可以说，这不是一个个人意愿的问题，而是一个必然要发生的结果，就像烧开的水会沸腾一样。这时，谁固守自家的狭隘领地，便是在通往真理的路途上自设藩篱。再退一步讲，即使他甘愿做一个旁观者，譬如一个只为愉悦自己的、热爱文学的纯粹读者，只要他的阅读是严肃认真的、对自己负责的，这种转换也势必会发生。只要不是时髦的追风者，只会跟着媒体上的排行榜选择速朽的读物，总有一天会将目光投向其他的领域——历史学、哲学、宗教学、伦理学、心理学等。譬如苏东坡，诗词歌赋，琴棋书画，儒道佛，入世避世，中国古代文化的全部库存几乎都烙上了他精神探索的印记！单单是为了理解他的那些千秋华章，就需要到一个多么阔大的领域涵泳一番。又譬如，如果缺乏相应的宗教文化背景，缺乏对福音书中爱即受苦的认同，缺乏对"上帝死了"带给世界的巨雷轰顶般的震撼的深刻感知；要想读懂陀思妥耶夫斯基，理解那种苦苦的追问、反复的辩诘、焦灼的哀痛，实在是一桩过于艰巨的任务。

这便是一个人的藏书会不断自我扩充——从数量到内容——的根由。随着阅读和思索的拓展，不同书籍之间会自然地产生吸引、呼唤，要求彼此间的接纳和浸润——这背后实际是阅读者心灵的驱使。这个过程十分自然，毫不勉强，仿佛树干生长到一定时候总要分出枝杈。而画地为牢、自我封闭反而是困难的、不自然的，仿佛硬要撑直随风起伏的树苗。经过一连串的碰撞、交汇和融合，最终会形成一个有机的生命体——这里使用"最终"这个词只是为了表达上的方便，因为一个活泼的生命会永远保持敞开和吸纳。这样，藏书的聚集过程便可以借助某种形象、图式来描述。甲通往乙，在稍远处又接续了丙。道路纵横交错，最终交织出一片旷野。河流次第流淌，在远处汇为一片潋滟湖光。

在这样的生命体中，头脑和肢体，神经和细胞，都会获得相应的形式。充任这些角色的书籍，可以姚黄魏紫，千姿百态，因不同阅读主题的追求的千差万别，而在在各异。它们之间千变万化的组合搭配，勾画出了不同的精神图像，让人联想到生物学中繁复的纲目谱系。如果就不同爱书人的藏书做一个比较，有些是直系血亲，另一些则是陌路行人。如果这些书籍的拥有者试图有所创造阐发，他们的作品很可能成为各自藏书的投影——当然不是机械的投射，而毋宁说是一种类似化学反应的过程的产物。每一本藏书都会作为这种反应过程的元素而起作用，从而生成不同的物质。世界和生活的丰富性，每个人精神创造的唯一性，在这里也获得令人愉快的印证。

就像常用的一个比喻——一枚硬币的两面——所表示的那样，藏书一旦形成，经由其情形我们大致可以了解拥有者的品位，他的趣味和涵养，喜好和厌恶，知晓他思索、研究所达到的广阔和纵深。这方面既不容易滥竽充数，同样也难以明珠暗投。所以某个西方作家写道，聪明人要懂得保密，要小心着不给人看到自己的藏书，因为那样就等于把你的老底亮出来了。笔调诙谐，读后不禁莞尔。由此再进一步推想，某些暴发户靠精装华美的书籍装点门面的做法，实在让人不敢苟同。那些烫金或敷银、塑封或皮饰的书籍，因为只是依从流行的或人云亦云的标准而购置，没有经过其心灵的嘘拂，便缺少内在的生命温度。最好的情形，也只是像把天下的美人临时生拉硬拽凑在一起。她们之间原本路人，彼此隔膜，难以形成融融泄泄的亲情氛围。而她们与主人之间，尚且谈不到最基本的了解沟通，更遑论缱绻之乐？

把电影当书看

　　做某件事情久了，就会形成一种特别的习惯。理发师看人从头看起，修鞋匠看人自下而上。画家眼里，世界无非线条和色彩。经济学家看来，谈恋爱养孩子都有一个成本收益问题。所以，既然忝为爱书人，我把看电影比作读书，应该也算是事出有因吧。

　　准确地说，是看电影的 DVD。数码技术的发达，碟片供应的充足，使得一个人可以轻而易举地装备起自己的电影艺术库藏。一台影碟机，一沓碟片，能够让你随时踏进一个酣畅的梦境，就像在零碎的时间翻开一册书一样。碟片本身也像一册书。揿动视频按钮，首先跳入眼帘的正片播放、分段选播、字幕设置、音效选择等菜单内容，多像是书前的目录。而那些导演意图、演员介绍、评论音轨等包含在"花絮"里的丰富内容，又仿佛是书的正文后面的注解。借助于高科技的神力，DVD 画面远比当年的录像带、VCD 都清晰得多，则令人想到当今用纸及印制都十分考究的新书。其交互功能的强大，也彻底改变了以往电影线性播放的特点，使得你可以从间断的地方重新续上，或者挑出某一节反复观赏，像不像在书页中夹一枚书签？书签就是手中的遥控器。

但我更想说的，还是书的内容部分。买椟还珠可并非我的本意。

不同的电影让人想到不同的书籍。数量最多的当然是通俗类读物，警匪、言情、恐怖，像报亭里的报刊，像小报上的连载，时时都在眼前晃着，想不看都不能，不说也罢。那就说说其他的。宫崎骏是一连串东瀛的童话，温馨、纯粹、奇妙。《龙猫》是天才想象力产下的宁馨儿，美好得让人想流泪！神奇的大树，澄澈的月光，天真的女童，充满灵性的动物，画面中藏着自然和人性里最好的东西。相比它的单纯，《阿拉伯的劳伦斯》应该近于一部气势恢宏的史诗了。主人公建立独立统一的阿拉伯国家的梦想，在多年的努力后终于破灭，郁郁而终，令人感慨。《尤利西斯的凝视》让人想到一个地中海的神话。影片中美籍希腊裔导演的巴尔干诸国之旅，是为了寻找几部失传的电影胶片，实际上也是一次心灵的回归之旅。影片中先后出现的三位女性，阿族的旅伴，塞族的寡妇，萨拉热窝电影档案管理人的女儿，都令人想到希腊神话里，英雄尤利西斯返乡记中，三位保护女神。在凝视中，他看到巴尔干动乱的历史和现实，流血和死亡从来不曾离开过这块多难的土地。《飞越疯人院》则是一篇出色的寓言，可谓是对当代法国思想家福柯的"疯癫—文明""规训—惩罚"理论的形象解说：当一个人试图反抗某种既定的秩序，每每就会受到以堂皇的理由为借口实施的惩戒，甚至被清除，哪怕这种秩序是多么荒诞。巧妙的讽喻，直指真实存在的困境。到了流亡海外的苏联导演塔尔科夫斯基那里，影像获得了诗篇的特质。《乡愁》，一首自亚平宁半岛遥望俄罗斯大地的诗。凝滞的长镜头，油画般的画面场景效果，浓雾笼罩下的田园，贯穿始终的汨汨水声，疯子在罗马广场的演讲，诗人手持蜡烛穿越水池的仪式，都是一连串密集的象征。塔氏被公誉为"电影诗人"，用摄影机延续了蒲宁、纳博科夫、布罗茨基用文字对故国故乡所做的怅惘回望。读他的作品需要心智、感受和足够的耐心。它们像是一杯苦涩的茶，只有澄心静虑，才能品出悠长的滋味。

《甘地传》当然是声光版的圣雄传记，严格的写实，讲述一位伟人的生平，和一片大陆的命运。《阿甘正传》呢？则是借传记之名行虚拟之实，用超现实的方式讲述现实，20世纪中后期美国的现实，一个人可能具有的生命的现实。《疾走罗拉》体现了后现代文本时空架构的某种特性：时间逆行，镜头不断地回返到当初，主人公面临三种可能、三种结局、三种人生的样式。眼下魔幻电影如火如荼，《指环王》《哈利·波特》系列连创票房纪录，但那种冲击力更多是拜技术和形式所赐，说到真正的魔幻精神，则非《黑暗中的舞者》莫属。对令人窒息的苦难命运的恐惧和逃避，获得拯救的期盼，经由另类的歌舞组合，表达得激情澎湃，直把人看得热血沸腾。《罗塞塔》却像是一部秉承"零度写作"原则的纪实文学，冷静客观，不掺杂拍摄者个人的主观感情。摄影机同步跟进，晃动的镜头，快速的拼接，把主人公十八岁女孩儿急促的步履和沉重的呼吸，径直送到你的眼前耳畔，传递出底层人生苦涩的原味。阿莫尔多瓦的西班牙风情，则是另一个极端，赋予影片最充分的戏剧性，让人想到曾经一度流行的跨文体写作。广告、拉丁音乐和舞蹈、嵌入的电影片段、同性恋、变性人、软色情、离奇的情节、难以置信的巧合，共同编织了一出出爱与死亡的激情故事，炽烈如同那些大红大黄的色彩。围绕着《鲜活的肉体》，上演了多少《捆着我绑着我》式的悲喜剧，打造出了多少《神经濒于崩溃的女人》。

博尔赫斯说过这样有气魄的话：世界历史就是一本书。电影在世界之内，自然也是书的一部分，一页、一段或者一行。童年、青年、中年、老年，童话、诗歌、小说、散文。不同体裁的书被用作喻体，比况生命的不同阶段，对此我们已经耳熟能详。电影是用镜头的篇页连缀拼接的人生之书，时间是其中的第一主角，所以塔尔科夫斯基用"雕刻时光"来表达自己的电影艺术观。两个小时里，说尽平生。一页之掀，倏忽数年。《阳光灿烂的日子》《牯岭街少年杀人事件》《教室别恋》，是关于少年关于成长的回忆录，至少也是片段。青涩的时光，忧伤的青春，挟带着暴力和性的觉醒的爱情。成长的标志是创痛，经由一次次的心灵结痂而实现，同时以交付出梦想和激情作为代价。章回小说喜欢说"且听下回分解"，电影里的下回，便是魔法的一次次施展：刚刚红颜照眼，转瞬韶华不再，谁能阻拦？王家卫执导的《花样年华》中，张曼玉饰演的女主角风情万种，却在淅沥的雨声中，在确凿的背叛和模糊的期待中，渐渐老去，不得不老去，真是此情何堪，夫复何言！同为香港导演的许鞍华，先后有《女人四十》《男人四十》问世，生命中场的诸般滋味中，最浓一味是苦涩。四十岁的感慨哪儿都有，跨越文化宗教种族国度，大陆这边是《一声叹息》，大洋那边是《美国丽人》。再向前走一程，《施密特先生》正在不远处等着。老了，退休了，等着有地方接纳他去发挥余热，等着女儿有耐心接受他的关心，却都等不到，只好给一个偶然认识的非洲男孩儿写信，借以排遣内心无穷的寂寥，和不堪忍受的生存之"轻"。不妨将这样一份惶惑尴尬，和西塞罗《论老年》的长篇论述比照着看，才好说拼接完整了一幅老龄的全息图像。看这样一些电影，谁说不是在回望和前瞻自己的足迹？酒杯举起时，浇泼的不正是自己胸中郁积的块垒？

大道多歧，具体的、个人的命运又何尝不是如此。人生道路毕竟万千条，许多从无交会的可能，因此不妨看一看别人的生活，别处的风景，以扩大自己的经验世界。仿笛卡儿"我思故我在"，不妨说"我观故我知"。最方便因而最常用的方式，是把不同题材的影片当作窗口，透过它来张望或是窥视那一片片经常是殊异的风景。这就好像谁想了解某个领域的情况，通常会到图书馆中，通过分类卡片查询检索。但说《七宗罪》是惊悚小说，《野战排》《全金属外壳》是战争小说，《地铁》《猜火车》《发条橙》是犯罪和沉沦小说，显然是同义重复，说了等于没说，需要更进一步的解读，找出深藏在故事皱褶、情节肌理中的人性的歌哭——而这只有通过读书般的投入、沉浸、吟味才能得到，而不能听任影像画面在眼前一掠而过，毫无用心。因此，说看电影仿佛读书，毕竟不仅仅是在修辞学的意义上。

用这样的方式来观看，你就会发现可归入监狱题材的影片《肖申克的救赎》，实在是一部最好的励志读物。非人的铁窗生涯，将多少人的意气梦想消磨殆尽、变得浑浑噩噩，但蒙冤入狱的主人公，面对把牢底坐穿的无望，却从不自暴自弃。数年中，他每天都坚持向有关社会机构发出一沓求助信，不屈不挠，终于得到了大量的捐助，将原来简陋的图书馆扩充得有模有样，还辅导不识字的狱友自学文化，并通过考试取得了资格证书。他的每一天都过得充满意义，富有尊严。最为震撼人心的一幕，是他在面对狱方的残酷黑暗而彻底绝望后，通过凭借信念、毅力和缜密在二十年间偷偷挖掘的一条秘密通道，逃出监狱，逃向自由。影片告诉观众，一个人在绝境中可以怎样做。其内在精神，让人联想到德国心理学家弗兰克的《活出意义来》，一部源自亲身体验的人本主义心理学名著。二战期间，弗兰克曾被关押在奥斯威辛集中营中，他观察到，即使在这样恐怖的地方，毒气室和焚尸炉随时可能攫取人的生命，人的外在的行动自由被剥夺殆尽，但仍然具有内在的精神自由，那就是可以选择以尊严的态度面对和承受苦难。这也正是海明威小说《老人与海》中表达的主题：一个人可以被毁灭但不能被打败。战场就在人的内心，敌人就是怯懦、放弃、屈服，以及一切自我挫败的念头。

有些书在所呈现的面貌之后，有更丰厚的意味，就像塞万提斯的《堂吉诃德》，游侠小说外表之下遮掩不了其发掘人性的努力。同样，一些电影在类别的标签下，也有更开阔的解读空间。如果不悉心品读，就会把丰富的对象单薄化了。斯皮尔伯格拍摄于二十年前的《E.T. 外星人》，仅仅是关于外星人的科幻电影？小男孩儿和被遗弃在地球上的外星人纯真的友情，一页美丽的童心和人性，令人对高科技的前景充满信心。但到了后来，在库布利克的《2001太空漫游》中，技术的阴影已经被充分地渲染了。希区柯克的《鸟群》，结尾群鸟袭击人，在恐怖惊悚的画面后面，有另外的一些什么。不可测知的灾难？危机四伏的生存？令人悬想不尽。

就个人趣味而言，相对黄钟大吕般的宏大作品，我尤其喜欢那些具有隽永的风味，令人想到一篇散文、一首诗歌的影片。好有一比：烈酒不适宜频频把盏，但清茶却可以时时啜饮。这类影片故事情节不多也不曲折，省出的空间留给了心绪的酝酿，氛围的布设。温馨是它们的基调，扪摸灵魂最柔软的部位。像陈英雄的《青木瓜飘香》，就是一位侨居巴黎的游子对于记忆中故国的深情回眸。50年代初的越南，战争前宁静的河内，一个温暖的亚热带的梦境。溶溶月，淡淡风。虫鸣唧唧，琴声泠泠。澄澈的眸子，润泽的肌肤，清晨微明中的凉爽，黄昏晕染弥漫的灯光，剖开木瓜，排列整齐的种子像晶莹剔透的珍珠。像席慕蓉还是林海音？林海音《城南旧事》的结尾，在老北京南城胡同长大的小英子，跟着父母去了海峡对面的岛上。在知了声声鸣着夏天的漫长暑假里，她会不会也像五年级男孩子冬冬一样，到长着遮天蔽日的老榕树的乡下度假？到底同宗同祖，《冬冬的假期》，还有《童年往事》，在台湾侯孝贤的笔端，流淌出一样的清新情韵——摄影机也是导演手里的笔，在各人手中会写下不同风格的文章。这样的作品，应该类似唐诗中的绝句？唐诗香远益清，不唯氤氲中土，还播及四邻；袅袅余音，不但飘荡在往日农业社会湛蓝的天空，即使在今天的通都大邑的高楼深巷之间，也随时能够捡拾到它溅落的串串韵脚。韩国的《八月照相馆》，一对青年男女欲说还休的爱情，有关生命和死亡的不朽主题。惆怅隐忍，平静从容，现代化的都市生活，古典东方的美学韵味。不过倒也不必过分强调文化的区别，心灵有着相同的构造，关键要看拨动心弦的是一只什么样的手。看侯麦的《四季爱情故事》，法兰西的精致、细腻与妩媚是他的，画面的光和影是毕沙罗、西斯莱的，音乐是克莱斯勒的，如醉如痴是我的。

多数电影自书改编而来，书是电影的生身之母。然而这个家族最不讲究长幼排序先来后到，常常是备尝劬劳的母亲默默无闻，等到儿子大红大紫衣锦还乡，人们才想起他也是父母生养的。所以小说先要登上屏幕才能更好地登上书架，所以那么多小说家争着给张艺谋打工。这是声光时代的游戏规则，你可以不服气，但奈何不得。看电影仿佛是读小说的缩写本，在与一两个小时的时间相匹配的空间中，勉强放进去了故事梗概，却不容易容下心绪幽微、情感烟云、字词风采，而后面种种，却正是构成作品魅力的关键因素，就好比美人之为美人，除了身高、体重、三围等"硬指标"外，更多的还是要凭借顾盼生姿，气若幽兰。托翁《战争与和平》里，安德烈亲王在奥斯特利兹战役中身负重伤躺在地上，仰望无垠的蓝天，对于生和死、短暂和永恒，生发出大段感悟，电影画面无能为力。纳博科夫的畸恋小说《洛丽塔》历经挫折搬上了银幕，却未获预想中的成功。除了触犯了当时电影不得表现乱伦主题的禁忌，我想更深层原因，还在于它是一种冒险的转换。纳氏之成名，除了题材独特，其独步天下的文字魔力，筑成了另外的半壁江山。那些自嘲、反讽、双关语等，联袂而来翩然而去，触摸探勘的，正是人性纵深处最幽暗暧昧的部分，对此电影语言如何表达和再现？而舍弃了这些，尽管演员演技不错，到底只能止步于一个畸情故事。就好比飞燕不复善舞，虞姬不复能歌，虽然姿色依旧，还能说是本来的她吗？

　　我自然也明白，指望如花少女兼有耄耋老者的识见，要求攀岩高手同时又是游泳健将，既不讲道理，又没有可能。电影之所以能够那么久地雄踞艺术前台，那么无远弗届那么老少咸宜，公正地讲，倒也自有自己的利器高招儿。一些东西隐匿之处，另外一些东西凸显。画面、音响给人生动逼真的现场感，更让人能够随时进入和沉浸，所以好莱坞被称为"梦工厂"，也是名副其实或者说实至名归。这样一想，就应该能够比较释然了。至于文字转化为画面而造成的语言魅力的耗损流失，就权当是读了唐诗宋词的白话今译吧。归总了看，能否说不赔不赚？说不好，不好说，因此，不说好。就个人而言，我认为使遗憾最小化的方式，是既读书又看电影，吃着碗里的看着锅里的，鱼与熊掌都争取得到，尽量求得对审美资源的充分发掘，获得最大化的审美体验。个人的体会，恐怕只对个人才适合吧。

有多少关于读书的书？我无法回答，料想别人也一样。哪一部是最好的关于电影的电影？我想大家推荐的会差不多。文章最后，当然不能不谈一谈朱塞佩·托纳多雷的《天堂电影院》，电影爱好者的《圣经》——谁最先想到这个比喻的？应该以电影的名义奖赏他。它被称为电影中的电影，仿佛博尔赫斯被称为作家中的作家，《圣经》被称为书中之书一样。故事背景是 50 年代初，意大利西西里岛上的小镇，那里人人热爱电影，放映机的光束投射进每一颗灵魂，少年在电影中梦想憧憬，成人在电影中悲欣交集。那些为电影而陶醉的场面，那个泪花闪闪、把每句台词一字不漏地背诵到底的观众，那段被银幕上下的光和影浸润的、刻骨铭心的爱情，都在讲述着关于美、关于爱、关于生活的种种。那是电影的黄金时代，走进电影院，就是走进了天堂的一角。这种情境我们也曾经十分熟悉，70 年代，我们的少年时光，有多少个夜晚，是在故乡小城设施简陋的影院，甚至是在村镇的露天放映场上度过的，成为那些贫穷单调的日子里的一缕温馨记忆。这些美好记忆，足以让我们重新捡回对于电影的信仰。把电影进行到底！在镜头变换、光影明灭中，安放我们的梦想，检视我们的人生，直到剧终。

回到先秦

匆促倏忽又一年。年初订计划，岁暮做盘点，看收获几多，阙失何在。

忝入操持文字者列，读书是职业行为、分内工作，也是个人爱好。因此一如既往，今年依然是完成任务和兴之所至相结合。今年时间较多余裕，相应的心境也更为从容，因而可以稍作筹划。年初我即为自己设定目标，暂且放下一向作为主要阅读内容的文学，多读一些传统文化书籍。这既是应和当下弘扬优秀文化传统的倡导，也是为了更加清晰地了解自己作为族群一分子的精神构造和血脉由来。

在这个理念的引导下，今年的阅读便有一个明确的指向：回到先秦。正如长江黄河珠江都发源于青海玉树，诞生于那个年代的经典，也是中国精神的"三江源"。因此，读物的遴选，基本上都是围绕被称作"经"的那些书籍而展开。

儒学自然无法避开，它是中国传统的主河道。《论语》曾经读过多遍，今年没有列入功课，倒是一册 60 多年前李长之所撰《孔子的故事》，描绘传主血肉丰满，阐发思想鲜明清晰，消遣般地读过，也权当是一次愉悦的温习。它被列入"大家小书"书系，当是由于充分体现了"大手笔写小文章"的雅俗共赏的特色。着力较多的是孟子，以往未能读完全部，不足以深切理解其何以居于"亚圣"之尊。他继承了儒家道统，将之发扬光大，但其思想中鲜明强烈的人民性，却始终被后世统治者有意地淡化甚至遮蔽。"民为贵，社稷次之，君为轻"，这样的话君主肯定不爱听，难怪他被供奉于孔庙中的牌位，明初差一点儿被杀戮成性的朱元璋逐出。

春秋时期，王室衰微，诸侯争霸，这便是《左传》故事展开的舞台。最早读到它还是刚进大学时，古汉语课上读到《郑伯克段于鄢》，郑庄公与母亲武姜挖地道见面，感觉十分怪异，实际上是那时对于人性的沟壑尚难以洞悉。有了岁月和阅历作为铺垫，今天再来读《左传》，就读出了时势和人力的纠缠，也读出了实力和名分的争斗，读出了肉食者争夺权位的尔虞我诈骨肉相残，也读出了卑微者视原则胜过生命的纯洁壮烈。据说婚姻成功的要素，是"在合适的时间遇见合适的人"，其实读书也是如此，只有具备了足够丰富的人生经验，才更容易辨识世界的光亮和昏昧。

曾经数次起念读《易经》，但每一回都是望而却步。连孔子那样睿智通透，尚说"五十读《易》可以无大过"，为阅读设定了资格门槛，我等愚钝之人更不敢轻率，还是推到以后吧。《尚书》篇幅不大，倒是囫囵吞枣地读过，周人敬畏天命，旦夕怵惕，克勤克俭。《尧典》篇中关于舜生于忧患的记述，也发育成为中国文化中因应危机的能量，多少次濒临沦毁而涅槃重生。孔子处身礼崩乐坏之时，毕生为恢复周王室的礼乐秩序而奔走鼓吹，读了此书，对其苦心孤诣也愈能理解。

读先秦经书，离不开参考后人的笺注阐发。这类著作众多，为选择哪些颇费踌躇。早年读金克木先生文章《书读完了》，曾惊讶于他何以有此念头，如今则倍感会意。虽然传世书籍汗牛充栋，但大量传、注、疏、集解云云，都是围绕有限的几部经典而展开的，仿佛一棵大树分出的众多枝杈。其中的杰出者，自身也穿越时光成为经典。读前述几种经书时，参考了多种书籍。宋代大儒朱熹的《四书章句集注》自然不可不读，今人杨伯峻的《孟子译注》，王宁、褚斌杰的《十三经说略》，台湾学人杨照的《经典里的中国》，等等，也都程度不同地有所涉及并获益。

虽然初衷未曾考虑文学，但不久就意识到，其实文学始终缭绕不去。古代尤其是先秦，文学寄寓于历史、政论、哲学等诸多文体样式之中，并非只是《诗经》《楚辞》。《左传》记人传神，叙事精彩，精于谋篇，文风朴厚；《孟子》气盛言宜，辩势滔滔，设譬取喻，曲尽其妙。古人的音容连同他们的生活，隔着缥缈的岁月烟云，分明依然栩栩如生。即便是最为古奥难懂的《尚书》，仔细辨识，那些誓命训诰等，言辞间也有一种恳切、庄严和典雅，是一种正大浑厚的气象的投射。

目标明确，就更能够感知到时间的易逝，好几册计划中的书目还未及翻开，一年却行将消逝。孔子评价门生子路："由也升堂矣，未入于室也。"那么，自己这一年的经典阅读达到的是什么程度？入室是断断不敢想，某些方面，是否距堂不远？推想下去，来年复来年，倘能持之以恒，常葆精进之心，或许入室也并非遥不可及？

这样的想法，很是让自己受到鼓舞。

当地名进入古诗

一

一处地名，当然是一个名词。

但这仅仅是在开始的时候。如果你深入进去，知晓了它的前世今生，来路去处，可能就不会这样想了。你会发现它拥有更为丰富的词性。

尤其当它被嵌入了古诗词，被一再地吟咏。

此刻我坐在窗下书桌旁，面向南方。二十层的高处，视野中少有遮挡。秋日澄澈的天空片云不存，纯粹的蔚蓝色一直延伸向天际。朝向是一种天然的提示，为想象力的驱驰提供了区域。意识沿着几乎径直的方向奔跑，远远超过高铁的速度，甚至不限于光的速度，是刘勰《文心雕龙·神思》里"寂然凝虑，思接千载；悄焉动容，视通万里"的速度，是佛家教义中"一时顿现"的速度，乍一起念，刹那之间，便锁定了一个巨大的目标，一千公里外中国腹地的大都会，江城武汉。

武汉。扼南北之枢纽，据东西之要津，因而自古便被称为"九省通衢"。自古，诗人骚客便竞相状写它的万千气象，其中尤以吟诵黄鹤楼为多。流传最广的，当属唐代崔颢的《黄鹤楼》了。这样的句子不会有人感到陌生："昔人已乘黄鹤去，此地空余黄鹤楼。黄鹤一去不复返，白云千载空悠悠。"蹲踞蛇山之巅，近两千年间，黄鹤楼屹立成了江城的地标，一任大江奔流，岁月递嬗。

但实际上，有关这座"天下江山第一楼"的出色诗句还有很多。"孤帆远影碧空尽，唯见长江天际流"（李白），"银涛遥带岷峨雪，烟渚高连巫峡云"（王十朋），"千帆雨色当窗过，万里江声动地来"（吴国伦），"鄂渚地形浮浪动，汉阳山色渡江青"（陈恭尹）……长江穿越三镇向远方流泻，这样的句子溅落在多个朝代的诗词册页上，水汽氤氲。

且让想象也随着江水的流向一路向东，瞬间便会抵达南京。大江的下游，水量更为丰沛，诗篇也愈发繁多。"江南佳丽地，金陵帝王州"（谢朓），"碧宇楼台满，青山龙虎盘"（李白），"千里澄江似练，翠峰如簇。归帆去棹残阳里，背西风、酒旗斜矗"（王安石）……六朝古都，天下名邦，其美不可方物。但一座城市亦如一场人生，悲欣交集，盛衰相继。兵燹频仍，王朝更迭，禾黍之伤，兴亡之怨，仿佛黯黯烟云，笼罩在石头城上。"吴宫花草埋幽径，晋代衣冠成古丘"（李白），"江雨霏霏江草齐，六朝如梦鸟空啼"（韦庄），"歌舞尊前，繁华镜里，暗换青青发。伤心千古，秦淮一片明月"（萨都剌）……

　　然后不妨再来一次小幅度的偏移，目标在东南方向，三百公里。杭州，古称钱塘、临安、余杭。名字不同，不变的是天堂和仙境的美誉。且不再追古抚今，只将它的美好约略端详。索性也就援引几句，而把更大的空间交付给想象："东南形胜，三吴都会，钱塘自古繁华。烟柳画桥，风帘翠幕，参差十万人家。"（柳永）就在去年，三秋桂子飘香、十里荷花绽放之际，一次美轮美奂的盛大峰会，云集了多国政要，恍若鲜花着锦，让曾经的繁华相形见绌。

　　经过这些古诗词的点化，一个地名分明超越名词的简单指代功能，而具有了更为丰富的意涵。你能看到它的姿态趋向，是属于动词的；看到它的样貌色泽，是属于形容词的；而这些地方在我们心中引发的向往、赞叹、感伤等种种情绪，不用说又涂抹上了叹词的属性。

　　伴随着词性的不断叠加，也是它自身的渐次袒露。吟哦之间，意味无穷。

二

　　每个人都会有与世界交往关联的方式。经由某种机缘，他进入了一条个性化的道路，并由此走向自己的情感、知识乃至信仰。释迦拈花，达摩面壁，牛顿望见落下的苹果发现了万有引力，阿基米德在澡盆里悟出了浮力定律……

想到列举这些响亮的名字只是为了引出自己的一点儿感悟，我不免有一些难为情。

但道理的确是相通的，因而也是可以比况的。身为一名汉语之美的欣赏和追逐者，过往千百载中的古典诗词，成了我几十年来不废吟诵的对象，念兹在兹的牵挂，习惯成自然的功课。这些被精心提炼和蒸馏过的语言，仿佛经历了千年雨露阳光滋润的甘美果实，自时间的深窖中，散发出浓郁的馨香。我心甘情愿地耽溺其中，心旌摇曳，心醉神迷。

恰如恋爱的开始，总是易于被意中人举手投足、衣香鬓影间呈现出的美所迷醉，讲究对仗平仄、宜于吟诵的字句，也许是古诗词最早吸引你的地方，但随着沉浸程度的加深，你会越来越了解什么是得鱼忘筌——那些深藏在文字间的既辽阔又深邃、既华丽又质朴、既真率又幽曲、既明朗又微妙的东西，足以构成一个广大的宇宙。

"乘着歌声的翅膀，亲爱的随我前往，去到那恒河的岸旁，最美丽的好地方。"德国诗人海涅的诗句，因为大音乐家门德尔松的谱曲，而传遍世界。一条远在印度次大陆上的想象中的河流，托举起了整首诗歌如梦如幻的意境，舒缓温柔，优雅恬静。

这样的河流也在我们身边。在更早的时间，早到诗经的年代，流淌在更为遥远的东方，古老华夏的腹地。它褪去梦幻的色彩，素颜朝天，更加真切确凿。"谁谓河广？一苇杭之。"（《诗经·卫风·河广》）面目模糊不清的先人们在吟诵。一条大河波浪宽，但小船就能横渡过去。

怎么看这一句诗，都像是一个隐喻。无论是精短的绝句律诗，还是稍长些的乐府歌行，总归是有限的文字体量，仿佛轻舟一叶。它虽然小，却能够掠过浩渺的水面，抵达遥远的对岸。

诗歌的小舟穿越的这一道河面，有着一个阔大的名称：世界和人生。

波光潋滟，浪涛滚滚。一代代心灵中的喜悦和伤悲，梦想与幻灭，引吭高歌或低吟浅唱，流淌成一条情感的河流。每一个漩涡，每一道湍流，每一簇浪花，甚至每一滴水珠，都有着心绪的投影，情感的折光。只有语言能够驾驭它们，而诗是语言的最高形式。经过捕捉和辨认，提炼和浓缩，它们被聚拢在诗句里，仿佛香料被收藏在瓶子里。

诗是语言的最高形式。简约精练的文字里，却有着令人眩晕的宽广和幽深。

三

在我个人的经验中，面对地图时，也总是古诗词最能够以生动的姿态呈现的时刻。

读地图的爱好，从少年时固定下来，持续至今。目光摩挲过一个个地名，旁边那些或大或小的圆圈或圆点，在幻觉中次第打开。仿佛是岩溶地带大山峭壁之上的洞穴，外部看去并不大，一旦进入，却会发现溶洞宽阔，石笋奇诡，暗河幽深。这些或熟悉或陌生的地名下，也藏匿着自然、历史、传说、民俗……一个物质和精神的丰富浩大的谱系。而与这种感觉几乎同步，此时耳畔也总是会响起古诗词铿锵或婉转的音调，在眼前幻化成为一幅幅画面。

譬如此刻，目光所及之处，是甘肃武威，位于雄鸡模样的版图的背脊。丝绸之路的重镇，河西走廊的门户。汉武帝派骠骑大将军霍去病远征河西，大破匈奴，为彰显大汉的"武功军威"而命名此地。不过在漫长岁月中，它更为人知的名字是凉州。凉州，地名二字中已经有了凛冽的寒意，入诗，更是漫溢出边地的荒凉、戍人的哀愁。甚至"凉州词"在唐代成为专门的曲调，很多诗人依调填词："羌笛何须怨杨柳，春风不度玉门关"（王之涣），"坐看今夜关山月，思杀边城游侠儿"（孟浩然），"白石黄沙古战场，边风吹冷旅人裳"（王作枢）……从汉唐到明清，一片愁云惨雾，飘荡舒卷在西北大漠戈壁之上。

不过这种种负性情绪很可能被夸大了。献愁供恨，本来就是传统文人的拿手戏。真实的生活并没有那样可怕，只要真正走进了它的深处，就会领悟到"生活在别处"。这里有迷人的边地风景："山开地关结雄州，万派寒泉日夜流"（沈翔），"草肥秋声嘶蕃马，雾遍山原拥牧羊"（张珆美）。这样的背景下展开了火热的生活："车马相交错，歌吹日纵横"（温子昇），"市廛人语殊方杂，道路车声百货稠"（沈翔）。市场繁华，物品丰饶，交织着四面八方的口音，穿梭着不同民族的身影。

葡萄酒香，弥漫了这里千百年的天空。原产西域的葡萄，被汉使张骞经丝绸之路引入中原，第一站就是凉州，因此这里酿制的葡萄酒久负盛名。"葡萄美酒夜光杯，欲饮琵琶马上催"，唐代诗人王翰品尝到的那一缕醇香，一直传递到了明代诗人张恒的笔下，可谓是回甘悠长："垆头酒熟葡萄香，马足春深苜蓿长。"

这里更是一片歌舞的土地："凉州七里十万家，胡人半解弹琵琶"（岑参），"唯有凉州歌舞曲，流传天下乐闲人"（杜牧）。盛大而普及。"琵琶长笛曲相和，羌儿胡雏齐唱歌"（岑参）。这里的少数民族孩童，自幼受到音乐熏陶，稍稍长大，肢体动作也便有了特别的韵律："狮子摇光毛彩竖，胡腾醉舞筋骨柔。"（元稹）

因为这些诗句，一个原本抽象单调的地名变得具体而生动，有了色彩、声音和气息。一行诗句便是一条通道，让我穿越时光的漫漫长廊，得以进入彼时的天空和大地、道路和庭院，欣赏四时风光、八方习俗。

如果一个地方是一只瓷器，诗词便是表面上闪亮的釉彩；是一株苍劲虬曲的古藤，诗词便是纷披摇曳的枝叶；是一个窗口，诗词便是自里向外望见的天光云影，四时变幻，任意舒卷。

四

这不过是辽阔版图上的一个点。广袤的大地上，有无数个这样的点，仿佛天幕上繁密的星辰。不同的点连接成线，众多的线又交织成面，于是在想象的天空里，星汉灿烂。

做一次连接起几个地点的旅行吧。此刻我目光正对着雄鸡地图上中间偏左的一点，开封，河南省的重要城市，曾经的古都。让想象的脚步自此处迈动，由东向西，踏上古中国坚实饱满的腹部。

老丘、大梁、陈留、东京、汴梁、汴京……历史漫长，给这里留下众多名称。"高楼歌舞三千户，夹道烟花十二衢"（何景明），八个朝代的都城，《清明上河图》和《东京梦华录》里的世界，享有"一苏二杭三汴州"的美誉。始建于北宋的开宝寺塔，俗称铁塔，是这座城市的标志："隋堤烟柳翠如织，铁塔摩空数千尺。"（于谦）那时登上铁塔，会看到一条大河流淌。汴河，隋唐大运河的一段，当时最重要的漕运通道。"汴水流，泗水流，流到瓜洲古渡头。"（白居易）以河流为纽带，中原的朴厚，连接了江南的灵秀。金元以降，汴河深埋于地下，就像这座城市的繁华，被封藏于记忆中。

继续西行，洛阳在洛河边迎候。自高宗起，它做过唐王朝五十年的都城，故有东都之称。"唯有牡丹真国色，花开时节动京城。"（刘禹锡）洛阳牡丹，原来那时就已经闻名天下。通都大邑，从来都是野心竞逐之地，因此"古来名与利，俱在洛阳城"（于邺）。而富丽豪奢，即便登峰造极，最终也不免灰飞烟灭。君不见西晋豪富石崇的金谷园里，"繁华事散逐香尘，流水无情草自春"（杜牧）。吊古未免伤怀，那就不如欣赏日常的风景，体味朴素的人间情感吧。"谁家玉笛暗飞声，散入春风满洛城"（李白），"洛阳三月花如锦，多少工夫织得成"（刘克庄）。大自然的声色之美，足以娱情遣兴。"乡书何处达？归雁洛阳边"（王湾），"洛阳城里见秋风，欲作家书意万重"（张籍）。乡思乡情，最能慰藉一颗羁旅中的诗心。

这一段目光的旅程，且歇止于西安，八百里秦川的中心。它的古称是长安，大唐帝国的中枢，几个世纪间的世界第一都市，"九天阊阖开宫殿，万国衣冠拜冕旒"（王维）。众夷归化、万邦来朝之地，什么样的想象力，才能够担当起对这座伟大之城的勾勒？如果它是一幅巨型画卷，一首诗便是一道笔画，一抹彩色，参与了对它的描画。且只听听有唐一代诗人们的吟诵："长安一片月，万户捣衣声"（李白），"滞雨长安夜，残灯独客愁"（李商隐），"长安渭桥路，行客别时心"（綦毋潜），"秋风吹渭水，落叶满长安"（贾岛），"长安大道连狭邪，青牛白马七香车"（卢照邻），"长安回望绣成堆，山顶千门次第开"（杜牧），"春风得意马蹄疾，一日看尽长安花"（孟郊），"长安陌上无穷树，唯有垂杨管别离"（刘禹锡）……从初唐到盛唐，复由中唐到晚唐，一辈辈人们写下的诗句层层叠叠，仿佛远处终南山上的白云青霭，与这座城市相望相映。

诗句是时代的笺注，阐释着生活的广阔内容。字里行间，五味杂陈。有世相百态，有历史云烟，有心底沟壑，有眼前峰峦。王朝命运，人生遭际，相逢与别离，得意与失意，戍边将士的思念，留守妇女的哀怨。它们纠结缠绕，音律从高亢到凄凉，涵盖了宫商角徵羽，弥漫于东西南北中。

一首古诗，仿佛一部手机里的芯片，体积微小，却有着巨大的内存。

五

呼应着存在于万物之间的神秘关联，精神能够寻找到自己的对应物，地点便是体现者之一。向往某一个地方，反映出的其实是一个人的情感维度和美学嗜好。总有一些地方，最能够与处于某个生命时段的你，产生同频共振。时间和空间的共谋，孕育出了某一类文化的气质，精神的风度。

而诗句，这时便扮演了有力的证人角色。

青春时代，梦想的栖息地是江南吴越。长江之南，古运河两岸，苏锡常狭长地带，杭嘉湖平原周遭，一连串地名仿佛珍珠一样，被唐诗宋词里的句子擦拭得晶亮。江南好，黛瓦粉墙，水弄深巷，桨声欸乃，丹桂飘香。感官的筵席一场场排开，声音和色彩交融无间："夜市卖菱藕，春船载绮罗"（杜荀鹤），"垆边人似月，皓腕凝霜雪"（韦庄），"日出江花红胜火，春来江水绿如蓝"（白居易），"闲梦江南梅熟日，夜船吹笛雨萧萧"（皇甫松）……韦庄笔下当垆卖酒的美丽少妇，前身该是南朝乐府《西州曲》的采莲女子，"单衫杏子红，双鬓鸦雏色"。以诗为舟楫，我划入了那一片湖面。在苇荡、乌桕和桑树之间，波光潋滟，莲叶田田。

时光悄然流逝。从某一时刻起，浪漫绮丽的少年轻愁遁隐了，内心开始向往北地的雄浑和寥廓、苍凉和悲怆。"为嫌诗少幽燕气，故向冰天跃马行"，清代黄仲则这句诗，成为一种新的美学召唤。想到曾经迷恋山温水软、儿女呢喃，不免感到了一阵羞赧。向北，向西，一种迥异的境界在面前展开，是"明月出天山，苍茫云海间"（李白），是"蝉鸣空桑林，八月萧关道"（王昌龄），是"大漠穷秋塞草衰，孤城落日斗兵稀"（高适），是"行人刁斗风沙暗，公主琵琶幽怨多"（李颀），是"紫塞月明千里，金甲冷，戍楼寒，梦长安"（牛峤），是"羌管悠悠霜满地。人不寐，将军白发征夫泪"（范仲淹）……

就这样，经由诗句的陶冶，一处地点便不再是单纯的外在客体，而是内化为精神世界的某个元件；它又仿佛是一张试纸，能够检测出灵魂中存在着什么样的元素。

时光和阅历改变一个人的容貌，同样也会改写内心。今天，大漠孤烟和小桥流水、西北腰鼓和江南丝竹，已经被悉数存放在我的审美收藏夹内，融融泄泄，不分轩轾。大千世界的复杂性，美的不同风格和范式，被我同样地凝视和品赏，内化成为一幅经纬交织、花纹斑斓的彩色织锦。

六

爱默生说过：诗人是为万物重新命名者。

有一些地方，虽然早已经地老天荒地存在着，但长时间里都只是一种物质形态的面貌，枯燥粗糙。只有在经过文人墨客的描绘后，才变得具有精神性。诗文也是一种加持，为地名灌注了灵动的气质。仿佛出色的匠人手里捏出的泥人，被吹拂进了生命的气息，活灵活现。于是一切大为不同。

"郁孤台下清江水，中间多少行人泪？西北望长安，可怜无数山。"（辛弃疾）郁孤台，僻远闭塞的赣州城古城墙上的一处亭台，因为南宋诗人辛弃疾这首《菩萨蛮》，而得以广为人知。金兵南下烧杀劫掠，沦陷区百姓生灵涂炭，激发了诗人报国杀敌的炽热的爱国激情。这一腔热血，同样在挚友陆游的血脉中激荡："楼船夜雪瓜洲渡，铁马秋风大散关。塞上长城空自许，镜中衰鬓已先斑。"瓜洲渡口，散国关隘，当年抗击金兵的前线；而今日"报国欲死无战场"，恢复中原几成空想，思之如何不郁愤泣血？情感沉郁，气韵浑厚，千年后仍然让人震撼。

多情未必非豪杰。浴血疆场的勇士，同样也能深情款款。沈园，绍兴的一处私家园林，江南众多园林中的一座，却因为陆游与唐婉的一段凄婉悱恻的爱情，而变得与众不同。情深意笃的伉俪，因为陆游母亲的干预，被迫劳燕分飞，内心郁积了永久的疼痛。暮年的陆游旧地重游，触景生情，写下七言绝句《沈园二首》："城上斜阳画角哀，沈园非复旧池台。伤心桥下春波绿，曾是惊鸿照影来。""梦断香消四十年，沈园柳老不吹绵。此身行作稽山土，犹吊遗踪一泫然。"至情至性，天地可鉴。不妨说，在《沈园二首》之前，沈园并不存在；有了《沈园二首》，沈园与日月同光。

个体的侘傺，有时却也促成了正向的收获。贬谪无疑是一种惩罚，但一些俊杰却用他们的事功和著述，照亮了黯淡的岁月，也让履迹所至之处，一些原本生疏的地名，自此熠熠生光。这方面，苏东坡无疑最为人称道。他一生三次被贬，流寓京外长达十年，且一次比一次走得远，由长江之畔的黄州，到南海之滨的惠州，再到海南孤岛上的儋州。因而他在词作中自嘲"问汝平生功业，黄州惠州儋州"。三个地方，当时都是偏远小城，是东坡的道德文章，使它们名闻天下。在黄州，他写下前后《赤壁赋》等多篇佳作，彪炳文学史册；在惠州，他致力改善民生，肃军政，减税赋，除水患，"一自坡公谪南海，天下不敢小惠州"（江逢辰）；在儋州，他"设帐授徒""敷扬文教"，致力于传播中原文化，被后人赞誉为"琼州人文之盛，实自公启之"。

"屈平辞赋悬日月，楚王台榭空山丘。"（李白）诗句穿越岁月传诵至今，而曾经炙手可热的权势财富，早已灰飞烟灭。在价值的天平上，它们一边是泰山，一边是鸿毛。

七

古诗词中，不少地名寄寓了道德的力量、价值的指向，对作者是自勉自励，更向读者标举了立身处世的姿态。

暂且收拢目光，只向水边泽畔，寻觅有关的诗句。汨罗江，屈原于此怀石自沉。信而见疑，忠而被谤，只能身赴清流，以身殉国。"一掬灵均泪，千年湘水文"（孟郊），"独余湘水上，千载闻离骚"（刘长卿）。后世文人的景仰凭吊，也如同江水一样奔流不竭。北海，今天的贝加尔湖，苏武被匈奴扣留，远放此地牧羊十九载。"牧羊边地苦，落日归心绝。渴饮月窟冰，饥餐天上雪。"（李白）饱受冻馁之患，始终心怀故国。威武不屈，日月可鉴。

古诗词中，还时常借助自然形胜，提供一种启示。这样的地名，有关气度和胸怀、视野和境界。

这一次，不妨将目光改换方向，自滔滔滚滚，移向莽莽苍苍。大山无语，峰峦悄然，把深沉的蕴含，留给那些睿智的灵魂，来破译和解读。《望岳》是杜甫登临泰山的憬悟："会当凌绝顶，一览众山小。"气魄决定格局，自然和精神的绝美风景，都只向阔大的胸襟敞开。《题西林壁》是苏轼游览庐山的发现："不识庐山真面目，只缘身在此山中。"主观与客观，整体和局部，在韵脚的停歇处，思辨开始起步。感性上升为智性，形象转化为哲理，倚仗的是深刻的功夫修为。

当一些地名被再三引用，被反复言说，它就上升为一种意象，具备了符号的功能。

阳关象征了离别，北邙寓意着死亡。巫山隐喻了男欢女爱，陇头意味着流离失所。蓬莱是来世的向往，昆仑是仙界的居所。碣石摹写北地的萧瑟荒寒，潇湘渲染南国的凄凉悲怨。金谷园是奢靡的狂欢，乌衣巷是繁华的落幕。陌上婉转地言说儿女情长，垓下明确地感慨英雄气短。首阳山，不食周粟的伯夷叔齐于此隐居，喻示着操守高洁。烂柯山，樵夫看二童子下棋，一局未终斧柄已烂，比况了沧桑巨变。

在这样的场合，对这些地名的理解程度，又直接取决于阅读者精神文化的蕴积。没有对母语的热爱，缺乏对历史和传统的沉浸，就难以窥见字面背后的精微和玄奥，难以感知到那些不尽之意，言外之旨，声音中的声音，味道里的味道。

八

古诗词是一棵大树，根系深扎在过去，纷披的枝叶却一直伸展到今天。它永远处于生长中。

在它的荫庇下，是一种日常而恒久的生活，是这种生活的不停歇的循环再现，仿佛一年一度，大地上回黄转绿，春华秋实。今天生活的每一种状态，人们情感的每一次波动，大自然的每一幅表情，都可以从丰富浩瀚的古代诗歌中，获得印证，找见共鸣，听到回声。

认识到这一点，便会从眼前望到遥远，自此刻看见过去。今天和昨天之间，被一条无形而坚韧的纽带牢固地绾结。时光流转，世事移易，不过有些根本性的东西却是亘古不变的，那就是人情人性。写字楼里两情相悦的青年男女，四目相对时，眼神里闪动的，分明是《诗经》里桑中淇上的炽热；机场海关入口处，送多年故交远赴域外，想到此去经年，或许竟是参商不再，也难免会念及唐诗里的渭城相送，无声细雨打湿了客栈。

"谁谓古今殊，异代可同调。"（谢灵运）古诗词以历时性的方式，展现了共时性的内容。一首首诗词，正是一个个的接引者，引领读者步入人生与社会的广阔庭院，在今与昔、恒常与变易的对话中，加深对于世界和生活的理解。

仔细盯着地图上的一个个地名，时间久了，那些圆圈圆点就会幻化成一个个泉眼。想象一番，那些被以不同音调吟诵的诗句，岂不正仿佛泉水的汩汩滔滔之声？

泉水不竭地涌流，诗歌也一代代地传诵。

吟唱着山河苍茫，岁月沧桑，生命浩荡。

那个冬天我走进地坛

在读到《我与地坛》前后，我正醉心于阅读朱生豪翻译的《莎士比亚全集》，一位在出版社工作的友人赠送了一套新印本。之所以记得这些，是因为读着这篇作品时，我脑海中不由自主地跳出了《哈姆雷特》中那一句著名的独白："生存还是死亡？这是一个问题。"

在我当时的感觉中，这句话正可以移来概括《我与地坛》中主人公面对的困境。虽然两部作品的主角——受了欺骗的王子和落魄无助的残疾人——所处身的时代地域及面对的难题有着巨大差异，但当事人那种被逼迫到濒临极限的感受，应该是相近相通的。

《我与地坛》对我的触动是那样强烈。我记得把刊发作品的那一册杂志抓在手里，郑重地摩挲着相关的几个页面。我想到儿童时期的高尔基，每当读到一本喜欢的书，就将书页对着阳光看，以为其中一定藏着感动人的奥秘。

我专门骑车去了一次地坛公园。冬日的寒冽中，我用了半天时间，走过整个公园，每隔一会儿，就要擦拭一下被嘘出的热气弄模糊了的眼镜片。虽然过去也来过，但此次它大不一样了，只因为被史铁生描写过，便仿佛成了一个全新的地方。我寻找作品里描写过的那些场所，想象他的轮椅曾经停在什么位置，哪里是歌唱家练嗓子的地方，那对从中年慢慢地变为老年的夫妻，每天散步时是从哪个门口进入公园。在漫长的日子里，作者史铁生坐在轮椅上，望着面前的空旷和静谧，思考他的苦难和命运，他活着的理由，他可能的救赎之路。

对于他，这注定是一个无法摆脱但又必须厘清的纠缠。二十一岁那年，命运就判决他下肢瘫痪，只能终身坐在轮椅上，死亡之日才是解脱之时。时时刻刻，他体验着一种面临绝境的、即将被吞噬的感觉，仿佛一只脚踏在悬崖边缘松动的碎石上，仿佛面对剃刀寒光闪闪的锋刃。

史铁生的最初反应，与处于类似境遇的其他人没有什么不同，那就是对命运不公的抱怨甚至是愤怒：凭什么是我，来承受这样的苦难？但这样的情绪并无助于改变这一个坚硬的事实。无奈中他只能平静下来，努力让自己思考，试图弄明白一些事情。时间并未能平复伤痛，但却有助于让他认识伤痛。从那一个一次次与荣誉擦肩而过的长跑者身上，从那一个漂亮但智障的小姑娘身上，他看到了造物者的不讲道理，看到了偶然性的随意捉弄，看到了苦难的无所不在。他明白了："看来差别永远是要有的。看来就只好接受苦难——人类的全部剧目需要它，存在的本身需要它。"而由谁来充任那些苦难的角色，谁去体现世间的幸福、骄傲和快乐，实在是没有道理好讲。

这个命题同时也还有着一个分蘖：那么，要不要活下去？也是在长久的思索后，作者领悟出："死是一件无须着急去做的事，是一件无论怎样耽搁也不会错过的事。"这样想过之后，他安心了许多，接下来的问题便是需要思考怎样活了。终于，写作接引了他，成为他每天愿意继续观看晨曦和夕阳的最重要的动机。按照他的说法，"活着不是为了写作，而写作是为了活着"，或者，"只是因为我活着，我才不得不写作"。这是他使自己获得拯救的道路，他花了很长时间才找寻到。

自此他沿着这条道路艰难地行走，就像独自摇着轮椅跨过公园里的沟沟坎坎。终于，在走进这个园子十五年之后，他拿出了这一篇《我与地坛》。这是一朵在炼狱的黑暗中开放的花朵，却闪动着属于天堂的奇异光亮。这一点赋予了它罕见的品质。

说到底，最终支撑起他残缺的生命的，是一种存在意义感的获得。我想到了奥地利精神医学家、"意义疗法"的创始人维克多·弗兰克的著作《活出生命的意义》。作为当年纳粹集中营中的一名囚犯，他展现了被关押者们的两种前景——或者死于疾病冻馁，或者最终被推进焚尸炉。没有别的选择。每个人都面对同样的境遇，但意识选择的不同将他们分别开来。那些能够始终保持某种目的感的人，从肉体到精神都显得更健旺，甚至挨过了最为艰难的日子。哪怕这种目的是多么渺小，如努力保存下家人的一张合影，设法看一眼囚室外一棵绽放新叶的小树。所以弗兰克反复引用尼采的一句话:"懂得'为何'而活的人,差不多'任何'痛苦都忍受得住。"

作为写作者的史铁生的卓越,也正是建立在这一点上。他自写作中发现了意义,从而获得了抗衡苦难的力量。残疾促使他思考,思考让他窥见了生存的本质,得以平静地看待和接纳苦难,达成了与自己命运的和解。这是一种窥见命运底牌后的开悟和坦然,绝非肤浅浮泛的乐观主义所能比肩的。

在《我与地坛》中,我们看到了思想的清晰的展开。作品要表达的并不是一个单纯的理念,而是诸多理念的汇聚和纠结。它从某一个逻辑起点迈步,层层递进和深入,剥茧抽丝一般,其中穿插着一位想象中的对话者的质疑和诘问。这一点保证了作品的严整性和公正感,因为这种姿态正是基于对存在之复杂性的深切体认。在这条思想路途的终点,生存的"牢靠的理由"在他面前闪现,日渐明朗,于是生活的重新开展也获得了坚实的基础。

也正是因为这篇《我与地坛》,我开始找出此前他所有发表过的作品来读,也从此关注他此后的所有作品,他在我心目中占有了特殊的位置。事实上,几乎可以说在他的所有作品中,无论是散文、中短篇还是长篇小说,反复思索和表达的都是以生与死、坠落与升腾为内核的一个话题群落,在具体作品中又体现为不同的延伸和变异。而这一篇作品,无疑正是一个承前启后的重要环节。

命运给了史铁生一副烂牌,他却将它打得非常出色。

这种感悟并不是仅仅对作者自己才有意义，否则就不会有那样的广泛而强烈的反响。从对自身残疾的思考生发开去，他进一步揭示了残疾是一切生命共同的、本质的困境。它不仅仅限于肢体器官的残缺，而是有着广阔的指向——对于美貌、健壮、聪明而言，丑陋、病弱、愚钝也都是一种残疾，如此等等。因此，地坛是他个人的救赎之所，而他从这里获得的觉悟，也将会成为读者寻求自身的超度的一种导引，一个力量之源，尽管他们中的大部分不可能来到这座园林。

《我与地坛》的浓郁而沉静的诗性气质让人叫绝。"要是以这园子里的声响来对应四季呢？那么，春天是祭坛上空漂浮的鸽子的哨音，夏天是冗长的蝉歌和杨树叶子哗啦啦的对蝉歌的取笑，秋天是古殿檐头的风铃响，冬天是啄木鸟随意而空旷的啄木声。"作品的整个第三节我曾经背诵如流，这是其中的一段话，而在此前此后，还有用一连串的排比句式铺陈出的多重比喻，画面鲜明生动，节奏舒徐有度，韵律如诗如歌，让我有理由坚信，这一节堪称中国文学中的一段华彩乐章。整个作品也是对于文学的本质属性——一种诉诸灵魂的审美的感性力量——最生动的体现和诠释。经由这种方式，它才得以走进广大的人群。这就是文学的魅力，似乎轻柔缥缈而又真切坚实，无足轻重而又至大至刚。

此后多年中，我又去过几次地坛公园。最后一次，记得是在一个深秋的黄昏时分，落日的余晖斜洒在祭坛上，黄霭霭一片，遍地飘落的树叶散发着清新而苦涩的气味。虽然史铁生已经辞世多年，但他笔端吐露出的文字，却仿佛此刻视野中的光亮一般，无声而广阔地漾荡开去，在一方方灵魂的田亩中流布氤氲。他描写过的这个地方，已然不再是一个单纯的地理处所，而是一个精神的朝圣之地，加持和祝福都在无声地进行着。

因此，自甫一问世的那天起，《我与地坛》就不再专属于作者史铁生自己了。

这篇作品最早刊发于《上海文学》1990 年第 1 期。这真是一个意味深长的数字，我不愿意看作仅仅是一种巧合。我不知道，它是否预示着 20 世纪 90 年代文学开始了对于灵魂审视、对于命运思考的深入化。十分确凿的是，作家韩少功敏锐地意识到了它的价值，当时就说过一句大意如此的话：即便整个 1990 年只有这一篇作品，这一年也是中国文学的丰年。

四十年过去了，时光印证了他的判断。

真情育真识　新路开新境

——《报人孙犁》序

一

　　孙犁先生是一代文学巨匠，毕生淡泊名利，寂寞自守，然而桃李不言，下自成蹊，其作品凭借鲜明的风格和深湛的功力，铸就了一座文学丰碑，受到众多读者的喜爱，让人想到苏轼在《答谢民师书》一文中援引的欧阳修的说法："文章如精金美玉，市有定价。"

　　岁月不居，时节如流。今年是孙犁先生110周年诞辰，侯军先生的新著《报人孙犁》，便是一部呈奉给这个日子的致敬之作。作者自称，它是"作为我这个曾沐浴过孙老恩惠的晚辈，对孙犁先生献上的一份薄礼"。这部专著情感饱满，观点鲜明，资料丰富翔实，论述细密透辟，堪称是一部内容充实、新意迭出之作。

　　我与侯军先生一样，对孙犁先生的人品文品景仰之至，以故蒙他信赖，引为同道，嘱为这部著作属文作序。尽管自忖力有不逮，但作者盛情拳拳，却之不恭，只好答应勉力而为。此外潜意识里尚有一种期待，也不妨说是一种私念，是想借此进一步加深对孙犁先生的认识理解。以此缘故，我有幸在该书付梓之前，读过大部分篇章，受益匪浅，感慨良多，所感所思，自以为或与作者的初衷相去不远，故不揣谫陋，叙写如下，聊且作为与侯军先生的交流。

二

对一个真正的大作家，应该而且能够从不同方向进行研究探讨。孙犁先生的道德文章，让人想到《礼记·中庸》的一句话："溥博如天，渊泉如渊。"这样一种广储厚积，也为多角度的开掘阐释提供了广阔的可能性。

孙犁先生辞世二十年来，已有不少研究专著面世，但大都是聚焦于其作品的内容题材、思想内涵和艺术特色上，基本上属于艺术和美学方面的阐发。而这部《报人孙犁》，则是别具只眼，选取了一个颇为新颖的研究角度。

这个独特的切入点，就是围绕研究对象的报人身份而展开，敷陈发掘，寻幽探微，条分缕析。这也正是作者曾经在某篇文章中述及的目标："在'作家孙犁研究'的主干道旁边，再开出一条'报人孙犁研究'的新线路。"

纵观孙犁先生一生，其职业生涯的大部分时间，是以报人的职业安身立命的。从抗战时期加入《晋察冀日报》《冀中导报》开始，他就有了这个身份，解放后进城到《天津日报》工作，并在此岗位上离休。因此，用"报人孙犁"来概括其生平，可以说是准确精当。这也是孙犁先生在作品中，以及与友人的信函和交谈中，多次为自己所做的定位。

这个视角，与大多数的孙犁研究者的立足点相比，便产生了一种陌生化的效果。一些与众不同的感受和憬悟，从这个角度更容易产生，更有助于对研究对象获得一种全面、清晰和深入的把握。

值得一提的是，作者本身就是一位资深报人，弱冠之龄就进入报社，数十年间，先后做过记者、编辑和报社领导，熟悉报纸工作的每一个环节、每一道流程。这样，他谈论起报纸运作的方方面面，就没有隔膜之感，更能够切中肯綮。还有格外重要的一点，作者曾经供职的报纸，正是《天津日报》，因此得以成为孙犁先生的年轻同事，早在 20 世纪八九十年代，就亲炙謦欬，面聆教诲。后来他虽然远赴南国工作，但与孙犁先生的联系一直不曾断绝，日常书翰往还，年节探望问候，成为一对情感贴近、灵魂契合的忘年深交。

这些因素的凑泊，让人联想到佛家所谓因缘和合，注定会作用于这部著作的构撰，让人有理由对它寄寓某种期待，而它也的确也没有让人失望。目光每于常人忽略处有所发见，于常论未及处有所拓展，是我初览书稿之后的一个突出感觉。说它填补了一个空白，开辟了一处新境，并不是夸张矫饰。

三

这部专著共分为四辑。前面三辑中的数十篇文章，分别归列在《读者·记者》《编者·作者》和《学者·报人》的标题之下。这三组六个称呼，是作者为孙犁先生的身份所做定义的集合。

细分起来看，这三对身份，既是按照研究对象生平的时间顺序，加以敷陈展开，也是依据其职业与知识构成，进行寻幽探微，显现出的是一种全方位、多层级的打量和把握。

《读者·记者》一辑，展现了孙犁先生步入报人之路的身影足迹。青年时代的他，是一位痴迷于《大公报》副刊的读者，并由此爱上了文学，"由读而投"，写文章投稿。敌寇入侵，全国抗战爆发，他投身保家卫国的民族抵抗运动，成为一名战地记者，写下了许多报道，记录了血与火的晋察冀战场，讴歌了中国人民的不屈反抗和英勇牺牲。《以笔为枪的战地记者》《"我当记者"——在孙犁自述中的"记者生涯"》等篇目，生动地记载了这一段生涯。可以说，孙犁先生的文学之路，是从新闻写作开始的。而这一段生活经历，也成为他后来脍炙人口的《荷花淀》《风云初记》等文学名篇的题材来源。

这一组文章在介绍孙犁先生的记者经历的同时，也分析了其不同时期新闻作品的特点，一些地方发他人所未道，新意鲜明。像对其《游击区生活一星期》，称为"沉浸式的战地体验"，而对其新中国成立后所写的《津门小集》系列报道，则概括为"渐变式新闻特写"。这样的发见和提炼，如果不是熟稔新闻工作规律、深谙个中三昧者，是难以做到的。

报人工作的一个突出特点，是"编采合一"，即外出时是写稿的记者，在家里时则是编稿的编辑，分工并不十分严格，一直到现在都大多如此。第二辑《编者·作者》聚焦于这一个方面，对作为编辑的孙犁先生的职业操守和卓越造诣，给予了充分的介绍。

在战火纷飞的抗日战场，在冀中平原和太行山地，孙犁一身二任，既做记者写报道，又当编辑编报纸和期刊。《孙犁的"编辑部"》《回望"冀中一日"》等篇章，记录了这一方面的工作情形。当时环境极其艰苦，他衣食不继，萍踪难定，甚至有很长时间是一个人孤军奋战，老乡家的一条土炕、一张炕桌，就是编辑部。《人在稿存》中写道，孙犁先生将稿件装在书包里，一有情况背起就走，没有丢失过一篇稿子。在当时动荡不已、生死无定的情况下，这实在是难以想象，难怪孙犁先生曾经在散文中以自豪的口吻谈及此事。某件事情能让一个人以性命托付，足以证明它在其人心目中的重要性。作者不由感喟："将稿件与自己的生命'捆绑'在一起，这样的编辑，乃至他所体现编辑态度和认真敬业的精神，如今安在哉？"

新中国成立后，孙犁先生长久担任《天津日报》文艺副刊编辑，后升任主管副刊的编委，一直到离休。他尽管资格很老，是老革命、老延安、老干部，但丝毫无意于仕进之途，甘愿居卑处微，将全部精力投入他所挚爱的编辑工作中。这是他的夫子自道："我把编辑这一工作，视作神圣的职责，全力以赴。"《编辑五题》一文，详细列举了他始终践行并要求同事们遵循的编辑工作准则，每一点都来自躬行中的感悟，是诚意和心血的凝聚。他认真阅读每一篇投稿，"像写情书那样写退稿信"，并从中发现和扶植寂寂无名的作者，不少今天声震文坛的知名作家，也得到过他的及时而中肯的提携指导。他"有思路，有宗旨，有定力，有谋略"，将编辑工作做到了极致。

作为一代文学名家，在做好编辑工作的同时，孙犁先生也为几家著名的报纸副刊撰写了很多作品，其中不少今天已经成为广为传诵的名篇。这一种编者与作者身份的重合叠加，能够让人解读出颇为丰富的意涵，诸如老一辈文人的深厚广博的修养，关于编撰之间的相互激发促进，关于他通过具体作品示范和印证了自己对于副刊的美学主张……凡此种种，都可以是这一话题场域中的应有之义。

第三辑《学者·报人》，则将笔墨投注于孙犁先生在新闻生涯中体现出的深厚卓越的学术素养与识见。像《一本新闻专著的"传奇"》，记录了他写作《论通讯员及通讯写作诸问题》的情况，这是解放区第一本新闻专著，具有开创的意义；像《孙犁的"策划文案"》等，则让人看到他对副刊工作的精研覃思。《天津日报》的多个副刊版面和增刊，其办刊宗旨、栏目设置、风格特色等，都得益于孙犁的倡导和力行，通过具体生动的介绍分析，作者给出的评价便让人服膺且钦敬："不唯勇气可嘉，而且思辨之精粹，文笔之犀利，申论之明晰，谋划之周密，堪为策划文案之典范也。"

孙犁先生的认真谨严，体现在许多细微之处。《敬畏文字》中对校对这样的基础性工作的严格要求，《"标题是一种艺术"》中对文题制作的斟酌推敲，都让人想到《论语》中子夏的那句话，"虽小道，必有可观者焉"。这些让作者深受触动："反躬自省，我们这些延续着办报办刊之文脉，传承着煮字弘文之薪火的后来者们，是不是也该从中受到一些触动，进而增加几分对文字的敬畏呢？"这样的启发，同样也会令广大的报界从业者受益。

前面曾谈到，这部专著不属于文学作品研究，但并非没有涉及这方面的内容。事实上，只要面对孙犁先生的作品，就无法躲避开必要的文本阐发。像《文言的活用》一文，就分析了孙犁先生晚年散文作品鲜明的语言特色，指出它很大程度上源自古典文学的熏染。因为这些作品大多刊于报纸副刊上，也从一个独特的角度体现了先生的报人情怀，折射出他关于报纸版面的见解，实际上也与专著的题旨相去未远。

不难发现，在孙犁先生诸多身份中，占据中心的是"报人"。其他的几种称呼，或者是这个身份构成中的一部分，或者是由它派生和延伸出去的。作者将这部专著命名为《报人孙犁》，一定程度上当是出于这种考虑。这种运思方式，对全书的架构起到了一种统摄控驭的作用，让人想到西晋陆机《文赋》中有关谋篇布局的表述："立片言而居要，乃一篇之警策；

虽众辞之有条，必待兹而效绩。"

这样的安排，取得的是某种全息照相式的立体效果。作者仿佛操控一部摄像机，上下左右，远近前后，正面旁侧，不断地拉伸镜头，有时扫过一个相对开阔的区域，有时则驻留于某一处局部，乃至某一个细节。每一篇文章，都仿佛是一幅高像素的照片，真切清晰。它们既展现了研究对象的身世足迹，又剖露了其情怀魂魄，追形复摹神，宏阔而细腻。可以说，作者出色地抵达了自己设定的"报人孙犁研究"这一目标。

四

前述三辑中的数十篇文章，都是作者在半年时间里集中写下的，这样的速度让人感慨。与其称它们是"急就章"，不若说是长久的蓄积，借由一个合适的契机，获得了集中喷发，仿佛水库的泄洪闸门提起，汹涌的水流瞬间直泻而下。

而这一切的根本的原因，主要的动力，要归结为作者对孙犁先生真挚深切的景仰与敬爱。这一种情怀，在第四辑《我与孙犁》中，得到了尤为明确的表露。它是潜隐贯穿于这部著作的全部文章中的一条脉络，仿佛一条逶迤于田野间的小路，步履其上，可以从容观赏两旁的佳美风景，草长莺飞，杂花生树。

作者自述，这部《报人孙犁》书稿已经酝酿了三十多年。早在 20 世纪 80 年代，他二十出头，就曾与孙犁先生就这个选题交流，得到了老人的认可和指点。后来因为事务繁忙、工作变动等，迟迟未能充分开展，但一直持续着对孙犁先生的关注和研究，写了不少文章，收入本辑中的这些就是其中一部分。它们时间跨度很大，内容和文体也丰富庞杂，但足以印证作者对孙犁先生的情感是一以贯之的，始终不曾游移衰减。

这些文章中，岁月之感交织着知音之慨。《孙犁早期报告文学的阳刚之美》《浅论孙犁的报告文学》等，分别发表于20世纪八九十年代之交，尽管是发轫之作，亦已经显露其用心之深和用力之勤；《芸斋的来信》和《孙犁的"签名本"》，则写了作者与孙犁先生的书翰往还，写了老人对后辈的欣赏和勉励；《遥祭文星》是一篇泣别之作，深情依依，追思绵绵，读来令人动容。而附录收入的孙犁先生女儿孙晓玲的《侯军与父亲的忘年交》，则是经由第三方的视角，佐证了这种交往的亲密、融洽和深入。

读过这些文章，再回头来看作者的心迹剖白之言，就会感同身受。作者自述，这本书"是我近年来，写得最用心也最动情的一本专著"。他在半年的时间里，"焚膏继晷，精研细审，夙夜伏案，奋笔疾书"，将数十年中的感受和思索，加以整理提炼，一口气写出数十篇，正是为了向即将到来的孙犁先生110周年诞辰献礼，表达一份深挚的爱戴和缅怀。诚哉此心，信哉斯言！

这样，我们就会在该书前三辑与第四辑之间，在过去的和今天的文章之中，发现一种逻辑关联。前三辑里的许多基于深入理解的新发现，都是建立在第四辑文章中流淌着的感情之上。某种意义上，不妨说后者是前者的源泉，而前者则属于后者的流淌和漫溢。这一条水流的波光之中，熠熠闪动的是作者的诚心正意。

孙犁先生一生宠辱不惊，进退从容，得失泰然，"功成而不居，名彰而身退"，但阐发弘扬他的高尚的人格境界、出色的艺术贡献，却是后人不可推辞的责任。他在作品中传播的真善美的理念，对世道人心向善变好的期盼，如今得以通过一位他所信赖的作者，经由一部翔实深入的著作，得到进一步的发掘和梳理、阐发和揄扬，使其薪尽而火传，身殁而神存，成为一种精神财富传之后世，造福于一代代喜爱他的读者，无疑是一件大有意义的事情，也是对于追念之人最好的纪念。孙犁先生天上有知，也当会倍感欣慰的。

在此意义上，作为一名热爱孙犁的读者，我也要向作者侯军先生，表达一份由衷的敬意。

青灯有味似儿时

——读《童年那些事儿》

对于大多数人来讲，童年和故乡的记忆是伴随终生的。等到渐入老境，历尽世事风波，饱尝人间悲欢，对诸般事情都淡漠了，但儿时故乡生活的影像，仍然会萦回心头，甚至愈发鲜明。因此，苏轼写下过这样的诗句："存亡见惯浑无泪，乡井难忘尚有心。"

刘现辉的一套四册绘画作品《童年那些事儿》（花山文艺出版社出版），就是一次目光穿越时光阻隔，对童年和故乡的深情仁望。经由长久而专注的凝视，一缕缕游丝般轻淡的乡思，逐渐扩展汇聚成一种浓郁的故土深情，仿佛满天云锦，在灵魂的天空闪现着动人的光华。

甫一翻阅，我就被深深吸引住了，欲罢不能，用半天的时间，集中读完了其中的一册。画家描绘的正是我的冀中平原故乡的风光民俗，每一幅画面，都仿佛是自遥远的时光彼端发出的一封请柬，邀我回返五十年前的 20 世纪六七十年代，回到在故乡农村度过的童年，重新体验那种快乐无比的心境。

童年记忆中，大自然永远不可或缺，是每一幅画面的主角或背景。《扑蜻蜓》《打水漂》《麦秸垛》《树荫乘凉》《牛棚讲古》《向日葵秆做枪》……画册中，随手翻到的一页，那些游戏和故事，都是在故乡的河流和田野、树林和菜园、场院和牲口棚之间发生和展开的。那么多熟悉的场景，在眼前鲜活地浮现，挟带着彼时阳光、风和植物的气息。已经埋藏在岁月深处的许多记忆，也被它们唤醒和激活：春天，埋头走在绿油油的麦苗田垄间，寻找一棵纤细的杏树苗；夏夜，到村边大树下，将手指头伸进地面上的小洞里捉"知了爬爬"；秋天的田野一片金黄色，在一簇倒伏的谷穗旁边，发现了一窝鹌鹑蛋；冬天的屋檐上垂下串串冰凌，折断一截放进嘴里，瞬间一股冰凉穿透了脏腑……那些欢欣和惬意，仿佛就在昨天。

观赏这一套画作，好像打开了一整座童年生活的博物馆，馆藏格外丰富和详尽，玩耍、上学、家务、农事、年节，林林总总，堪称极大限度地再现了童年生活的样态形貌。不少画面还具有颇为鲜明的时代特征，像《派活儿》《灭蝗虫》《地震棚》《送新兵》《备战麦收》《出村看电影》等，是一份那个年代农村社会生活的原生态写照，文献的价值寄寓在生动的画面中。

画册能够产生这样的效果，首先应归功于作者的诚笃和恒心。他找到了自己最为中意的题材目标，从此避开时尚的诱惑、市场的喧嚣，执拗地守望着心目中的那一片园圃。目光的长久凝注中，生长出了一种魔术般的力量，那么多生动的细节，从遗忘的深渊中被打捞出来，仿佛一颗被泥沙掩埋很久的珍珠，放在手掌心中，依然温润晶莹。

童年是一颗敏感的灵魂对世界的敞开、对存在的拥抱，最能够感受大自然的诗意和美。生活尽管贫穷艰难，但在天地之间奔跑嬉戏的孩子们，却都是不识愁滋味的。童年是漫长人生路途中预先支付的快乐，对后面遭逢的困顿苦难，能够起到稀释和抚慰的作用。我想到了苏联作家、《金蔷薇》的作者康·帕乌斯托夫斯基的一段有名的话："对一切事物诗意的想象，是童年给予我们的最伟大的馈赠。如果一个人在那之后悠长残酷的岁月中没有遗失这个馈赠，他就是诗人或者艺术家。"

这套书的作者，就是这样的诗人艺术家行列中的一员。能够恒久地保持这样的感受，堪称一种令人企慕的幸福。这些画作写实中略有变形，构图浑然，线条简约，充满了朴拙的趣味，某些时刻会让人想到丰子恺的漫画。在最初的兴奋后，我努力让自己慢下来，不要急于看完，而是每天读上几页，让沉浸更为细致深入，让愉悦感更加深长持久。

恰如这套书的另一个题目《民俗画乡愁系列》所昭示的，作品还指向了更为丰厚的价值和意味。

在童年、故乡和大自然作为背景的乡土朴实生活中，闪现着那个时代民间社会和平头百姓的情感风貌。《贴饼子》《羊羔跪乳》《慈母手中线》《热心肠》等大量的画面中，展现了父母养育之恩、兄弟姐妹的手足之情、乡邻间的友爱互助等。这些人情和人性之美，是贫瘠生活中的亮色，让人倍感温暖。以

《过大年》为总题目的多篇作品，还把笔墨聚焦于节庆习俗，如供神、祭祖、守岁、上坟等。这些乡村生活中古老而普遍的习俗中，积淀了深厚的历史文化元素，是悠久传统的形象体现，那些祭祀、敬畏和禁忌的背后，有着可以寻绎的线索。它们连接了农业文明孕育出的伦理道德训诫，有对公序良俗的倡导褒扬。如今，随着农村城市化进程驶入快车道，很多民俗连同其中的价值蕴含已经渐趋式微。如何挽留住其中的美好，怎样才能让乡愁获得寄托安放，已经成为一个重要的时代命题。在这个意义上，这部作品既是一次寻根之旅，又蕴含了朝向未来的期待和呼唤。

《童年那些事儿》是一次打捞记忆的勤勉劳作，是对过往岁月的深情祭奠，表达了带有普遍性的生活经验和生命体验，因而也有充足的理由获得广泛的共鸣。仿佛一窖封存的老酒，时间越久味道越醇厚，童年和故乡，隔着岁月烟云望过去时，胸腔里会酝酿出一缕温馨的忧伤，令人低回不已。对这一种情怀，继北宋苏东坡之后，另一位伟大的诗人、南宋时期的陆游，也写下了千古传诵的名句："白发无情侵老境，青灯有味似儿时。"

灵魂的自由飘荡

这本散文集《九万里风》里写到的地方，有的我也去过。

但我记忆中的情景，和作者陆春祥笔下所写的相比，差了不少成色，就好像是一幅敷衍而就的写意画和一幅精心绘制的工笔画的区别。譬如《娘家小院》，写的是玉环楚门镇上，作家苏沧桑父母所居住的地方，我是与他一同走进又一同离开，所有的景致，所有的经历，都应该是一般无二，但他怎么就记得那么清楚又描绘得那么细致呢？走进院门后，随着脚步迈动次第迎面而来的是石榴、蜡梅、山茶树、冬青，秩序井然；然后是坐在桂花树下喝加饭酒，酒的香味被他细细辨析，阳光从桂花树叶间漏下来，在米色的桌布上一毫米一毫米地移动；含笑树顶上白头翁的窝和椭圆形的青色鸟蛋，像极了即将成熟的葡萄；风度翩翩的苏家老爹回忆在院子里掘井挖出清泉至今饮用的故事，慈祥和蔼擅长剪裁的苏家妈妈捧出一大堆零头布，要给两位女作家量体裁衣做连衣裙……读着他的文字，整个做客小院的过程完全复活了，在我记忆中原本都是碎片式的、闪烁不定的场景，到他笔下，每一个局部和细节，都是高度清晰。

所以，在这本可以简单概括为游记的新作中，他写到的每个地方，在他的目录中，被东西南北中的朴拙的分类法囊括的每一个地方，首先呈现出的，都是一幅幅这样高清晰的画面。这般精细化的观察，显然属于作者的一种禀赋。这样的"不隔"，自然让读者爱看受用，很容易就被文字带进各种境界之中。不论是东南的大海，是西北的沙漠，是秦风刮起的长安水边，还是李白印下足迹的天姥山，都是他的逍遥之游的目标所在，是九万里风吹拂到的场所。经由作者灵动的文字表达，它们各自鲜活生动，有声有色，可触可扪。

但陆春祥文章的特有的魅力，毕竟不只是给人看到照片般的效果那样简单，游记写到这个程度的大有人在，算不上什么高深的水平。他的游记的独特的味道，在于他装备了一整套丰富庞杂、生动有趣的知识体系，并用它来烛照他游历过的每一个地方，从而窥见该地的历史人文情韵，那种穿越时光的无穷的氤氲和弥漫。这一点成为他的十足个人化的标识，他的十分鲜明的风格。

数十年中，他步履所至，不仅欣赏并沉醉于眼前的声光形色，他的脑海里也同步进行着另外一场广袤浩大的"逍遥游"，一种灵魂的自由的飘荡。他每到一个地方，都广泛搜集、精心研读历朝文史笔记、野史札记，了解此处的历史人文、风土人情、风俗掌故，这些博闻博识，化作他的知识薪柴中的一部分库存。当他的目光从这里的山川田野、街衢深巷中拂过的时候，仿佛有一簇火苗点燃了这些薪柴，会从他的脑海中的另外的空间里燃烧起来，噼啪作响，发出烟雾和光亮，映衬着眼前的真实的风景，让它们的层次和意蕴都变得丰富起来，厚重起来。

这样，他就获得了一种共时性的能力，在某一个他所驻足的地方，从当下看到了往昔，从眼前的现实的声色里，读出了被远远抛在背后的历史的光影，看到了在历史的长河中，古今之间的情感、心绪和血脉的传承接续，是以一种什么样的方式开展进行的。这些丰富繁杂的知识，仿佛成为他身上的密密麻麻的披挂，成为十八般兵器，外人看不见，但他清楚得很，知道写到什么地方，可以随手抽出哪一件东西，放进文字间，境界立马就不一样了。对于每一篇文章来说，这些因素都是让其变得更为宽阔丰厚的东西。

以书中的《梅花之城》为例，它写的是浙江建德，古称睦州、严州、梅城。这应该算是此书中至为普通的一篇，但却能较好地显示出作者运思的特点。"一千八百多年的浑厚"所铸成的"梅城的光辉"，在这篇文章中是通过这些元素得以实现的：严子陵将脚搁在皇帝刘秀的肚皮上酣睡，可谓巨大的惊骇事件，好在刘秀理解老同学的桀骜不驯、视富贵如浮云；睦州下辖的淳安县出了农民起义领袖方腊，险些葬送北宋王朝，令宋徽宗一气之下，将此地地名睦州改名为严州，要严加看管；历代诗歌构成了梅城的血肉筋骨，谢灵运、沈约、孟浩然、杜牧等都写下过吟咏此地的佳作，"野旷天低树，江清月近人"无人不晓；范仲淹因直言被贬此地，做的最重要的事就是建严子陵祠并写记，盛赞"先生之风，山高水长"；年逾花甲的陆游也在此做过三年知州，体察民情，勤勉有为；这里是南宋时期重要善本书的出产地，现在存世的宋版严州本皆已成国宝，出版业的繁荣一直延续到清代；三江口的南峰塔，几乎与梅城同龄，始建于三国……这座千年古城的内在的灵性，其文脉和城脉，就是由这些内容所构成，在梅花绽放的季节，尤其能够让人鲜明地感受到。

到了《惊蛰》，就更是一个微型的小百科，一派灵动气象，仿佛露珠在荷叶上滚动。惊蛰，春雷震响，万物生长。启蛰的是雷，雷神有自己的模样，被写得煞是吓人但也可爱。作为二十四节气之一的这个节气的意蕴，获得了丰富生动的解读。文章中有作者自身的生活经历和体验，因而感性十足，又因为涉及神话、民俗、野史笔记等，增进了这个话题的广阔性和趣味性。传统的深厚蕴藉通过诸多小视角得到发掘和展现，结构灵动不拘，语言飘逸洒脱。

这样的品格，就像九万里风的吹拂，在空间大地上无远弗届一样，弥漫于每一篇文章的篇页字行间，如同月光照耀，如同花香弥散。

有文采、有思考、有趣味，这"三有"是作者曾经表达过的审美追求，也的确成了他的文章底色。作者在序言中自称"假装逍遥游"，但若没有点儿真本事，没有飞行所凭依的足够强劲的风，在这里是各地的历史人文风土人情，即便能飞起来，也因难以解决动力问题而飞不高望不远，落得个蝉、学鸠和蓬间雀的下场，只能看到眼前有限的场景。而大鹏因为凭借巨风，才得以扶摇而上九万里，飞得最高，看得最远，将大美尽收眼底。

大地之上的诗与思

读完刘江滨散文集新作《大地烟雨》，掩卷抬眼，面前似乎幻化出一幅画面，若隐若现。一方陡峭矗立的岩石，粗砺而坚硬，但岩壁却湿润阴凉，有丛草附壁而生。忽然一缕阳光照射过来，草叶间便有水雾氤氲，时或闪烁出悦目的光彩。

这一种印象，其实也是我多年来读他的散文的感受，经由这部新作获得了进一步强化。该是与这部散文集所归列其中的"一方丛书"的宗旨有关，《大地烟雨》所收录的作品，大多与他的故乡冀南平原为主的燕赵大地有关。这一方水土之上的风景和物事、历史和现实等众多内容，都被作者收入自己的视野。在这样的背景下展开的感受和思考，便显得格外开阔和深入。几十篇散文中，有土地和季节中的美及诗意，有风土与民俗中的情致和韵味，也有不少生动传神的人物写照。

对故乡平原大自然风光物事的描写，我以为是散文集中最为生气勃郁、辞采华茂的部分，让人沉浸和迷醉。《青纱帐》中，一望无际茂密厚实的玉米和高粱，是"夏日平原大地上最葱茏的风景"，穿行其中的闷热难耐，手臂被叶子划破又被汗水浸泡的火辣辣的疼痛感，被写得惟妙惟肖，如同置身其中。萧瑟、安静和僵滞，则是《北方的冬天》中展现的冬日原野表情，天地运行无极而有道，收敛和肃杀的背后，是在为下一轮的生发舒放蓄积能量。大自然生机蓬勃而又趣味盎然，《乡野上的昆虫》中的那些蚂蚱和螳螂、蜻蜓和蟋蟀、蝉和蝈蝈，正是其中最为生动活泼的细节。《农事情稠》中，那些犁铧、纺车、石碾、提灯等，作为农耕时代的物证，"如同古玩的包浆，浸进了个人的体温和感情"，连接了温馨的记忆。大地的诗意自文字间汩汩流淌，仿佛初春时分在远方地平线上飘荡的缥缈雾霭。我同样也有过童年农村生活的经历，故乡距作者老家不远，读着他的描绘，我暌违已久的乡野记忆瞬间重返脑海，鲜亮如草叶上的露珠。

在另外一些时刻，他的脚步迈向某处遗存、某个废墟，目光投向烟云模糊的历史深处，思接千载。《大陆泽梦寻》是对湮灭已久的北方第一大湖大陆泽的探访考察，站在一道河沟、一片旱洼旁，他想象当年的烟波浩渺、帆樯林立、荷叶接天，追寻沧海桑田背后的原因，思索生态文明，呼唤绿色关怀。《沙丘平台》中，则弥漫着浓郁的兴亡之慨。村外农田间一片稍微隆起的土丘，毫不起眼，却曾经是巍峨奢华、连绵弥望的宫殿。它是商纣王沉湎于淫靡之乐的酒池肉林，是赵武灵王因宫廷政变被困饿毙的离宫别馆，也是秦始皇最后一次巡游天下染病驾崩之处。三代帝王在此折戟沉沙，因此这里被称为

"龙困之地"。残破的土台遗址上，灰黄的枯草在寒风里抖瑟，诉说着陵谷变迁，天道无常。

这些作品分为《风》《物》《志》三辑，命名中有着摇曳的韵致。阅读时有一种感觉，是似乎望见作者写作时的目光，不停地在两个层面之间巡行往复，就像一个辛勤的园丁有序地打理着相邻的两处园圃。它们种植的是不同品种的花木，但同样都让他看重。

这种关切首先投注在众多的目标物象之上。眼前的风景和器物，色彩和声音，眼观耳闻的诸多对象，都诉诸各司其职的感官，被真切清晰地展现在眼前，像摆放了一张张高像素的照片。但很快，目光被思索牵引着进入物象的背后，那是属于理性的层面，仿佛透过树木繁密枝柯的缝隙看到的一处农舍。这些生动形象的画面后，有着思想的结晶体，是对于前者的升华和抽象。

这样，诗情和智性、感受和思考，在许多篇章中都达到了一种浑然无间的结合，如同盐溶化于水，如同鸟鸣啭于树林。《一只哲学蝉》篇幅不长，却将这种运思特点体现得颇为突出。对从洞穴中捕捉蝉蛹的经过、蝉蜕的整个过程、幼蝉碧绿的躯体和薄而透明的蝉翼，都有工笔画般精细的描绘，而由此生发出的感受及憬悟，则分别连接了《史记》和《庄子》里的表达、楚辞和唐诗里的诗句、《西游记》与佛教《心经》里的记载，涉及成长的本质是一场修炼、自在的生命不为心役不为物累、高风懿德的传播不需要凭依外力等感悟。古典文化的丰富意涵，为作者试图"漱涤万物牢笼百态"的审美观照，增添了一份触类旁通的贯穿力度。

这篇作品显示出的作者腹笥的充盈，尤其是文史哲修养的丰厚，这也体现在很多别的篇章里。这使他在取譬征事时，能够连类比物、左右逢源，也让他在发掘描写目标的内涵时，往往比别人能够抵达更为丰富、也更为深入的层面。这有时仿佛是抽丝剥茧，是一种发幽掘微的功夫，有时又仿佛树木的开枝散叶，是一个伸延扩大的过程。

出于特定的心性和关怀，一个作家的众多作品，其实可以说都围绕某一个核心而展开，仿佛一块磁石引得周围的铁屑吸附其上。在这部散文集中，一个十分着力的方面，是作者对生命和生活的滋味的品尝。《大地的味道》描写了多种食物果蔬的滋味，酸甜苦辣，既诉诸味蕾的感受，又与人生的体悟相连。这个内容并不算新鲜，但因为作者的用心，一些地方却颇有新意，道他人所未道。如关于酸味的一些话："酸大半就是甜的少年时"，"那些拈酸弄醋的男人或醋海生波的女人，其实就是心智不够成熟的人"。物性其实也与人性相连，"五味不仅满足了我们的味觉和自然的生命之需，更投射黏附了丰富繁密的人生况味"。对于"人生况味"的瞩目和沉浸，在这部集子中随处可见，正是作者一以贯之的写作旨归。

作者以评论家身份踏上散文写作之路，因此文字间有一种理性的准确和清晰，所言必有所据，所思必有所附，情感发抒、想象驰骋的风筝，被一根结实坚牢的线绳牵引，收放自如，进退有度。一种诚笃庄敬的为文态度，"修辞立其诚"的美学追求，贯穿了这些篇章。没有言不及义，没有浮夸矫饰，也没有故作险怪。这样的姿态体现在文字上，则是一种锤炼之后的自然，一种朴质之上的灵动，一种熔铸了古典辞采的雅正淳厚的趣味。

与许多散文集以其中某篇的题目作为书名不同，这部集子里并没有题为《大地烟雨》的一篇。短时的疑惑之后，我试图为作者的命名赋予这样一种理解：这个书名，其实也是作者对全书的美学风格的一个隐喻式的概括。大地坚实，指代了所表达内容的真切和质朴，有一种可以触碰扪摸的生活的质感；而烟雨空灵，是作者感受的丰饶，思绪的飞扬，是文字的摇曳而悠长的韵味。

生命与自然的和鸣

——读《二十四节气七十二候》

  我是在夏至这一天，翻开《二十四节气七十二候》这本书的。很自然地，最先找到描写这一节气的章节来看。此时，我所置身的城市远郊小院里，头上太阳炽烈，身边热气流荡，十几种花木的枝干藤蔓缀满茂盛浓密的绿叶，各色花卉或艳丽或淡雅地开放着。我在大自然的围拢中，读这部描摹大自然表情的著作，读出了无尽的滋味，也感受到无上的快意。

  针对夏至这一节气，作品先给出一个概括性的介绍："高温的洗礼真正开始。"烈日，酷暑，闷热，在属于这个节气的十五个日子里联袂登场，营造出这个节气独有的气息。在作者眼中，夏至的气息，是"阳气盛极的狂放外露"，是"自内而外的'心火'燃烧"，是"壮怀激烈的碰撞"。

  接下来，便是对这一节气所属的三候，每一候的五天的品类繁茂、缤纷丰盛的自然物象，次第进行描绘阐释。像初候"鹿角解"，归为"生命需要这样的燃烧"；二候"蝉初鸣"，则是"荷影蝉声意无穷"。小标题或者是对当时最为盛大的物象的描述，或者是一种形而上意义的揭示。这些解读，在古籍中对物候命名来源的释义之上，添加了作者结合自身生命体验的理解，并诉诸诗意洋溢的文字，美不胜收。

这部作品的突出的特点，是作者目光穿透物候表象，寻求其背后的意涵，它之于情感生命的启发。这样一种思维方式的建构，需要历史文化的丰厚积淀。在作者看来，夏至固然是阳气的极致之日，但同时也是阳气始衰之日，仿佛一条抛物线的最高点。鹿角阳性至强，此时脱落，意味着阴气开始生发。蝉鸣声声，热烈喧闹，但其中却有人们通常不会想到的一种消息："生于盛阳，感阴而鸣。"你中有我，我中有你，渐次变化，由微而著，盛极必衰，否极泰来……作者生发出的这些极富辩证色彩的思索，也是植根于古老的《周易》的智慧。这是自然的辩证法，或者换成中国古人的表述，是周而复始不断轮回的天道。

用阴阳二气来解释季节的递嬗，揭示变化的奥秘，是绾结起整部作品的一条绳索。在中国古代哲学中，"气"是构成物质世界的最为基本的概念，气又分为阴阳，既相互对立又彼此依存，成为事物生发变异的内因。由此引申派生出来的天地二气的交互关系，便成为节气和物候变化的内在动力。天之气降沉，地之气升腾，阴阳之气"交通成和"，彼此增减消长，在不断变化中达成一种动态平衡，呈现为不同的风景物象。四季流转不已，天地大美不言。

夏至如此，一年中的全部二十四个节气，以及与之相关的七十二种候，都有着丰富内涵和隽永滋味。它们构成了季节变化运转的奇妙体系，宏大而又精微。所有这些节气物候，都是被这样的眼光打量，被这样的心情浸润，被这样的思索照亮，由此而产生的文字，便都融合了诗意感受与理性启悟。于是，在反复变幻的自然物象中，映现的是天地之道的亘古如斯。

此外，这部作品最为醒豁的新意，是建立了主体和客体之间的映照关系。它将传统的对节气物候的知识性认知，明显地向前推进，置放于一种生命观照的视野中，让天地风景的变化，与人的精神情感世界产生关联。季节的嬗替中，有生命脚步迈动的声音和节奏，大自然的丰饶变化，成为生命发育、成长和蜕变的镜像。此外，天地对万物的佑护，也是从本体的意义上，为人的行为建立准则。这样，生命和自然之间，便具备了一种和鸣关系，互相印证，彼此应答，仿佛音乐中不同声部的对位。这部作品有一个副标题《中国人的诗意生命美学》，正是对这种写作宗旨的概括揭示。

就如同作者借以立论的天地二气一样，在解读二十四节气的宏大叙述框架中，我也看到了诸多的二元因素，作为一种隐形的结构支撑了整部作品。这些篇章起始于作者徐立京对画家徐冬冬的画作的读解，但同时又是一种高度自足的文本。在文字和画作的二元形式后面，是也可以大略做出如此划分的内容部分：自然与人生、空间与时间、诗与哲学或者说感受与思想……对自然的感受，对艺术的品悟，对生命的思考，浑然无间地交融在一起。

如何对优秀传统文化进行创造性转化和创新性发展，给数千年的中国古老智慧赋予当代价值和世界性意义，是当下一个重大的话题。近年来，二十四节气备受人们重视，围绕它有不少文章和著作问世，这部《二十四节气七十二候》可谓至为饱满酣畅。同时，收入书中、作为作者思绪生发的泉源之一的众多画作，也是画家将西方抽象的绘画语言引入中国传统的意象笔墨的创新之作，开启了一条艺术表现自然的新的路径。因此不妨说，这部作品从不同方面深入表达了对中华优秀传统文化的新的思考，鲜活生动，足以带给人有益的启发。

我抑制住一口气读完的念头，每天只读几个章节，用这样的节奏，让自己得以持续地沉浸于一种微醺般的惬意之中。合上最后一页时，时光已经进入这个节气的第三候，也即"半夏生"。在元代文人吴澄编著的《月令七十二候集解》中，这样解释这一物候名称的来源："半夏，药名，居夏之半而生，故名。"我的园子里没有种植这种喜阴的药草，但对作为此一章节标题的《最美的星空》，我却有强烈鲜明的感受。这里昼夜温差大，夜风清凉，抬眼望去，头顶上方毫无遮拦，天空浩荡绵亘，繁星镶嵌在深蓝色的夜幕上，银光闪烁。我知道，这样的风景，和这部作品描绘的节气物候一样，亘古不变，但又簇新如初。

植物学家的人文视野

  不久前，因为写一部有关中国植物志书方面的作品，得以系统地阅读了多部中国现代植物分类学家的传记、自传及相关资料，了解了他们的生平和学术成就。一个不期然的发现，却给我留下了颇为深刻的印象——不少人除了是本专业学科的权威大家，在人文领域也都有着很深的造诣。

  仅以文学成就为例，有两个人就堪称不同凡响。

  一个是胡先骕，中国植物分类学的奠基人。他在植物学研究诸多领域都有卓越的贡献，他发现和命名的有"活化石"之称的水杉，被认为是中国现代科学的重要成就，轰动了国际植物学界。他家学渊源深厚，从小浸淫于古文化中，出入文史，十几岁时作为庚子赔款留学生与胡适一同赴美求学，二人交情甚笃，但文化价值理念不同。他以继承中国学统、发扬中国文化为己任，与吴宓等人一起，在文化保守主义的阵地《学衡》上，与主张用白话推翻文言、否定中国古代文学成就的胡适的"文学改良"之说展开论战。他尤其擅长古体诗词，享誉诗坛，作品被陈寅恪父亲陈三立评价为"意、理、气、格俱胜"。晚年将一生所作存留的四百余首诗词，请钱锺书代为遴选编订后出版。钱锺书在胡先骕诗集的短跋中，称道其诗"挽弓力大，琢玉功深"。的确，从这些发表的作品看，其水准毫无疑问是第一流的。20 世纪 60 年代初，他为纪念水杉发现而写的长诗《水杉歌》，受到时任国务院副总理的陈毅元帅激赏，称赞其"富典实、美歌咏"，亲自推荐给《人民日报》发表。

还有一位，今天知道的人应该会更多一些。三十年前，著名报告文学作家徐迟在发表享誉至今的《哥德巴赫猜想》之后不久，又推出了《生命之树常青》，写的是中国科学院云南热带植物研究所的创建者蔡希陶。20 世纪 30 年代，蔡希陶也是胡先骕担任负责人的静生生物调查所的主要成员，在植物学研究之外，热爱写作且已崭露头角。他受胡先骕派遣，带队去素有植物宝库之称的云南采集植物标本，数年间走遍了云南的山山水水。他给胡先骕报告工作进展情况的信函中这样写道："连日采集大满人意，烤制不暇，滇南天气较热，雨水丰多，山谷中木本植物丛生，竟着美丽之花果，生每日采集时，回顾四周，美不胜数，手忙足乱，大有小儿入糖果铺时之神情。预计今岁总可获六千号左右也。"读着这样信手写下却生动传神的文字，仿佛置身现场，工作的艰辛，收获的喜悦，悉数道出。虽是寥寥数句，却足以看出其文字功力。就是在这次考察期间，他写了好几篇描绘当地少数民族生活和风俗的短篇小说，人物传神，状物生动，被鲁迅先生称赞为"很有气派"。

对他们来说，生命的丰沛能量没有被狭隘地拘限于专业研究的范围内，而是有着更广阔的投射。20世纪40年代，胡先骕在南京一所大学担任校长，在一次以《如何获得丰富快乐之人生》为题目的演讲中，他为年轻学子们规划人生图景和路径：一生的精力不应该仅限于职业，还应在职业之外追求真善美，追求无穷的知识。他指出，中国的儒家，正业多半是政治，副业才是各种专门的学问，但是他们借以名垂不朽的，往往却是他们副业的成就。他期待同学们应该尽力培养自己的副业，寄托精神，获得丰富快乐。

　　胡先骕自身的经历就颇具说服力。一生对诗词写作的爱好，使他的精神生活丰富多彩。但这种兴趣也并非独立的，而是仍然以某种方式助益于他的科学研究事业。"追忆白垩年一亿，莽莽坤维风景丽。特西斯海亘穷荒，赤道暖流布温煦。陆无山岳但坡陀，沧海横流沮洳多。密林丰薮蔽天日，冥云玄雾迷羲和。兽蹄鸟迹尚无朕，恐龙恶蜥横駊娑。水杉斯时乃特立，凌霄巨木环北极。虬枝铁干逾十围，肯与群株计寻尺……"这是前述他那一首被誉为亘古未有的"科学诗"的七十行七言古体长诗《水杉歌》开头的十几句，描画了一幅地质年代的景象，气势磅礴，意境阔大，充分体现了他在古地质学、古植物学等领域的广博学识。不难理解，拥有这样一种文艺的眼光，显然更能够充分观照植物世界的美。而这种对美的感知，也会有利于对其研究对象的科学内涵和意蕴的深入了解。

孔子论及学习《诗经》的作用之一，是可以"多识于鸟兽草木之名"，植物学与生产生活的广阔领域都有密切关联，因而是一门具有浓郁人文气息的学科，植物学家具有这种素养，比较容易理解。但在别的看上去更为艰难高深的学科中，其实也是如此，那些杰出的大师，无不同时具备专业之外的禀赋和眼光。如提出光的量子概念、创立了狭义相对论和广义相对论的爱因斯坦，也是一位小提琴演奏高手，几乎每天都手不离琴，还与量子力学的创始人普朗克共同举办钢琴演奏会。音乐艺术对他们不仅仅是业余爱好，而且给予他们的科学研究以灵感和启发，对他们的科学创见起到了催化的作用。在爱因斯坦看来，科学的美和艺术的美是相通的，他将科学上的伟大成就比喻为"思想领域中最高的音乐神韵"，把美国著名实验物理学家迈克耳孙赞誉为"艺术家"。他还说："想象力比知识更重要。"正是凭借一种非凡的想象力，他提出了相对论，外人同样也只有借助想象力，才能接近于理解这种奇特的学说。而想象力，通常被认为是属于文艺范畴的才华。不妨这样说：丰富广阔的文化背景，在科学和人文两大界别自如地驰骋，对成就一代科学巨擘爱因斯坦至为重要。

十多年前，"钱学森之问"曾经引发从教育界到整个社会的广泛关注。杰出人才何以迟迟难以诞生，成为一种公共性的忧虑。如果从上面的角度思考，或许能够获得一条可能的解答线索。半个多世纪以来，我国高等教育按照严格的文理分科设置课程，文不学理，理不学文，导致学生知识结构单一，缺乏综合优势，工具理性与价值理性失衡。不能不说，这样的掣肘很大程度上导致了创造能力的不足。

与此话题相关的现象，其实很早就引起了有识之士的关注。20 世纪 50 年代，英国学者查尔斯·斯诺在其著作《两种文化与科学革命》中指出，随着科技发展，传统的综合性的知识体系发生了巨变，科学领域分工越来越细，科技与人文正被割裂为两种文化，由于知识背景、历史传统、哲学倾向和工作方式等诸多方面的不同，科技和人文知识分子正在被分化为两个言语不通、交往隔绝、社会关怀和价值判断迥异的群体。他呼吁希望两种文化之间多做沟通，否则会妨碍社会的发展和个人的进步。他是科学家，又是作家，这种两栖身份，让他更容易感知到这种阻隔产生的不良后果。

透过这样的背景，再来看近年来颇受重视的通识教育，就会有更为深入和准确的认识。关于通识教育的定义有多种，这是较为简略的一种表述：在现代多元化的社会中，为受教育者提供通行于不同人群之间的知识和价值观。当今国内多所著名大学都强化了通识教育，令人欣慰。这不应该看作一种亡羊补牢式的权宜之计，而是回归一种初衷，一条正途：教育的目的是人的全面发展。

通识教育，东西方都各自有着深远的渊源，虽然过去未必这样称呼，但内在精神实质却是相通的。在东方，这种教育传统最早可以追溯到先秦时代的六艺教育，以及汉朝以后的儒家教育，如"君子不器""允文允武"之类观念，指向的就是人格和能力的全面发展，要成为通才，而非用途狭窄的工具。在西方，通识教育源起于古希腊时代的自由教育，有时也被称为博雅教育，这个名称更有助于让人深刻认识教育的育人使命：培养广博知识和高雅气质的人。因此，人文教育一直是作为通识教育的核心和主要内容。

回到这篇文章的前半部分，胡先骕、蔡希陶两位植物学大家的经历，也印证了这一点。他们虽然分别是在国外和国内读的大学，但受到的都是这种背景的教育。他们开阔的人文视野，对其卓越人格的形成，出色事业的开创，奠定了坚实的基础。就仿佛作为他们研究对象的任何一种植物，只有在阳光、土壤、水分等诸般条件适宜的情况下，才能够发育得茂盛茁壮，精神的生长也是如此，只有撤除种种主观和客观的藩篱，畅游于广阔知识领域的浩大水面，才能够获得丰富的滋养，才有望赢来丰硕的收获。

在人文底色上描画山川胜景

——读《山川纪行——臧穆野外日记》

　　有这样一种人物，一专多能，兴趣广泛，不但在自己的专业领域创下了骄人的业绩，在其他方面也有不凡造诣。若借用民间俗语调侃一下他们，该是脚踏几只船、吃着锅里看着锅外。这种情形，在科学不同领域的具体表现如何，因为缺乏研究，我不敢随意置喙，但至少可以说，在植物学界颇为突出。

　　这个结论来自我的亲身经历。数年前，因为撰写一部中国植物分类学发展史方面的书籍，我阅读了多位植物学家的著作、文稿和传记等，深深折服于他们的多方面的特异禀赋。像胡先骕、蔡希陶两位著名植物学家，分别是中国植物分类学的奠基者和中国科学院西双版纳热带植物园的创始人，其专业成就彪炳史册，同时，他们又都具备出色的文学造诣，前者的古体诗词，后者的小说散文，都炉火纯青，达到了真正的高水准，足以媲美文坛名家。

　　而就在不久前，我读到了一部名为《山川纪行——臧穆野外日记》的著作，让我几年之前体验过的那种喜悦，再一次被激活，且是以一种更为丰富生动的面貌，某种意义上可以称之为"升级版"的呈现方式，带给我的感受也更为酣畅饱满。

这部长达五十多万字的著作，是植物学家、中国科学院昆明植物研究所研究员臧穆在青藏高原、横断山脉等地野外科考的日记体记录，时间从 1975 年到 2000 年，跨度长达四分之一个世纪。作品由考察笔记和手绘图画构成，图文并茂。作品内容更是丰富博大，除了专业领域的地形地貌、植被类型、真菌种类、标本信息等方面的知识，还涉及民俗、宗教、文艺、建筑等诸多领域，堪称一部具有鲜明的博物志书品格的作品。

阅读此书，首先当会赞叹作者深厚精湛的专业素养。从文字间，你能够读出一种游刃有余、万物皆备于我的从容、自信和舒展。科考中见到的野生植物种类繁多，他大都能够认识并说出其科属种的分类、生长习性等，且随手记下其拉丁名，没有丰厚的积累、了如指掌般的熟稔，难以想象会如此。读了这些，再去看对他的事迹介绍：从零开始，率领研究团队对云南及青藏高原的真菌、地衣和苔藓进行全面野外考察和采集，创建中国科学院昆明研究所隐花植物标本馆，开创中国西南高等真菌综合研究先河……就会觉得实在是顺理成章，正应了那个说法"名下无虚士"。

这类高度专业性的内容，通常容易给相关领域外的读者造成阅读障碍，但这部书则不然，读来丝毫不觉得单调枯燥，不能不说要归功于作者出色的文字功夫。他在云南西双版纳和哀牢山一带考察真菌，"采到一介于竹荪和鬼笔属的有趣菌类。

不甚有异味，微有香气，盖极大，而菌幕短于盖，有膜质状分化，似香笔菌，但全株和盖部均为粉红色，故应属于鬼笔属而接近竹荪属。这是来此之大发现"。这是典型的专业知识，但文字间传递出的形象与节奏，分明有一道美的闪光，任谁都愿意读下去。野外考察，终日跋涉穿行于山泽林莽之间，抬头举目皆是大自然的万千形态，因此书中这方面的描写占比甚高，一些段落至为动人。"满山已近秋意，湖旁平原地带有野菊争放，花序黄白兼之，清旷洁雅，树平天远。林下菌类梁山虫草亦见于此。""山涧流水清澈，潺潺溪流，益显深林中清幽。虽蝉鸣和飞鸟偶啼，但鸟鸣山更幽。在林荫树影摇曳中，偶透阳光数条，由林冠射入，清奇以极，跳石择步，虽林外略有暑意，而林中却格外幽静，凉暗宜人。"这些从篇页中随手采撷的文字灵动传神，雅致精练，令人想到徐霞客的游记，或者某些明清山水小品中的佳作。而将近四百幅植物素描，大量风光和建筑的水彩画，附在图画旁侧的漂亮的板桥体手书，更是美不胜收，为该书增色不少。这些，都使得这部著作区别于通常的科考笔记，而成为一部诗意飞扬、美学意味浓郁的作品。

一部作品，是作者心声的流露，是内在自我的外化。野外科考可谓艰难，尤其在作者写下这些笔记的年头，考察设备和交通住宿条件，都远不如今天先进和便利。栉风沐雨，披霜戴雪，藤萝羁绊，蚊虫叮咬，白天辛苦采集标本，入夜还要在篝火前烘烤制作，种种辛劳寂寞，书里都写到了，但作者没有丝毫的抱怨，流荡于字里行间的是一派恬然自得，甘之如饴。

这种态度，当然与植物学研究是其志业有关，热爱能够淡化艰辛。但除此之外，是不是应该还有别的东西，仿佛酿酒时所用的酒曲一般，发酵出了他的一腔诗情？

在这本书中，答案是显然的。那就是一种丰富深厚的人文素养，赋予了他看待山川自然的独特目光。构成它们的，既有对文学艺术的倾心，也有在历史、宗教、民俗等领域的不凡识见。有它们作为灵魂里的储备，他就能在长期的野外生涯中，在履痕所及之处，不仅面对他的专业领域的事物，更是在赏读一部天地大书、人文长卷。因此，他才能够在别人看来枯燥单调的工作中，品咂出深长的滋味。书中所附臧穆夫人黎兴江的文章《臧穆的世界》，更可看作是对这一点的生动注解。臧穆自幼酷爱书法绘画，高中毕业时曾有报考艺术院校的想法，还喜欢收藏，醉心集邮，痴迷京剧，兴趣极为广泛。长久的涵泳陶冶，自然有助于其审美化人格境界的构建。

在这样的目光观照下，仰观俯察，无往而不美。灯下夜读，他熟知从唐代到元代多位诗人有关菌蕈的诗句。泸沽湖的美丽景色，让他感叹可惜范蠡苏轼不曾泛舟于此，失落多少奇文佳句。看到一条南温河，"山绿水红，如凡·高的彩画，红绿相间，在自然中果有此美艳丹青"，自然和艺术的界限，在他眼中已然消弭。他指出画家张大千自小生活于川地雄奇山水间，浸润既久，才有《长江万里图》这样的杰作，进而领悟到："科学也是如此，如停止深入调查，不可能有完整的了解。"大千世界的一切，须弥之大，芥子之微，都能成为他审美的对象，化作思想的材料，也成为生命感悟之所凭依："夜寐前，出门少息。见明月半轮，高悬夜空，周围山岭环抱，泉水潺潺，由四面而来，水声响而不噪，益感宇宙宁静，万籁无声也。人在寂寞中是一乐趣，人不甘寂寞是更高层的乐趣。"

因此，读这部书，到处能够看到一个"通"字，融会贯通，无所拘囿。山川、自然、人生和社会，共同作为他情怀投射的对象，庶几可谓是"漱涤万物，牢笼百态"。科学精神，人文情怀，一并构成了他的生命底色。这一种禀赋，既得益于他那一代学人共同具有的通识教育的求学背景，更来自他个人的勤勉修为。它不但成就了他的专业事功，更滋养了他的内在人格，使其超越了狭隘的工具理性，而成为一个敞开胸怀拥抱多种价值、求得全面发展的人，生命的乐趣也因而得到了充分的扩展。

因此，我才有把握说，喜爱这本书的人，他从中收获的，不会仅仅限于植物学领域的知识，而应该是一种对宇宙万汇的好奇心，一种对知识进行综合性建构的能力，一种对寥廓广博的生命境界的企慕与追求。

它们是血泪和汗水浇灌的花朵

——我读红色经典

有这样一个长长的文学作品名单，已经作为一种公共记忆，镌刻在时光的深处:《可爱的中国》《青春之歌》《暴风骤雨》《红旗谱》《红岩》《创业史》……它们被一代代的读者阅读和喜爱，化为优质的精神食粮，滋养着他们的灵魂，促进了他们的成长。

这些通常被称为红色经典的作品，在一个世纪的漫长时光中，在风起云涌、云谲波诡的生活中，先后诞生问世。一个古老的国度一百多年来的艰难困苦、惊涛骇浪、光荣和屈辱、泪水和笑容，被它们出色地记录和描绘，成为一幅幅波澜壮阔的时代画卷。

经典的本质，首先在于对时代精神的准确洞察和有力把握。这些作品被称为红色经典，正是由于它们表达了一百年来的社会风貌，篇页间、字行里，回荡着时代的山呼海啸、电闪雷鸣。历史进入20世纪，积贫积弱的中华民族陷入深重苦难，神州陆沉，生灵涂炭。当时最重大也最紧迫的主题，无疑是救亡图存，不少进步的知识分子将这种忧心如焚的情感表达得淋漓尽致。在《新俄国游记》（又名《饿乡纪程》）中，瞿秋白描绘了十月革命后带来的深刻社会变化，俄国无产阶级当家做主的主人翁姿态，记录了自己经过不懈探索逐渐确立共产主义信仰的过程。在《可爱的中国》中，方志敏表达了对苦难深重的祖国炽热的爱："不要悲观，不要畏馁，要奋斗！要持久的艰苦的奋斗！把个人所有的智慧才能，都提供于民族的拯救吧！无论如何，我们决不能让伟大的可爱的中国，灭亡于帝国主义的肮脏的手里！"直抒胸臆，椎心泣血。

瞿秋白和方志敏，作为一个以民族解放国家富强为奋斗宗旨的政党的早期领导人和高级干部，以一种圣徒般的姿态投身于自己的理想，直至献出生命。他们既是布道者，也是殉道者。他们以职业革命家立身垂范，他们出色的文学禀赋，更让其崇高情怀得以记录和流传，让后人读到了一代先行者的心迹，他们的情怀里分明有着这样一些句子的回声："亦余心之所善兮，虽九死其未悔""捐躯赴国难，视死忽如归""人心自古谁无死，留取丹心照汗青"……从这个意义上，他们的作品中表达出的赴汤蹈火、舍生取义的勇毅和决绝，也是对一种贯穿了千百年的伟大精神气节的接续，它们曾经在从屈原到杜甫、从文天祥到秋瑾等众多爱国者的诗句中熠熠闪光。

在他们开创的道路上，后来者比肩继踵。大变革时代，风雨如晦鸡鸣不已的生活，催生了一大批作品，题材辐射至为广阔，更凝聚了一系列十分深刻、尖锐的主题。杨沫的《青春之歌》展现了青年知识分子试图摆脱灰暗迷茫的生活、探寻生命意义的历程，指出"要找个人的出路，先找民族的出路"，只有将个人前途融入民族解放事业，才是生命的价值所在。罗广斌、杨益言的《红岩》塑造了倒在黎明前的黑暗中的英烈形象，江姐、许云峰等人的大义凛然、视死如归，源于对革命理想的坚定信仰，"相信胜利，准备牺牲"，已经深深镌刻在他们灵魂深处。曲波的《林海雪原》和吴强的《红日》，描绘了解放战争在不同时期和不同地点的战斗场景，展现了日益壮大的正义力量对反动统治摧枯拉朽般的打击，胜利的曙光已经在天际之处闪耀。周立波的《暴风骤雨》和丁玲的《太阳照在桑干河上》，艺术地再现了解放区土地改革的宏阔场景，翻身了的贫苦农民，在对土地的朴素而深沉的爱中，支持了革命事业的发展，印证了"兵民是胜利之本"的深刻道理。

这片土地上的风云激荡、受难和救赎、奉献和牺牲，也被他人的眼光注视打量。《红星照耀中国》，通过一个美国记者埃德加·斯诺在陕北苏区的见闻，揭示了中国的前途与希望，就在这里的黄土高原的塬峁沟壑之间，在一群生活清苦但目光中跳动着火苗的人们身上。作者自述，他是"用春水一般清澈的言辞，解释中国革命的原因和目的"。他期待通过这本书，"读者可以约略窥知使他们成为不可征服的那种精神，那种力量，那种欲望，那种热情"。这种第三者的身份，提供了一个冷静超然的视角和尺度，所得出的结论因而更加客观公正，令人无可置疑。

人类的情感是相通的，而文学作品强化了这一点。车尔尼雪夫斯基的《怎么办？》，描写了旧俄时代青年知识分子对腐朽黑暗的沙皇政权的反抗，曾经激励被五四新文化运动启蒙的一代中国青年，发出打破封建桎梏的呐喊。都德的《最后一课》中，面对外族入侵，小学校的师生们通过对母语的坚守，表达了与法兰西祖国同在的感情。这些外国优秀文学作品曾经引发我们的强烈共鸣，切身感受到了他们的痛苦和忧伤、愤怒和反抗。同样，前述这些红色经典也并非只属于中国，它们已经汇入了世界文学的版图，不同种族信仰的人们都能够从中听到一个民族摆脱黑暗的奴役、追求光明和进步的心声。

正如一位作家豪情万丈地写下的诗句"时间开始了"，随着新中国成立，历史翻开了新的一页。在战争废墟上重建生活，在百废待兴中擘画蓝图，有众多全新的内容期待着被描绘。捍卫人民共和国的安全和新民主主义革命的胜利果实，只争朝夕地摆脱贫弱走向富强，成为新的奋斗目标，与之有关的生活连同情感心绪，也在若干名作中获得了表达。从魏巍的《谁是最可爱的人》中，我们感受到志愿军儿女们对祖国母亲的炽热深情；从艾芜的《百炼成钢》中，我们听到了祖国大踏步走向工业化的足音；从柳青的《创业史》中，我们看到了农业合作化是怎样深刻地改变了中国乡村的面貌和农民的精神世界。人民群众的热情和创造力，在这个属于自己的时代得到唤醒，迅速发展壮大为一种改天换地的力量。

阅读这些作品，不难发现一种隐含的共性，仿佛一条线索将彼此贯穿连接。它们所描绘的是不同时期、不同内容、不同形态的生活，但都共同关注和表达了一种关切——为了让生活摆脱当下的样子，应该怎么做。在作者们的观念中，生活的已然状态和应然状态之间的鸿沟，是需要填平的。应然的生活才是生活，它们充满了善和美，给人以尊严和幸福感，而眼下的生活，与这样的理想有着巨大的距离。于是，在所有这些作品中，善与恶、美和丑、光明和黑暗、新生和腐朽、进步和反动、新道德和旧伦理等，这些对立的范畴之间便催生出一种紧张感，形成了一种张力，在掣肘和挣脱、压制和向往中，在对新生活的呼唤中，主人公们投身于各种改变社会的斗争和建设。

既然文学也是一种社会意识形态，毫无疑问，这些红色经典作品就不能不将目光投向时代的最重大和最前沿的话题。它们分别表达的关于民主自由、关于民族解放、关于进步富强的呼吁，并非抽象虚泛的理念，而是从生活的逻辑中生发出来的，是来自广大的田野村庄和通衢巷陌的声音，是每个人灵魂中的呼唤，凝聚了最为真切和广泛的民意。这也是民众和党的一致的心声，因为中国共产党正是以人民的利益作为自己的奋斗宗旨。红色经典，不过是以文学的方式将这种追求呈现出来。

另一方面，文学作品所反映的是经过提炼的生活，源于现实又高于现实，更能够揭示生活的本质。文学诉诸情感的根本属性，文学感受认识生活所凭借的审美方式，也让它们比一般意义上的宣传和教化更能够深入人心，叩击灵魂。《暴风骤雨》中，东北农村元茂屯里的一位成年累月给地主当牛做马却仍然穷得穿不起裤子、外号"赵光腚"的农民赵玉林，正是当时无数中国贫苦农民的写照。共产党的土地改革政策让他拥有了人的尊严，他对土改工作队的拥护是发自肺腑的，成为村子里第一个觉醒的农民，积极参加革命，并在与地主武装的斗争中英勇牺牲。正是无数这样的政治、经济上翻了身的民众的支持，为建立新中国奠定了深厚的群众基础。读着小说中的描写，读者不会感到丝毫的说教或者灌输的意味，而是产生了真切的代入感，有一种强烈的共情。作品所揭示的精神力量，正是从无数的生活细节中生发出来，因此，这样的作品在大转折时代问世，无疑具有强大的政治动员作用。

正是出于这样的原因，这些作品感动了几代读者。我还记得自己小时候读《小英雄雨来》和《小兵张嘎》时，一颗童心受到的强烈撞击。我们经常会读到，一个人因为读到这些作品中的某一部，而确定或者重新选择了自己的人生道路。在漫长的岁月中，这是寻常不过的事情，发生在我们的祖父母、父母辈的亲人和师长之间。这便是优秀文学作品的力量。这时，我们再读到那个耳熟能详的说法——文艺是民族精神的火炬，是时代前进的号角——便会有一种至为深刻剀切的理解。

在表达了引领时代发展的先进思想理念之外，这些作品的不朽，更得益于其杰出的文学品质，它们体现在诸多方面。《创业史》中，梁生宝、梁三老汉、改霞、郭世富等人，是农村不同阶级阶层的人物的典型写照，对其性格的生动刻画，有力地驱动了故事的开展和主题的升华。读《暴风骤雨》，东北农村的生活气息鲜活浓郁，豆叶上滚动的露珠，做早饭的淡青色的柴烟，车轱辘的滚动声和赶车人的吆喝，如在眼前，可见可嗅。《李有才板话》通过简洁、质朴、风趣的快板书的方式，表达了抗战时期太行山敌后根据地农民的生活和心声，印证了民族民间文艺所具有的强大生命力。《林海雪原》中，年轻英俊的少剑波和"小白鸽"护士白茹的爱情，曾经让无数青春期的少男少女怦然心动。微妙细腻的心理描绘中显示出的那种神秘和美感，最能写照纯净的爱情的本质，仿佛盛开在洁白雪地上的一朵红花。

文学是以个性化的工作，反映群体性的关切。作家的个性也渗入到作品中，打上了鲜明的风格印记。同是描写华北冀中平原抗击日寇的作品，在《平原烈火》《敌后武工队》《野火春风斗古城》的慷慨激昂、曲折跌宕之外，孙犁的《芦花荡》《荷花淀》《风云初记》等，展现了一种抒情的、诗性的、阴柔的审美境界。作品很少直面描写血与火的场面，而是更多展现战争中人物心灵中的美和力量，尤其是那些朴素、刚毅而灵慧的农家青年女性，让人看到了民族精神的坚韧顽强，这是任何敌人也无法征服的。

我十几岁时开始迷上文学，有一段不短的时间里，醉心于抄写喜欢的作品中的句子和段落。像风景描写，我就抄录了厚厚的一大本。"这女人编着席。不久在她的身子下面，就编成了一大片。她像坐在一片洁白的雪地上，也像坐在一片洁白的云彩上。她有时望望淀里，淀里也是一片银白世界。水面笼起一层薄薄透明的雾，风吹过来，带着新鲜的荷叶荷花香。"这是《荷花淀》中的画面。"霞光辉映着朵朵的云片，辉映着终南山还没消雪的奇形怪状的巅峰。现在，已经可以看清楚在刚锄过草的麦苗上，在稻地里复种的青稞绿叶上，在河边、路旁和渠岸刚刚发着嫩芽尖的春草上，露珠摇摇坠坠地闪着光了。"这是《创业史》里的风景。我一向认为，对风景的倾心，与对生活的爱有一种内在而密切的逻辑关联。这样的描写，是作家细致耐心地观察的结果，目光背后闪动着的，是写作者的诚笃和专注。

以上列举，不过是为了说明在这些红色经典中，创作主体的审美追求依然清醒独特，作品的艺术品格依然超拔不凡。孙犁、柳青等一批有着强烈艺术自觉性的作家，始终追求并守护文学的纯正质地。那些形象、情节、心理、对话、风景等，被他们小心地切磋琢磨，精雕细刻，展现了出色的艺术效果，仿佛一个个石块经由堆积垒砌成为一座高峰。他们用作品出色地证明：红色理念的表达，并不意味着要以美学品格的弱化甚至牺牲作为代价。以革命和建设为主旨的文学作品，一样可以闪现出明亮的艺术光华。

创作者秉持的文学信念，成为他们写作的强大动力。

他们对文学有着真诚深挚的信仰。写作是他们的生命之所维系，没有人仅仅看作是一个职业。用文学反映时代脉搏，表达民众的心声，是他们共同的使命。他们都深知人民和土地才是文学的母亲，只有贴近生活才能写好生活。周立波为了写《暴风骤雨》，专门回到自己当年担任土改工作队队长时的东北小镇住下来，搜集了三大麻袋的资料，原本已经非常熟悉的生活，获得了补充和深化，为写作夯实了基础。柳青告别京城，来到遥远的关中平原农村，一住就是许多年。他信奉"文学是愚人的事业"，他准备以"史"的客观性和"诗"的艺术性，来记录和表现正在中国农村开展的伟大的历史实践。正是以生命作为献祭，用心血加以浇灌，他们才写出了这样优秀的作品。令人倍感欣慰的是，这一种对待文学的虔诚庄敬的态度得到了延续传承。几十年后，路遥为了写作《平凡的世界》，长期深入陕北的农村和煤矿体验生活，在常人难以忍受的孤寂清苦中潜心写作，使得这部心血之作生动地展现了广阔而精微的时代图景，成为一部百科全书式的现实主义力作，也展现了红色经典作品在新时代的一种样貌和走向。

在一般的意义上，人们习惯于将文学作品称作精神的花朵。而对于红色经典来说，这个譬喻分明具有一种更为独特的意味。红色，是血的颜色，是火的颜色，也是革命的象征。这些精神之花，被血泪和汗水浇灌，便获得了更为鲜艳的色泽，更加长久的生命力。它们绽放在时间的广阔田野中，随风摇曳，芬芳四溢。